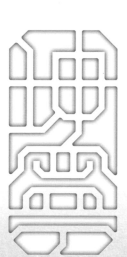

七

時鏡

## 卷五 新雪裡，追前塵

卷五

# 新雪裡，追前塵

## 第一八二章　衛梁的疑惑

衛梁第三次掀開那塊從波斯商人手中買來的精緻懷錶，看了看時辰，外頭街上景致變幻，三千里淮揚地面，正是仲秋，涼風吹落葉，金桔綴滿市，數不盡的溫柔與繁華。

可他渾無心思欣賞，反生出幾分壓不住的忐忑。就要見到那個人了。

他卻開始擔心這一回做得太過，是否會為自己帶來什麼禍患？

事情還要從去年夏天說起。那時候衛梁還在揚州霜鐘書院讀書，雖說不上是才華蓋世的頭號才子，可在江南地界上也算得遠近聞名，乃是今年秋闈爭奪解元的熱門。

沒想到一日遊湖剛要棄船上岸時，遇到個奇怪的姑娘。

身形細瘦玲瓏，穿金戴銀，光是耳垂上掛的明珠便不知價值幾千兩銀，可鵝黃的杭綢衣裳上卻滿是泥水，活像是才從泥坑裡撈出來，就連頭上臉上都未能倖免。尤其是那一張臉，似乎是倉促之間想要將泥水抹去，但未能成功，反而將一張臉抹得更花。

見著他們一行學子登岸時，她立刻迎了上來。

與衛梁交好的這幫人自然都是博學多識的青年才俊，平日裡坐著遊船遊湖都有不少大膽的姑娘會拋來香囊汗巾，一見著有姑娘主動迎上來下意識都以為是來獻殷勤的，只是搞得這般狼狽的還是頭回見，一時都停住了腳步。

衛梁雖有才名，樣貌卻平平，並不如何驚人。往日裡都是同行的士子頗受青睞。所以當時他只站在眾人之中，完全置身事外一般，等著看後續。

可誰也沒想到，當同行的朋友頗為輕佻地問起「姑娘要找哪個」時，那位姑娘眨了眨眼，竟然朝著他立身之地掃看了一眼，半點沒有羞怯害臊地道：「我找衛梁衛公子。」湖邊上頓時安靜。

衛梁自己也怔了一怔，著實吃了一驚。

旁人都朝著他看來。

那姑娘仍舊大大方方地，明明這樣髒汙難辨的一張臉，笑起來時竟給人一種璀璨的錯覺，向他道：「衛公子，可否借一步說話？」

那些個同行的朋友向來是看熱鬧不嫌事兒大，故意在旁邊噓聲起鬨。

他當即覺得面上有些燒。

腳就跟釘在了地上似的一動不動，一板一眼地回那姑娘道：「姑娘找在下有何事，不妨當場說了，就不必借一步說話了。」

那姑娘打量著他的目光便有些奇異，眼珠子一通轉悠，也不知在琢磨什麼，過了片刻後便挑眉：「你當真要我在這裡說？」

衛梁便心頭一跳，下意識道：「事無不可對人言。」

她卻認真地看著他，神神祕祕地重複了一遍：「衛公子，你考慮好了，當真要在這裡說嗎？」

那一刻，衛梁腦海裡掠過了千形萬象，種種的自我懷疑一股腦兒地全冒了出來：到揚州讀書後我可有愧對過哪個姑娘？可曾與青樓勾欄裡的妓子許下承諾卻未完成？半夜裡走在路上是否撿到過什麼不合適的東西又未歸還失主？在書院裡是不是還不夠謹言慎行以至於惹惱了誰而不自知？

可答案全都是沒有。

他家中雖不富裕卻也並不貧寒，基本的眼界見識還是有的，一則不至於做什麼找上門來的過分之事，二則即便做了也不至於給人留下明顯的把柄。

可這姑娘的架勢……

莫不是自己有什麼東西漏掉了？

旁人的目光落在他身上，跟針扎似的。

衛梁莫名緊張了幾分。他到底還是沒扛住腦海裡天人交戰，咳嗽了一聲，不大確定地道：「那就，借一步說話？」

後來他曾數次想起過這個一時糊塗的糟糕決定，簡直可以說是將自己的名聲丟到了別人腳底下——不心虛有什麼好避諱的？

從此以後搞得滿書院風傳他和一位神祕的姑娘有不同尋常的牽扯，時時被拿出來打趣，偏向他問起時，他還沒辦法說出所以然來，異常地憋屈。

只不過在當時，腦筋沒轉過來，也就對此舉會產生的後果一無所覺。

倒是那姑娘笑彎了腰。

末了還十分自然地同他其他朋友擺擺手說：「小女子與衛公子先去敘話，一時半會兒說不完，諸位公子便不必等候他了。過後我自然送他回書院。」

朋友們自以為識趣，紛紛促狹地笑著，散了個乾淨。

殘陽鋪水，半湖瑟瑟。

岸邊柳枝已枯瘦，就留下他與那看不清面目的姑娘面對面立著，相互打量。

衛梁皺起眉頭說：「在下與姑娘似乎並不相識。」

那姑娘背著手道：「衛公子不認識我，我卻久聞衛公子大名了。」

衛梁不解：「姑娘也愛讀書？」

那姑娘搖搖頭：「最恨便是讀書，近來倒是有點別的嗜好。」

衛梁不知該怎麼接話。

那姑娘衝他笑笑：「聽聞衛公子於此一道也十分有研究，所以今日特地前來請教。」

衛梁終於沒按捺住心中的好奇：「此一道？」

那姑娘唇角拉開：「種地。」

衛梁：「……」

在聽見這兩個字的剎那，衛梁眼皮都幾乎跳起來，甚至頭皮炸麻，有一種自己內心最深處的祕密被人窺知了的震撼之感。

他大驚：「妳怎會知道？」

現在回想起當時的場面，其實有幾分說不出的滑稽，可難以否認：至少在當時，他心中還存有一些恐懼。倒不是怕被人知曉，而是怕家中來尋他麻煩。

士農工商。

士為最高，讀書人十年寒窗為的不過就是一朝躍過龍門去當那人上人，往下則是農本商末。世代詩書的家族自然看不上下面三等。

然而衛梁從小與別人不同，見到天上下雨、地上淌水，要去問個究竟，成日去翻什麼天文曆書；見到田野勞作、布種澆水、秧苗抽芽，想去查個明白，摸進書店就偷偷買回來一本《齊民要術》；到後來旁人花盆裡養蘭，他卻和波斯、色目那些個異族交往頗深，在青花瓷盆裡栽一種長出來醜得過分的東西，叫什麼馬鈴薯……

年歲小時，旁人還當他鬧著玩。

待得年紀大點，家中長輩終於發現了他離經叛道的本質，把什麼曆書農書全搜出來燒個乾淨，狠狠給他請了一頓家法，說他要考不上回頭就要他好看。

衛梁這才「迷途知返」，把這一顆靈活的腦瓜子用回了讀書的「正路」上，寫寫策論，讀讀經書，沒幾年也算皇天不負有心人，混出點名聲。

離開家到揚州進學。

霜鐘書院裡沒人管，一旦得空便拿刀在那挖出來的馬鈴薯身上比劃，還跟烤紅薯似的烤了幾個給朋友吃。當然其中一人吃了拉肚子之後，便再也沒人敢嘗試吃他的東西了。

可以說，衛梁萬萬沒想到，在這揚州地界上，竟有人知道他其實不愛讀書，偏愛種地！

那姑娘似乎早預料到他會如此驚訝，並不回答他的問題，只是笑咪咪看著他道：「我若說，眼下有數千畝地空著，就等一個人來種點東西，衛公子是否感興趣呢？」

衛梁覺得她在胡扯。

哪裡來個黃毛丫頭就敢說有上千畝空地等著人去種？當時幾乎想也不想便拒絕了，可那姑娘卻不置可否，只遞給他一張名帖，上頭寫了座別院的位址，說他若改了主意自可尋來，隨時恭候。於是，衛梁終究是沒能抵抗住這等誘惑。

回了書院之後不過熬了六日，便忍不住按圖索驥，去了那座別院。

只是竟沒再見著那位姑娘。

留在別院中招待他的是另一位眉目清秀的丫鬟，親自將一封信並幾本田產地契、帳目冊子交到他手中，並帶著他親自去了那所謂的「空地」查看。

從此，衛梁上了賊船，進了賊窩。

只不過……

事情做了一堆，銀子拿了不少，今歲稻穀的收成也著實喜人，可他竟然不知道自己究竟在為什麼人做事，著實讓他心裡不安。

尤其是近日……

馬車已到金陵地界。

外頭行人絡繹，熱鬧喧囂，就算是眼見著太陽都要落下，也到處都是招攬生意的聲音。甚至有些人直到這時候才出來擺攤。

臨河漂滿了花燈。

「吁——」

馬車外面車夫勒馬，停下來向人問路。

「小哥，請問烏衣巷怎麼走？」

路人給車夫指路。

停處大約是在茶舍附近，隱約能聽見有人閒話議論的聲音從二樓傳來。

衛梁凝神聽了片刻便皺眉。

「要我說嘛，萬休真人和圓機大師之間必有一場鬥法，天教推的乃是道教，白馬寺必然崇尚佛法，光吵架就吵了好幾個月了，這妥妥的要打起來啊！我看還是收拾收拾包袱，這幾日離江南遠著些，天知道哪天又掀起戰禍？」

「肯定是圓機和尚更厲害啊！」

「是啊，聖上那麼信任他，這兩年來聽說連謝少師都疏遠。要算起來，謝少師才是真正的帝師，他一個半路插到中間來的和尚，無功於社稷，無功於百姓，怎麼還能封個國師？」

「哎喲這話可不敢亂說哦……」

「唉，亂，亂得很吶！」

「好在韃靼這兩年安生不少，沒給大乾添亂，不然這內憂外患，一觸即發，簡直是要逼死我們小老百姓！」

「要我說，就是天教厲害！什麼叫大同？人天教為的就是大同！我們村兒有幾戶人家沒地種之後，當土匪也當不成，都加入了天教，還不都是狗官和奸商逼的嗎？」

「還好咱們江南乃是富庶之地，影響不大……」

「不說皇帝明年南巡嗎？」

「可不是，你道這半個月來咱們金陵哪兒來那麼多富商巨賈，到處都是寶馬香車？就為著這事兒呢！一趟南巡勞民傷財，狗官們不想掏錢，可不得逮著這些富商巨賈薅嗎？聽說就是找他們出錢來的，誰出錢多，明年官鹽的鹽引便多放給誰一些。」

「世道是越來越難啦……」

「誰說不是？」

……

車夫問了烏衣巷所在，驅車前往，漸漸去得遠了，那些聲音也都在後方慢慢模糊，混入轔轔的車馬聲中，變得模糊。

衛梁垂下眼簾，摸了摸自己袖裡。

這一季的帳冊安靜的藏在裡面，綁在手臂上，牢牢的。

車夫道一聲：「衛公子，到了。」

衛梁這才掀了車簾下車。

長長的江南舊巷裡，青石板縫隙裡長著青苔，不知何處來的金黃秋葉飄零幾片在地。眼前的門庭一片冷清，並無半分豪奢，甚至連個具體的名姓也無，頂上僅有一塊烏黑的匾額，上書「斜白居」三字。

他上前親扣門環。不多時有人來應門。

是個眉清目秀的丫鬟，見了他並不驚訝，眼睛裡卻透出幾分打量來，不冷不熱地道：「衛公子來了，我家主人得您傳訊後，特在此地等了您有半日，請您進來吧。」

外頭看不大出來，斜白居裡面卻是一片清幽。

走廊上掛著幾隻鸚鵡。

見了人便叫喚：「來者何人，來者何人！」

衛梁無言。

一路走至院落深處，過兩重垂花門，才進得一處臨湖的水榭。水榭的美人靠邊緣，設了一張傾斜的靠背椅，另有一張方几放在旁邊，上頭擱著瓜果盤，還有一卷翻開的帳冊。

坐在椅上的是位姑娘。

且不是正常端坐，而是盤腿坐著，一副懶散樣。烏黑油亮的頭髮上僅別了一枚赤瓊滿色的南紅瑪瑙簪子，面朝平湖背對水榭，以手托腮看著欄杆上架著的那根魚竿，似乎百無聊賴，正等著魚兒上鉤。

衛梁從後面僅能看見她半個背影。一時也不確定，是不是自己去年見過的那姑娘。

引路的丫鬟稟道：「姑娘，衛公子來了。」

那姑娘頭也不回：「拿著本姑娘的錢，種著本姑娘的地，扣著本姑娘的帳本，壓著本姑娘的收成，還敢以此作為要脅，死活要見我一面，問個究竟。衛公子，如今世道匪盜橫行，你倒也不擔心路上遇到點什麼意外，一個不小心一命嗚呼？」

衛梁聽這聲音一下就認出來了。

淺淺淡淡，如風過耳，似泉暗流，無比地賞心悅目，使人遐想。

他立在後面，自然也聽出了這話裡隱藏著的不滿與威脅，但自問從未做過什麼虧心之事，縱面對豺狼也凜然不懼，是以鎮定自若，回道：「去歲應姑娘之請，操持良田數千畝，收成頗佳，雖得姑娘許以重利，當時又因興之所至，並未多想。可在各家農戶報上收成時，在下思及雁門關外韃靼虎視眈眈，中原腹地天教橫行，便不得不對這些糧食的去向產生幾分困惑。若說投入市中，方便百姓，倒也無妨。可倘若姑娘居心不良，使其為亂臣賊子養軍之所用，那便是衛某的罪過。」

前面那女子的身形忽然不動了。

衛梁開門見山：「所以衛某今來，只為問一句話，姑娘這般本事，是效命於天教嗎？」

「……」

效命於天教……

她看著像是那麼不怕死還敢跟天教攪和的人嗎？

前面那女子嘴角都忍不住抽了一下，終於轉過頭來，看向了衛梁：「衛公子果真是，一心種地，不聞世事，怎麼連這般荒謬的想法也往腦袋裡裝呢？」

跟前世一樣，只配種地啊！

未來探花郎這腦瓜，文章做得，地也種得，唯獨上不了官場和別人鬥個死活。她早該知道，不該對這人的腦子抱有太大希望！

她轉過臉來時，面上帶了幾分不耐煩。

鵝蛋似的面頰上，雪膚細嫩吹彈可破，夕陽光影下更是鍍了一層金紅，瀲灩的眼眸裡沉澱了這兩年來世事見聞，靈動裡又添幾分穩重。

只是唇角似笑非笑地扯著，又在這無邊的豔色裡增添了一點嘲弄。

衛梁僅去年見過她一回。那時她汙泥滿面，哪裡有這般容光？

素來很少與女子打交道，更莫說是這樣漂亮的，衛梁被她一雙眼看著，莫名窘迫了幾分，只覺一股熱氣往臉上竄，竟不大說得出話來了。

姜雪寧扔了魚竿，挑了細眉：「誰同你說我給天教做事？」

## 第一八三章　純屬誤會

她說著話，已經從座中起身。

這時才看見她穿的乃是一襲艾綠的卷草紋湘裙，往前走得一步，裙裾便如細細的水波一般晃蕩，竟直接走到了他身邊來，繞著他踱步，上上下下將他打量一遍。

衛梁只覺毛骨悚然。

對方站在他面前時，他不敢抬頭；對方立在他身後時，他脊背僵硬如一根石柱。

姜雪寧上一世認識衛梁，純屬誤會。

那時臨淄王沈玠才剛登基，帶著她在京中坊市遊玩，遇到一行打海上來的深目高鼻的商人，正當街兜售一些長得奇奇怪怪的果子。

人圍了不少，來看熱鬧。但要花錢買的卻寥寥無幾。

她與沈玠也就是在旁邊看個熱鬧，沒料想正要走時卻見一名不高不壯的文人費力地擠開人群，來到那幾名商人面前，開口就說自己不僅要買下那些果子，還想要買下這些果子的種子。於是一通嘰哩呱啦亂講，價錢卻沒談攏。

這名文人氣得一張臉都紅了，又似乎對這些果子和種子十分執著，立在街上不肯走。

到底還是鄭保眼尖，記得住人，悄悄附耳同沈玠說了一句：「這不是今科您欽點的那位衛探花嗎？」

沈玠這才認真地打量了一眼。

姜雪寧也不由詫異。

沈玠一琢磨，便讓鄭保替這位古古怪怪的探花郎解了圍，出了錢，末了再讓人把人引過來談話。

沈玠貴為天子不大記得人，可作為探花的衛梁即便不記得沈玠長什麼模樣，也認得出當日金殿傳臚時站在臺階前的鄭保，所以立時就要上前來行禮。

還好沈玠及時打住。

然後萬分納悶地問他，買這一堆勞什子的東西是想幹什麼。

衛梁頭上都冒出冷汗，只說自己有些上不得檯面的癖好，慣好研究田間地頭的事情，還望沈玠莫怪。

沈玠瞅了瞅他抱在懷裡的那些果子，把腦袋搖了又搖。

也不知是覺得這位探花郎不務正業還是有什麼別的想法，但總歸沒有責罰，只道：「正事之外有些消遣也無可厚非，拿回去鑽研便鑽研吧，好歹也是朕出過錢的，他日要真鑽研出個什麼來，記得送進宮來孝敬便成。朕雖不好這個，皇后卻貪嘴得很，指不定愛吃。」

姜雪寧立在他身後，大覺沒面子，想要反駁，可又說不出口，只能往肚子裡咽了一口悶氣。

衛梁卻逃過一劫似的，長出了口氣。

之後沈玠與姜雪寧回了宮，此事也就告一段落。宮裡面人跟人鬥，鬼跟鬼拚，沒多久她就把這事兒忘了個乾淨。

可誰也沒想到，次年盛夏，她正在坤寧宮大殿外的廊下教那幾隻八哥說話，就見內務府那邊的總管帶了好幾名太監抬著什麼東西進來。

一看全是奇形怪狀的水果。還有個長滿了尖刺的，像極了巨大的流星錘。一問才知道，說是翰林院裡一位編修大人叫衛梁的，特意獻上，問過了皇帝，著人給她送過來。

姜雪寧完全想不起當初的事，內務府的太監一走，便與宮裡的宮女們對著這些果子研究了半天。有的好吃，有的還不得其法。

末了全部人的注意力都放在那長滿了尖刺的果子上，聽說是叫什麼榴槤，得開了外面的殼吃裡面的肉，於是便叫小太監拿了刀來好不容易打開。

結果……

那味道簡直熏暈了坤寧宮上上下下所有人，令姜雪寧終身難忘！

這東西竟然說能吃？她勃然大怒，只當這姓衛的看起來老實，原來比起朝廷裡那些反對她的清流老臣還要過分，這是明擺著借機羞辱自己！

於是某日御花園皇帝賜宴，姜雪寧找了個機會單獨把衛梁拎出來說話。

衛梁好像對自己闖下的禍事一無所覺，還問姜雪寧那些水果吃著如何。

姜雪寧差點叫人把他拉下去砍頭。

但怎麼著這也是皇帝親自點的探花郎，可輪不到她明目張膽地動手，所以只皮笑肉不笑地同他說自己很喜歡他送的東西，既然他對什麼瓜果蔬菜的事情如此上心，留在翰林院實在浪費，何不放出去當個百姓的父母官，教他們種地去？她還能幫他跟皇帝說上一說。

按理說，朝中但凡是有點腦子的官員聽見這話，都要嚇得兩股顫顫、頭冒冷汗。

因為這話本身就是一種明顯的威脅。

待在翰林院裡可是「儲相」，將來大多是可以留在京中做官的。還未熬出頭就要外派去各省當官，那都是混得不如意的，下等官，苦差事。

可沒想到，這衛梁一怔之後，竟然滿是喜悅，眉眼裡都盛了光似的，連帶著一張臉都紅了，磕磕絆絆躬身道：「這、這怎麼敢勞煩娘娘呢？」

那會兒姜雪寧實在沒看明白他這算什麼反應。

她又明褒暗貶地諷刺了幾句，可衛梁也不知是真糊塗還是裝糊塗，還以為她在誇他呢，笑得越發燦爛。

末了是姜雪寧一頭霧水，見他半點也不生氣，自己惱得拂袖而去。

當夜便跟沈玠打了小報告。

說衛粱這人如何如何，一意逢迎自己，不是什麼好官，乾脆發去偏遠行省，讓他好好反省，愛種地就種個高興。

沈玠免不了寬慰她，哄著她，讓她不要生氣。

那時姜雪寧想沈玠到底還是偏袒這個討人厭的探花。

結果第二天就聽說，上朝的時候沈玠一紙調令直接把衛粱從翰林院裡拎了出來，扔去高郵當縣令。

這下姜雪寧高興了。

沈玠也不說什麼，晚上一起用膳時也只看著她笑，問她這回算不算痛快。

姜雪寧尾巴便翹上了天。

她想，有衛粱做前車之鑒，好好一個探花郎跑去當縣令，日子過得不知有多淒慘，料想以後沒別人敢來招惹她了。

然而……

才僅僅過去一年，戶部整理各省稅賦時，駭然發現：高郵縣交田稅納糧竟然比去年翻了整整一番！

第一次，姜雪寧開始懷疑老天故意搞她。

滿朝文武都被高郵縣的情況震驚了，有人懷疑他加重了百姓稅賦，有人懷疑這裡面有不可告人的貓膩，沈玠自然也大為驚奇，派人往下查。

查出來的結果打了所有人的臉。

人憑的就是硬本事，高郵縣自從跟著縣老爺衛粱一塊兒種地後，一畝田種出兩畝稻，是自家糧先翻了一番，所以才給朝廷多納了糧。

不消說，京中急召衛粱入京。

倘若高郵縣稻穀畝產的提高可以推而廣之，那一個大乾朝豈不是再無飢荒？

那兩天姜雪寧憂愁極了。

想這衛粱得了勢，對自己來說絕不是一件好事，正琢磨要怎麼搞這人呢，外頭內務府的太監又風風火火抬著什麼東西進來了。

那是滿滿的三筐上好的高郵鹹鴨蛋。

太監說，是高郵縣令衛粱今次上京特意托人孝敬她來的，專門感念皇后娘娘當年舉薦之恩。

姜雪寧簡直懵了。

一時難以分辨這到底是真心還是嘲諷。

但總之衛粱好像半點不曾察覺她之前的惱羞和惡意，簡直把她的「恩情」刻在了心裡，因此連蹦三級在戶部擔任要職後，還逢人便說皇后娘娘乃是個少見的好人，旁人對她實在是誤解太深。而且動輒便送些時鮮瓜果入京，那陣子御膳房都不用到外頭採買了。

就這樣，姜雪寧莫名其妙攏絡了一位被百姓奉為真正的「衣食父母」的能臣。

她忍不住想——旁人對本宮那真的不是誤解，衛梁你對本宮這才是誤解太深啊！

但反正天上掉下來的餡餅不接白不接，況且衛梁的腦子大約都只用到了讀書和種地這兩件事上，於朝堂爭鬥實在半點敏銳也無。

旁人都以為他是自己心腹。

姜雪寧也少不得絞盡腦汁為對方斡旋，對方但有莽撞得罪人或者擋了別人的路被別人算計時，都得她跟在後面當牛做馬地善後或者回護。

有時候她都納悶：本宮和衛梁，到底誰是誰祖宗？

總之，久而久之，這腦袋缺根筋的，便對她死心塌地。

一開始是不是誤會，自然也不重要了。

不管朝局如何改換，這樣的人，都是上位者最青睞、百姓們也離不開的。所以姜雪寧想，就算上一世她倒了垮了，衛梁的結局應該都不壞。

最差也不過就是回鄉種地嘛。

反正他喜歡。

這會兒，姜雪寧盯著對方，心情就變得十分複雜，半晌後扯開唇角，貌似純善地微笑起來：「衛公子，我問你話呢。」

衛梁一哆嗦：「在、在下……」

姜雪寧拿出了上一世哄傻子的耐心：「誰告訴你的？」

衛梁恨不能挖坑把自己埋了：「是，是在下自己有此擔心，並、並無人告訴過我。」

姜雪寧：「……」

誰也別攔著我，想把這人打一頓！

她眼皮跳了好幾跳，抬起手指來輕輕按住，才勉強繃住了一張即將撕裂的良善面皮，口不對心地誇獎：「衛公子真是思慮周全的有心人啊。」

衛梁沒聽出言下之意，以為她真是誇獎。

竟正色道：「不敢當，在下也只不過是為民生計，倘若五穀豐了，家國卻亂了，豈非得不償失？」

「……」

姜雪寧深吸了一口氣。

「那你可以放心了，本姑娘便是豬油蒙了心也不敢與天教為伍，衛公子的擔心實屬杞人憂天。」

衛梁頓時長舒一口氣：「如此，倒是衛某多慮，東家姑娘既然這樣說，那衛某也就信了。」他自袖中解了帳冊遞上。

只道：「這是衛某私自扣下的當季收成糧帳，還請姑娘原諒在下的莽撞冒失。」

帳冊先前繫在他手臂上，還帶著一縷餘溫。

姜雪寧看著他像看著個傻子。

衛梁不明：「有什麼不對嗎？」

過了好久，姜雪寧才幽幽道：「你大老遠跑來就問這一句，我說什麼，你就信什麼，連點證據都不要？」

「哦。」衛梁彷彿這才反應過來，但出乎姜雪寧意料，竟不是問她進一步的證據，而是向她笑起來，長身一揖，道：「實不相瞞，在下覺得姑娘不是會撒謊騙人的人。田莊上的佃戶雖沒見過姑娘，可姑娘卻從未薄待他們，且不收以重租。在下來時還左右為難，只想姑娘這樣的好人，倘若真為天教效力，在下還不知要怎樣還。如今您既說自己非為天教，在下便敢相信。」

「……」

上輩子這位沒被人搞死，那真是托賴了自己在背後照應啊。

姜雪寧無語望天。

她決定回頭多放幾個得力的人去衛梁身邊，免得他哪天出門被人打，然後帶過這話茬兒，只問道：「來也來一趟，衛公子喝什麼茶？」

衛梁忙道：「不了，在下還有事在身。」

姜雪寧想想道：「可是要準備秋闈？」

衛梁愣了一下，似乎是在反應「秋闈」到底是個什麼東西，接著才笑起來，說：「秋闈倒不緊要，隨便考考便是，但稻穀已收，衛某得回去琢磨冬日裡能否種點小麥，或者試著種一下一種叫馬鈴薯的東西，長起來很快，且……」

姜雪寧感覺到了一種發自內心的乏力，只覺千百隻鳥雀在自己耳邊嘰嘰喳喳，聽得她頭昏腦也漲，渾然不知自己到底是在蜀地還是在江寧，簡直腳底下都要打滑了。

半晌，衛梁說完。

然後眼底帶著幾分光彩地問姜雪寧：「東家姑娘看如何？」

姜雪寧回過神來，不敢說自己什麼也沒聽懂，想想上一世對付此人的套路，彎彎唇笑起來努力使自己看上去十分驚喜，道：「我看極好！」

衛梁立刻興奮起來：「那我回去便這樣辦！」

說完躬身一拜竟然道了別就走，半點也沒有停留之意。

蓮兒棠兒在後頭都看懵了。

姜雪寧臉上的笑容瞬間拉下來，只向她們問：「他剛才說種什麼來著？」

兩人面面相覷，搖了搖頭。

行，都沒聽明白。愛種啥種啥吧。

姜雪寧翻開衛梁遞上來的那卷帳冊，只瞅了瞅末尾記下來的那幾個數，兩道柳葉似的細眉卻慢慢鎖緊：兩年過去，韃靼那邊的情勢也該有苗頭了。做生意這一道上，她雖不如上一世的尤半城，可並不需要與她一般兩邊下注保穩，單獨暗助燕臨，壓力倒少一半。只不知，夠不夠，又是否來得及？

# 第一八四章 五石散

斜白居外面，已近傍晚。

衛梁進去一趟沒花多少時間，滿心盤算著等回了田間地頭要種點什麼東西，走出來時雇的馬車還在外面等候。

不過此時外頭也多了一輛馬車。

他抬起頭來，便微微一怔。

那說不上是十分奢華的一輛馬車，可打造馬車車廂所用的木材皆是極好的，漆工精細，木質堅硬，兩邊鑲嵌著雕花窗格，裡面卻還加了一道窗簾。

趕車的車把式也是身強力壯。

一眼向著旁人看過來時，眸底竟然有些銳光，兩隻臂膀上更是肌肉虯結，一看就知道怕是有些武藝傍身的人。

衛梁心底生出幾分好奇來，朝著那馬車多打量了兩眼。

也是趕巧，車裡正有人下來。

身上是一襲薑黃百蝶穿花縷金的百褶裙，竟也十分年輕，模樣清秀，面容沉靜，只是似乎遇到了什麼事，眉頭微微鎖緊。掃眼一看時，同樣瞧見了衛梁。

衛梁不認識對方。

對方也不認識衛梁。

兩人相互看了一眼，都沒打招呼，只猜度著對方與這斜白居主人的關係，各自點了點頭，便一個上了自己的馬車，一個朝著別院內走去。

直到馬車重新繞出了烏衣巷，到了外面大街上，聽著周遭重新熱鬧起來的市井言語，衛梁腦袋裡才靈光一現，忽然想了起來：「蜀中任氏啊！」

那馬車的車廂上雖然沒有任何明顯的標記，可馬身上有啊。

馬籠頭頂上印了個雪花似的圖案。

那是自流井鹽商會館的標記。

——來的不是別人，正是尤芳吟。

皇帝沈琅兩個月之前在朝中定下明年要南巡，順著大運河一路會到江寧。

誰不知天教向來在南方根基深厚？

所有人都猜想這一回是要借南巡之機來打擊天教，也好彰顯天威，讓江南百姓一睹天顏。可近些年來國庫雖算不上空虛，卻也並不豐盈，南巡一趟興師動眾，要花費的銀錢絕非小數。國庫掏不出這筆錢來，自然要問之於民。

運河沿岸要接聖駕的一應官府，各有各的法子。

或向百姓加徵稅賦，或向鄉紳尋求募集。

江南這一片最富的便是鹽商，其次是米、布等行當的大商，官府那些個尸位素餐之人懶得多想，大筆一揮便在半個月之前發函以告，要各大商會的話事者齊聚金陵，商量怎麼出錢，美其名曰「定一定明年的鹽引」。

任氏鹽場雖在蜀中，可兩年前姜雪寧到了之後，便開始著手將富餘的銀錢投去了最容易發財的江南一帶，或投給往來南北兩地的商船，或吞併揚州一些中小鹽商，且還借著當初與絲商打下的關係，進了生絲、布匹行當。

所以，任氏的根基雖然還在蜀中，可絕大部分版圖已經擴張到了江南。

手裡有錢，來錢更快。

姜雪寧便親自教他們見識了一回什麼叫「錢生錢更快，有錢更容易賺錢」，投出去的錢虧了不要緊，但凡成的事比敗的事多，賺的錢比虧的錢多，他們手中的財富便會不斷往上增長。

江南這一帶官府要接駕，要建行宮，要找鹽商們出錢，本身算不上一件好事；可倘若與明年的鹽引掛上鉤，那就是一筆你不做別人就會做、放棄就一定會被人擠占地位的生意。

所以尤芳吟與任為志都來了。

只不過她今日之所以造訪斜白居，並不僅僅為了商議此事。

才送走衛梁，姜雪寧翻了一下帳本後，便去提自己架在欄杆上的魚竿。

收線一看，魚兒早將餌料吃了個乾淨。

魚線那頭只剩下光禿禿一根魚鉤，映著落日鋪下的光影，閃閃發亮。

尤芳吟腳步微有凌亂，人還未走到水榭外面，便喚了一聲：「二姑娘！」

姜雪寧回過頭瞧見她，一怔：「芳吟怎麼來了？」

尤芳吟「嫁」到蜀中後，雖與任為志乃是假夫妻，可對方聲稱既作戲便要演得真些，當真敢把任氏家中一應事宜交由她操持，對內對外都不叫旁人說半句閒話。

如此便漸漸洗去了當年在伯府時的怯懦。

操持得了庶務，肩負得起責任，便是與人談生意也沒有了當初的生澀，看著雖然還是寡言少語模樣，卻已多了幾分練達。

她來本是為此事而來，到了姜雪寧面前，瞧見二姑娘那張帶笑的明豔臉龐，卻不知怎的停了一停，無聲片刻後，才道：「方才我們與徽商會館的人談事，遇到了……」

姜雪寧心頭微跳：「遇到誰？」

尤芳吟目光定在她面上，慢慢道：「幽篁館那位，呂老闆。」

呂顯！

真真是一股不祥的寒氣激靈靈爬上她脊背，姜雪寧這兩年裡也不是沒有聽過這名字，畢竟呂照隱生意做得大，且還持有任氏鹽場大筆的銀股，年末分紅的時候少不了他一份。

雙方可稱得上井水不犯河水。

她權當不認識呂顯，呂顯也從來不找她的麻煩。

如今……

無緣無故，談什麼生意用得著他這麼個大忙人親自來一趟金陵？

旁人不知，她卻比誰都清楚——

此人可是謝危的心腹耳目，左膀右臂。

這兩年都說沈琅倚重國師圓機和尚，對謝危這位帝師倒大不如前。

可姜雪寧卻不這樣以為。

外頭百姓們是因圓機和尚與天教教首萬休子之爭才覺得圓機和尚聖眷深厚，可謝危的名氣與勢力，一在朝堂，二在士林，與圓機和尚相比簡直是八竿子打不到一塊兒，且都是尋常百姓觸及不到的層面，普通人又哪裡知道此人暗中如何布局籌謀？

被冷落，被放置，遠離權力中心，甚至去五臺山、三清觀修佛尋仙……

這些話她都統統不信！

姜雪寧抱臂沉思，心情添了幾分煩悒，只皺眉道：「皇帝明年要南巡，江南一帶必定生出不少商機，呂照隱無利不起早，親自來一趟也說得過去。且往年都沒什麼動作，倒也不必太過擔心。」

尤芳吟卻咬了咬唇。

姜雪寧瞥見，察覺出事情不對來，問：「不對？」

尤芳吟回想起方才遊船上的事情，一字一句道：「往日我們同呂顯見面時，頂多打個招呼；可今次在秦淮河上見面，他向我問起姑娘的近況。」

姜雪寧指尖輕輕地顫了一下。

倘若如此……

那的確是很不一般了。

夜色漸漸降臨，秦淮河上的漁船收了，條條妝扮漂亮的畫舫卻將明亮的泛著脂粉膩香的燈籠點了起來，倒映在水面上，隨著晃蕩的波紋輕輕搖曳。

船上有附庸風雅的詩詞吟誦，也有劃拳鬥酒的俗不可耐。

絲竹之聲亂耳，紅巾翠袖惑心。

呂顯已很久沒回金陵了，一朝重遊秦淮，還是一樣的滿河香粉豔麗，人的面貌雖都不似舊年，可眉眼間的神態和笑窩裡藏著的心思卻是無甚改變。

瘦馬們看似矜持，實則待價而沽；富商們懷抱美人，心裡卻盤算著生意。

徽州的商人名傳天下，自有一番風度，可到了這金陵六朝王氣養起來的城、上了這飄蕩千古的秦淮河上的船，風沒了，骨也軟了。

對面的人醉眼惺忪向他舉杯。

呂顯便也笑著喝了一盞，正要趁此機會拿下這回的布匹生意，再殺一回價，一錯眼卻看見條小舟破開波紋靠近了這條畫舫，搭了塊船板到船頭。

一個穿著粗衣麻布的機靈少年踩著船板走上來，對著珠簾外守著的侍者說了什麼。

那侍者便點了點頭，掀簾進來。

無聲步至呂顯身邊，小聲稟道：「呂老闆，外頭來了個人，說是有您的急信。」

這回來金陵，呂顯沒帶多少人。

外頭那人他雖然看不大清晰，可看身形也大略能分辨，不是小寶那小子又是誰？

他同旁邊幾人道了聲歉，起身走出去。

入秋的河面上，風生涼意，撲面而來，倒驅散了他從船裡帶出的那一片使人頭昏腦漲的脂粉香氣。

呂顯道：「什麼信？」

小寶如今已長得高了些，一條革帶紮在腰間，看上去精神極了，只將信遞到他手上，道：「邊關來的密信，火漆封口，旁人都沒敢先拆。」

邊關來的？

呂顯眼皮一跳，話都沒顧得上說，先把封口的火漆起開，抽了信紙出來一讀。

薄薄的一頁。

可上頭寫的內容卻著實讓他吃了一驚！

小寶打量他：「是要打仗了嗎？」

呂顯卻顧不得回答他，反是急急問了一句：「此信可送抵了京城？」

小寶道：「信分三份，同時傳江南、黃州和京城，先生那邊也該收到了。」

呂顯目光閃爍，神情卻一點也不輕鬆，重新看了紙上字句一遍，想起那人近兩年來與往年無異的行動舉止，心底卻籠上一層憂心的陰翳。

他將信紙摺了，遞還給小寶。

小寶問：「沒什麼要交代嗎？」

呂顯沉默良久，道：「等人來就知道了。」

人來？

小寶頓時愣住。

京城的秋夜，比起江南秦淮，要蕭冷不少。

宮室裡秋風瑟瑟。

沒有關好的門扇相互拍打著，有時竟使人覺得鬼氣森森。

奉宸殿偏殿裡，只有靠著柱子的銅鶴銜了兩盞燈，光影閃爍間將人的影子投在了窗上，卻模糊了形狀。

東牆上掛著一張琴。

桌邊的茶盞裡，茶水早已涼透，倒映著半張靜默的臉龐。

遠遠地，窗外有嬉笑樂聲傳來，是御花園裡後宮諸妃嬪陪同皇帝宴飲取樂的聲音。

謝危搭著眼簾。

面前書案上是太醫院太醫端來痛斥宮中方士的「罪證」，五只冰裂紋的瓷碗裡盛著五種散碎的石塊，邊上一只用過的瓷盅，藥杵擱在漆盤角落，最前面一張紙上卻攤散著一小堆已經混合在一處的藥粉。

太醫院掌院漲紅了一張臉含怒而發的話，彷彿還在耳邊：『五石散又稱寒食散，本是用以醫治病人，可無病食之，體生燥熱，心出幻夢，雖使人飄飄然上得仙境，煩惱盡消，可上癮難戒，於身體有大害，使人行止狂浪！這些江湖方士，以此物進獻聖上，荒謬絕倫，簡直是其心可誅！』

心出幻夢，煩惱盡消。

謝危盯著它們看了太久，慢慢生出幾分奇怪的眩暈之感，彷彿這幾只碗扭曲起來，變作了陰暗裡長出的口和眼，朝他傳遞著什麼，敘說著什麼。

他已經許久沒睡過好覺了。

壁立千仞，無欲則剛。

心無掛礙，無有恐怖，遠離顛倒夢想，究竟涅磐。

……

道藏佛典儒經，翻來覆去看遍，苦海裡卻根本尋不到解脫之法。人生於世，彷彿就是一場歷盡劫難的痛苦磨練，卻不知若忘懷自我，若此身隕滅，能否得解？

沒有人知道，這位當朝帝師，已在無底深淵的邊緣遊走了很久，很久……

蒼白的手指被搖晃的光焰染上昏黃，謝危朝著漆盤前面那張紙伸去，上面碾磨好的五色粉末混在一起，已難以分辨。

拉至近前，輕飄飄沒有重量。

他又停了片刻，終於以無名指蘸上少許，凝視了許久。

外頭忽有叩門聲。

小太監在外頭稟道：「少師大人，邊關密信，加急來的。」

謝危晃了一下神。

這才夢醒一般，將旁邊一方錦帕抓來擦了手，淡淡道：「進來。」

# 第一八五章　非禮

呂顯當年也曾進士及第，尤芳吟還在伯府受氣被欺負時，他已經是京城裡小有名氣的幽篁館館主，手底下的餘錢暗中經營著各種生意，一則學識深厚，曾供職翰林院，二則閱歷豐富，老辣狡猾。如今兩年過去，尤芳吟固然與任為志一道成為了蜀中首屈一指的大商人，甚至還與姜雪寧經營著許多其他產業，若單獨拎出來同呂顯鬥個智謀、拚個本事，不能說全無一搏之力，可到底少了一點勢均力敵的底氣。

畢竟……

這兩年來，在這大輸大贏的生意場上，他們奇異地從未同呂顯交過手，連一點小小的摩擦都不曾有過。

尤芳吟注視著姜雪寧，不免有些憂慮地道：「此次秦淮之宴，實則是由官府牽頭，事關明年的鹽引，我們往日雖與呂顯毫無衝突，避免了許多損失，可也因此對他的底細一無所知。姑娘，倘若他……」

姜雪寧聞言回神。

她目光落在這張熟悉的面龐上時，忽然想起了上一世的尤芳吟，比起此世尤芳吟的內斂、溫和，上一世的尤芳吟永遠給人一種隱隱的出格之感，眼角眉梢雖帶著憂鬱，卻也蓋不去那一點對人世淡淡的睥睨與嘲諷。

可就是那樣的尤芳吟，與呂顯碰上時，也不免折戟沉沙，輸得一敗塗地。

因為她根本不知道自己真正的對手是誰。

但這一世不一樣了。

姜雪寧恍惚了一下，笑道：「我們暗助燕臨，呂照隱無論如何都不會找我們麻煩，反倒極有可能為我們大開方便之門。與我們鬥，無異於內耗。就算他心裡有口氣，背後那位也未必應允。」

尤芳吟察覺到了她的恍惚。

這不是她第一次從姜雪寧面上看到這樣的眼神，彷彿透過她看到了另個人似的，有時也讓她跟著生出幾分迷惘：二姑娘是在通過她看誰呢？

她道：「可他問我姑娘的近況，我推說不知，找個藉口走了。倘若他繼續糾纏……」

姜雪寧道：「呂顯祖籍金陵，做生意亨通南北，他若有心要知道我近況，想打聽我行蹤，現在想必已經知道了。都不用妳說，只需派個人跟著妳來就是。問了反倒還打草驚蛇，我琢磨著多半有些別的事。」

尤芳吟擰眉思索起來。

姜雪寧反倒不慌張了，道：「兵來將擋水來土掩，呂顯沒什麼可怕的，眼下這局勢，謝……謝危也不可能離開京城。就算是再壞些，從京城到金陵，快馬加鞭也得十天半月，那時鹽引的事情只怕已經商議落地，妳我也離開此地了。」

尤芳吟考慮著，終於慢慢點了點頭。

可末了又忍不住為難起來：「那呂老闆倘要繼續糾纏……」

姜雪寧一笑：「那還不簡單？」

尤芳吟不解。

姜雪寧唇邊的笑意便多了幾分促狹：「男女授受不親，好歹妳還是任為志的妻子，呂顯臉皮厚妳便叫任為志來對付他，不就行了？」

「任為志」這三字一出，尤芳吟一張臉立刻變得緋紅。

她難得有些羞怯了，低下頭去，小聲道：「姑娘取笑了。」

姜雪寧知道她與任為志當年還是假成婚，是尤芳吟先開出的條件，以與自己假成婚帶自己離開京城，作為入股任氏鹽場的條件，之後才去的蜀中。

任為志讀書人，常鑽研些開採井鹽的技術，對做生意卻沒太大的天賦；尤芳吟出身艱苦，雖沒讀過太多的書，卻見慣了人情冷暖，能替他料理應酬瑣碎。

這兩年來，實在是配合默契。

明面上看，兩人相敬如賓。

契約寫的是到蜀中一年後，二人便可和離，由任為志寫放妻書。

可真到一年期滿，尤芳吟去找時，卻怎麼也找不到任為志人。問管家，說去了書房；去了書房，又被小童告知去了鹽場；去了鹽場，還是沒人影，一問才知竟然收拾行李出川去了。

上上下下大傢伙兒還當這夫妻倆鬧彆扭了。

尤芳吟也一頭霧水。

姜雪寧旁觀者清，只輕輕給尤芳吟支了個招，就叫她寫信說想找他商議暫緩和離的事情，畢竟任氏鹽場生意在前，兩人一根繩上的螞蚱，但畢竟影響任為志娶妻，所以還要任為志回來一趟。

果不其然，任為志回來了。

到家裡時滿身風塵，一個人在外頭吃了不少苦，一張臉氣鼓鼓，也不知是在跟誰生悶氣。

尤芳吟做生意有點內秀之才，感情一事卻似乎一竅不通，還不明白任為志是為了什麼，當真一本正經地同他談利益，談鹽場，說什麼和離是要和離的，但許多事情要交接，需要他這個掌家人慢慢接手。

任為志聽得臉色鐵青。

終有一日給自己灌了斤酒，敲門叫尤芳吟出來，坦白了心跡，說兩人既成了親，這段時間過著也沒有什麼不舒心的日子，何妨將錯就錯，一錯到底，權當這是老天賜予的好姻緣。

過去的一年裡尤芳吟可沒想過這件事。

滿腦子都在做生意。

任為志這麼一說，自然當場讓她不知所措。

這倆人也有意思。

姜雪寧後來問她怎麼處理的。

尤芳吟結結巴巴地說：「我也不知自己是不是喜歡他，往日從沒往這方面想過，可這一年多我卻知道他對生意雖然不特別通透，卻是個不錯的人。所、所以暫沒和離，同他，再試、試看看。」

最近這一年，兩人明顯親近了不少。

任為志瞧著是真心待她。

是以此刻姜雪寧才有如此玩笑，甭管呂顯是什麼德性，遇著護妻的任為志，保管討不了好。

兩人正說著話，外頭就來報說，任老闆看著天晚，親自來斜白居接人了。

尤芳吟自然又鬧了個大紅臉。

姜雪寧知道她臉皮薄也不多說什麼，只又簡單地問了些生意上的事，又交代她回頭手底下挑幾個得力的掌櫃和一個拎得清的能幹掌櫃，去衛梁那邊盯著，便催她趕緊出門去，免得任為志等久了。

近日來富商巨賈匯聚金陵，秦淮河上夜夜笙歌，明明已到秋日，卻比起夏天還要熱鬧。有些趕場子的熟人更是每一場應酬都會遇到。

尤芳吟自與姜雪寧那邊說過一回話後，之後三天便沒有刻意避免應酬，而是與任為志一道赴宴，倒也沒有再遇到呂顯，心裡還當此人也就是問上一句，說不準不蹚這渾水，已經離開金陵了。

沒料想今日竟然在宴上撞個正著。

那時她正凝神聽鄰座幾名陝甘的藥材商人談邊關的事情。

「自長公主殿下去和親後，大乾與韃靼倒是真開了互市，韃靼可有不少好藥材。不過你也知道，那地方苦寒，沒什麼大生意好做。沒成想今年走了大運，正愁賣不掉好些藥材呢，倒遇上個年輕人，長得可俊朗，也不知是哪位巨賈之子，張口就給我包圓兒了，雖然利薄，可銷得多啊，這才讓我早些回了來，還能籌備點明年的藥材。那位說了，藥總是缺的，讓明年有還給。」

「你那藥材可有二萬兩銀吧，這也買，闊綽啊！」

「誰說不是？」

「唉，可提不得邊關！」

「老兄怎的愁眉苦臉？」

「嗐，這話我也是憋久了，咱們做藥材的多少都認識幾個大夫，這兩年互市開了醫術傳到韃靼，也有幾個人去了韃靼王庭。我家那掌櫃的有個小夥計的兄弟在王宮做事，前兒回來跟我說，殿下嫁去韃靼兩年似乎是有身孕了。」

「嘩！」

周遭頓時一片震驚，尤芳吟更是沒忍住，一下回頭看去。

眾人都不解：「有身孕不是好事嗎？」

那人嗤了一聲道：「你們知道什麼？那韃靼王延達正當壯年，雖娶了公主，可哪裡又將一弱女子放在眼底？王宮中毫無地位，韃靼王更是三妻四妾，格外寵信一個叫什麼納吉爾的韃靼女人。哪裡是什麼公主和親，分明是受辱！」

旁人面面相覷，不免嘆息一聲。

尤芳吟聽得心驚肉跳，有心想要問問這人的消息是否可靠，可宴席之上當著這許多人的面卻是無論如何都不好開口。

她一頓飯吃得心不在焉。

任為志坐她旁邊替她夾菜，悄悄問她是出什麼事了，她眼角餘光瞥見方才說出消息的那名商人出去，便低聲解釋了兩句，也起身出去。

她心裡記掛著那邊關上的傳聞，離座之時竟沒瞧見角落裡一人見她出去後，也放下了手中酒杯，跟了出來。

才上走廊跟著那人走了幾步，便聽後面笑聲起來。

有人在後面怡然道：「宴席才半，尤老闆便匆匆離席，看不出竟對邊關的消息這樣關心，莫不是也要涉足藥材生意了？」

這聲音聽著著實耳熟。

尤芳吟心頭一緊，轉過頭來就看見了呂顯。

穿一身文人長衫，雖做著銅臭生意，架勢上卻從來不肯虧待自己，永遠一身筆墨香氣。只可惜眉目裡那點感覺精明市儈了些，與任為志恰好相反。

她停下腳步，警惕起來：「呂老闆也來了。」

呂顯這幾日沒離開過金陵，只盤算著京中接了信後的反應，又料理了一些事情，今日聽說任為志與尤芳吟要來，便也跟著來了。

他走近道：「前些天本想與尤老闆攀談兩句，不想您半點面子也不給，也不願多說半句，倒叫呂某有些傷懷。今日難得遇到，不知可否挪空？」

尤芳吟往後退了一步：「今日乃是宴會，他人府邸，實在不適合談生意，我也有事在身，呂老闆還請改日吧。」

呂顯沒當回事：「不是談生意。」

尤芳吟道：「不是生意，那便是私事。還請呂老闆見諒，妾身乃是有夫之婦，除生意之外與人私下往來，實有不妥，還請呂老闆注意分寸。」

不談生意，私事也不談？

呂顯這人面上看著圓滑，可其恃才傲物，連當年考學遇到謝危都要爭強鬥狠，是後來才服氣給他做事的。可若換了旁人，要叫他看得上，那是難如登天。

他少有將誰放在眼中的時候。

聽了尤芳吟以任為志作為推脫，讓他唇邊掛上一抹玩味的哂笑，道：「尤老闆與任公子是什麼關係，夫妻的戲又幾分真幾分假，尤老闆自己心裡有數，明人面前何必說暗話呢？」

尤芳吟萬沒料想自己與任為志的關係竟被此人一語道破。

她身子緊繃起來，又退一步。

可後方已是牆角，退無可退。

她道：「呂老闆這話便讓人聽不懂了，我與任公子乃是明媒正娶的夫妻。」

呂顯不耐煩同她兜圈子了，只道：「我想見妳東家。」

這一剎，尤芳吟瞳孔都縮緊了。

呂顯本是開門見山，也的確有事要找姜雪寧，可誰料話剛說完，抬眼一看，竟覺眼前這姑娘忽然變了個人似的，回視著自己的目光裡也多了一分幼獸護主般的警惕與敵意。

一種不妙的感覺忽然掠過心頭。

根本還沒等他反應過來，尤芳吟竟然轉頭向著走廊另一邊花廳的方向大喊了一聲：「非禮啊！」

非、非禮？

呂顯簡直嚇得一激靈，素來笑對泰山崩、冷看滄海枯的沉著人，都被這突如其來的字眼搞得慌了神。

想他呂顯雖是個禽獸，那也是斯文禽獸！

非禮姑娘這種事，從沒有過！

倘若她叫喊起來，那還了得？

所以，他完全是下意識地立時踏前一步制住了尤芳吟，伸手捂住她的嘴，又驚又怒：「我何曾非禮妳了？」

尤芳吟反倒成了最冷靜的那個。

她直視著呂顯，那意思不言自明。

呂顯這才發現自己的手已經壓到了人嘴唇邊上，軟膩的口脂蹭在掌心，驚得他一下想縮回手來。可看著尤芳吟這樣，又擔心鬆開手她會繼續汙蔑自己，亂叫亂喊引來旁人。

額頭上險些爆了青筋。

呂顯深吸了一口氣道：「我放開手，也請尤姑娘不要再血口噴人。」

尤芳吟眨了眨眼。

呂顯放開她。

尤芳吟一動沒動，盯著他道：「我為姑娘做事，姑娘遠避蜀地，便是不想生出紛擾。呂老闆就算有事，往後好生說話，打擾我沒關係，倘若想糾纏姑娘，但凡見著，我都像方才那樣喊。」

呂顯氣結。

尤芳吟卻淡淡提醒：「人要來了，呂老闆還是趕緊走吧。」

呂顯回頭一看，花廳那邊果然人影閃動，真是又急又惱，縱使原來有一肚子的話想要說甚至想要罵，也找不到時間出口，匆忙間只扔下一句「算妳狠」，趕緊先溜。

等走得遠了，聽見走廊上一陣喧譁。

尤芳吟輕聲細語地對人說，是個身材高大的宵小之輩，藏在花叢裡，嚇了她一跳，已經往東邊跑去了。

呂顯簡直氣得腦袋冒煙。

夫子說得好，唯女子與小人難養也！

當年蜀香客棧偶遇，還是清遠伯府一個忍辱受氣的小丫頭，如今搖身一變，錢有了，勢有了，心眼也有了，瞧著寡言溫和，結果是個切開黑！

非禮這種話都說得出口！

是在姜雪寧身邊待久了，這不是「近朱者赤，近墨者黑」是什麼！

## 第一八六章　訪客

呂顯自己氣了個倒仰，尤芳吟心裡也不痛快。

離了宴席，立刻回了斜白居。

這時候姜雪寧正吩咐人去揚州那邊抓衛梁。

眼看著江寧秋闈的日子近了，她本以為衛梁回了田間地頭布置下那什麼馬鈴薯的事就會返回金陵，哪裡料到等了兩日愣是沒看見人。派人去問，才知道，這人竟然說，種地事大，鄉試隨便。

這還了得？

怎麼說也是前世探花的功名，就算喜歡種地、有種地的本事，上一世也是有了官身之後他才好施展開手腳，百姓們奉之為農神。姜雪寧雖然用他做事，有自己的私心，謀自己的私利，可倘若耽誤了他的仕途，心裡豈能過意得去？所以是氣不打一處來。

看見尤芳吟來，她便苦笑一聲：「妳來得正好，我這兒正讓人去抓衛梁到金陵呢，好歹約束著他把鄉試考完再說。天底下怎麼有這樣的讀書人呢？」

這幫讀書人可真是各有志向。

呂顯幫謝危經商也就罷了，畢竟謝危是個能耐人；可衛梁幫自己種地，那算怎麼回事？若是往日，尤芳吟聽了只怕也要笑上一回，可此刻聽聞也不過只是勉強笑了一笑。

姜雪寧看出她帶著事兒來。

眼珠略略一轉，隱約猜著點什麼，徑直問道：「又遇到呂顯了？」

斜白居的假山之畔，便是滿湖乾枯的荷葉。

姜雪寧立在湖邊，手裡拿著魚食。

尤芳吟心裡猶豫，其實不大想讓她煩擾，可隱藏的忌憚到底超過了猶豫，終是道：「遇到了。」

她將今日遇到呂顯的事都仔細說了，只隱去了自己為難呂顯一段。

姜雪寧聽後立時皺眉，良久地沉默。

尤芳吟道：「我在席間聽聞了韃靼那邊與公主有關的消息，呂顯要找您，會否與此事有關？」

邊關的藥材商人說，長公主殿下在韃靼王庭，或許已經有了身孕。

姜雪寧覺得恍惚。

她最擔心的事情，到底還是這樣來了。因為事先已經做過太久的心理準備，所以這一刻竟沒有太多的震駭，只感覺到了一種命運不由人更改的沉重和悲涼。

可她，偏要與這無端反復的命運作對！

上一世她並未提前得知公主有孕的消息，而是韃靼大舉進犯中原後，才聽聞沈芷衣橫遭不測，在有孕之後被韃靼陣前屠以祭旗！

韃靼要舉兵進犯，怎會留下敵國的公主與有敵國血脈的孩子？

一種反胃的噁心漸漸竄了上來。

姜雪寧喉嚨裡都有了隱隱的血腥味兒。

常言道，好人有好報，可上一世的沈芷衣豈應落得那般下場？

她用力地攥緊了自己的手掌，才能克制住那幾分因恐懼而泛上的顫抖，果斷地道：「不管呂顯是為什麼事來找我，如今該我去找他了。找個機靈點的人，去打探一下呂顯在何處落腳，遞一張拜帖過去。我要見他。」

金陵雖大，百姓雖多，可呂顯這樣的大商人，又是為鹽引之事而來，廣有交遊，要打聽他的住處不是難事。

手底下人沒費多少工夫就找到了他所住的別館。

只是去遞拜帖時竟得知呂顯不在住處。

姜雪寧原打算拜帖一遞，自己隨後便去拜訪呂顯，哪裡想到他會不在？

當下便疑竇叢生。

她皺眉問：「他不在住處，去了什麼地方？」

那名負責去遞拜帖的小童躬身回答：「小的問過了別館的門房，說他們呂老闆有生意在揚州，急需處理，下午時就騎馬出了門。走得很是匆忙，也沒說什麼時候回來。」

姜雪寧聽了心底一沉。

尤芳吟在旁道：「那或許要等他回來再見了。」

姜雪寧有一會兒沒說話。

尤芳吟心生忐忑：「姑娘覺得不對？」

姜雪寧道：「若只是談生意，金陵到揚州乃是順長江而下，船行極快。去下游哪裡需要騎馬？」

尤芳吟登時駭然：「您的意思是……」

姜雪寧閉了閉眼：「只怕他去的不是揚州。」

在這當口上，有什麼事能讓呂顯離開金陵？

她心中隱隱有些猜測，只是不敢下定論。

當下先吩咐了人每日定時去呂顯所住的別館打聽他是否回金陵，另一方面卻立刻修書一封使人快馬送去湖北黃州交予燕臨，一則問問他那邊有沒有與沈芷衣相關的確切消息，二則問問呂顯在不在他那邊，又有什麼打算。

呂顯一去竟有整整小十天。

直到第十一日，兩淮巡鹽道的官員於清園設宴，邀集所有鹽商商議明年鹽引與皇帝南巡之事，才有消息傳回說，呂顯快馬馳回金陵，到別館換過了衣衫，匆匆赴宴。

姜雪寧當即決定去清園外等人。

清園修在秦淮河邊上，占地極廣，一半都對著河，本是前朝金陵謝氏盛極時所建，假山亭臺，移步換景。只可惜到本朝時謝氏已然沒落，園子輾轉落到貪官手中，後被朝廷罰沒為官產，如今只用來招待出使江南的欽差大臣、王公貴族，或是用以公事宴飲。

金陵人都知道這地方。

姜雪寧自然也知道，畢竟謝危就出身金陵謝氏。當年他金榜題名時，人人都道他會重振謝氏。只可惜謝氏血脈已然稀薄，謝危似乎也並不十分偏袒自家，所以謝氏倒沒有什麼起色。上一世眾人評價謝危，都稱他乃是「舊時王謝堂前燕」裡那曾經龐大的謝氏一族，在新王朝裡最後一抹璀璨的餘暉。

只是此地宴飲乃是官府邀集鹽商前去，姜雪寧隱身幕後，明面上並無鹽商身分，且清園裡人多眼雜顯然也不是什麼說話的好地方，乾脆使人在清園斜對面的觀瀾茶樓包下了一層，等著裡面結束直接見呂顯。

這幾天衛梁已經被她抓回了金陵。

眼看姜雪寧要出門，他還竊喜了一會兒，心道說不準可以趁機溜走。

這金陵城待著哪裡有田間地頭舒服？

豈料本已經走出去的姜雪寧一回頭，上下打量他片刻，竟然道：「你跟我一起去吧。」

衛梁：？？？

他心裡一萬個拒絕，恨不得坐在椅子上不起來，臉都綠了，苦道：「東家姑娘，您去談大事，談生意，我去幹什麼呀？」

姜雪寧看著他，似笑非笑：「帶著你去也挺重要。」

一來是防著這位準探花說溜就溜，回頭鄉試開考見不到人；二來倘若韃靼那邊與沈芷衣的消息是真，她自有一番謀算，錢這一道衛梁不懂，糧這一道她不懂，帶他去見呂顯是正正好的。

說完都懶得再看他臉色，直接把人拎上馬車。

只是姜雪寧半點也不知道，她的馬車前腳離開，一行人駕著快馬，卻是後腳就到。

為首之人勒馬斜白居前。

旁側一名面有憊色的少年下馬，詢問門房：「敢問貴府主人可在？我家先生遠道而來，有事拜候。」

門房打量著一行十數人，目光在為首之人的身上轉了轉，也不知為什麼竟有些緊張，覺出幾分忐忑恐懼來，戰戰兢兢答道：「我們主人剛出門。」

那少年一怔，回頭看向為首之人。

為首者手中攥著韁繩，衣上沾滿僕僕的風塵，只問：「去了何處？」

# 第一八七章　風箏線

姜雪寧的馬車一路駛到觀瀾樓。

正逢秋高氣爽，時人大多去了秦淮河邊，或在附近山上賞桂拜廟，茶樓裡人正冷清，難得有人包場，老闆見了客來簡直喜笑顏開。

這茶樓布置有幾分雅趣。

二樓靠欄杆的地方專辟出一處做了琴臺，上置琴桌，桌上陳琴，角落裡還擱著香爐，香爐裡燒著一把還不錯的沉水香。

只是眼下客少，並無琴師彈奏。

姜雪寧來等人也不想被打擾，揮退了要來待客的茶博士，琴師也沒讓叫，只尋了一本書來看著打發時間，等著清園內議事結束，好見呂顯。

衛梁就百無聊賴了。

書架上都是經史子集、詩詞歌賦，他半點興趣也無。耐住性子喝了半盞茶後，站起來又坐下，從這頭走到那頭，實在無所事事，只覺這茶樓人少，讓人趁亂溜走的機會都尋不到。

風光雖好，他卻覺束縛。

尋摸半天，只走到欄杆邊朝外看。

不經意間一回頭，倒看見那張琴。

種地乃他所喜，讀書乃他所惡，可以說厭惡一切雅事，偏愛那等俗事。可琴除外。

往日讀書他便偏好此道，如今無事可做，看見這張琴便有幾分技癢，眼瞅著姜雪寧在邊上讀書，也沒搭理自己的架勢，便走上琴臺，坐在了琴桌前。

茶樓不怎麼樣，琴自然也不是特別好的琴。

但初勾弦試音，倒也不算太差。

衛梁信手便彈奏了一曲。

姜雪寧本在看書，只是想到一會兒要與呂顯見面，大半的心思倒沒在書上，只琢磨一會兒要談些什麼，怎麼談，所以不是很看得進去。

乍聽琴音起，她還怔了一怔。

抬起頭來才發現，竟是衛梁在撫琴。

彈的一曲《青萍引》，正所謂是「風生於地，起青萍之末」，於此秋高之際，層樓指上彈奏，忽然之間暗合了她此刻的心境。

多事之秋，不知風起何時。

姜雪寧放下手中那僅翻了幾頁的書，靜聽衛梁彈奏完才道：「原來衛公子也會彈琴。」

衛梁彈奏純是興起，並沒想到她會在聽，抬起頭來看見她正用脈脈的目光注視著自己，也不知怎的一股熱意便往臉上竄，讓他有了一種顯擺賣弄於人前的窘迫之感，慌忙之間便起了身，解釋道：「閒著無事，技甚拙劣，恐汙姑娘尊耳。」

他起身得急，袖袍掛了桌角。

那琴在桌上都被帶歪了。

姜雪寧沒忍住笑：「我自己彈琴才是汙了旁人耳朵便罷，衛公子彈奏極好，我豈有笑話你的意思？」

衛梁接不上話。

他向來不很善於言辭，立了半天才磕磕絆絆道：「您也愛琴麼？」

愛琴？

她可不敢。

姜雪寧一搭眼簾，擱下書，走到近前，只把歪了的琴扶正，道：「我技藝拙劣，也無一顆清心——是不配彈琴的。」

衛梁不由愣住。

眼前女子站在琴臺那側，微斂的眸光裡似乎藏著點什麼，細長的手指搭在琴身邊緣，那手勢分明是對琴之一道有所瞭解的人才有的。一股幽微的青蓮香息從她衣袖間散出，竟為她豔麗的輪廓添了幾分動人的清冷。

可這位東家不是愛極了錢嗎？

眼下哪裡像是滿身銅臭的商人？

他的目光落在姜雪寧身上，一時迷惑了。

姜雪寧卻是想起舊日一些人，一些事，輕輕皺了眉，剛要撤開扶著琴的手，樓下便有小童匆匆奔了上來：「姑娘，姑娘！」

她一驚：「清園議事結束了？」

那小童卻朝外面一指，道：「不是，是外頭有人說要找您。」

在金陵這地界兒，她認識的人可不多。

清園議事沒結束，找她的也不會是呂顯。

姜雪寧頓時覺得奇怪，人本就站在二樓琴臺上，幾乎是下意識順著小童所指的方向，朝著茶樓下方道旁望去。只目光所觸的短短一剎，整個人身形如被雷霆擊中一般，立時僵硬！

她幾乎不敢相信自己的眼睛。

腦海裡第一個冒出來的念頭是——不可能。

京城到金陵，從北到南，兩千多里的距離，沿路要更換多快的馬、頂住多少日的不眠不休，才能在這短短的十來日裡，飛度重關，來到江南？

衛梁本是背向欄杆而立，眼見姜雪寧向著下方望去，面有異樣，不由也跟著轉頭望去。

只見道旁不知何時已來了一行十數人。

大多騎在馬上，身著勁裝，形體精幹，只是面上大多有疲憊之色，似乎一路從很遠的地方奔襲而來，經歷了不短時間的勞頓，連嘴唇都有些發白起皮。

邊上一名藍衣少年已經下了馬。

這幫人雖然不少，卻沒發出半點雜音。

連馬兒都很安靜。

衛梁雖然遲鈍，卻也看出了幾分不同尋常，更不用說最前方那人，實在看得人心驚。

而姜雪寧的目光，也正是落在此人身上。

兩年的時間過去，這位當朝少師大人，卻似乎沒有太大的變化。

仍愛那雪白的道袍。

只是長日的奔襲似乎使他形容消瘦不少，白馬的四蹄濺滿泥漬，乾淨的袍角也染汙一片，右手五指緊緊地勒住韁繩，以至於上面已經覆了一層疊一層的血痕，他自己卻似未有半分痛楚的察覺，一張漠然的臉孔抬起，看向高處的姜雪寧。

在衛梁的目光落到他身上時，他的目光也輕輕轉過來，與衛梁對上。

那一瞬間衛梁竟覺悚然。

分明是那樣平緩無波甚至寂然無痕的一眼，他卻彷彿瞥見了其間隱藏的風狂雨驟、劍影刀光，然而再一回神，那眼神又如神明一般高曠深靜，沒沾半點塵埃似的移開了。

以前呂顯曾經問他，雖知道你不是那樣的人，可倘若她這一去不再回京，你難道聽之任之？

他不曾回答。

因為他知道，風箏總是去天上飛的，可只要那根繫著的線不斷，飛得再遠，也終究會回來。她對長公主沈芷衣的承諾，便是那根線。要有了這根線，他才能名正言順地，將風箏拽回來，或者順著這根線去找尋她。

謝危覺得自己像個瘋子。

千里迢迢而來。

到這時才想起，自己好幾日沒合眼，於是忽生出一種難言的厭倦，也不說話，收回目光，便欲喚人離去。

姜雪寧自然注意到了他看向衛梁那一剎的目光，心裡原不覺得自己有何過失，然而在他斂眉垂眸那一刻，也不知為何生出了一種本不應該的心虛。

同時也有萬般的疑惑——這節骨眼上，謝危怎會來找她？

眼見對方要走，那一刻實在容不得她多想，脫口便喊了一聲：「先生！」

謝危停住。

姜雪寧掛念著沈芷衣，一咬牙，也沒管邊上衛梁詫異的目光，提了裙角便徑直下樓，來到謝危的馬前，抬首仰視著他，張口卻一下不知該說些什麼。

日光遍灑在他身上。

髒汙的道袍袍角被風吹起。

謝危那遠山淡墨似的眉眼卻被周身逆著的光擋了，神情也看不清晰，只搭著眼簾俯視她，過了半晌，才將一頁已經在指間捏了一會兒的紙遞向她，無波無瀾地道：「三日後啟程去邊關，妳若考慮好可以同往。」

如今她哪敢有半分怠慢？

用雙手將那薄薄的一頁紙接過，目光落下時，才發現謝危手指邊上那轡繩留下的勒痕。腦海中便一下掠過當日掙脫這隻手時，那淋漓墜地的鮮血。

姜雪寧不敢看謝危。

謝危也沒同她再說什麼。

只聽得轡繩抖動的聲音，沾滿汙泥的馬蹄從地上踏過，刀琴匆匆給她行了一禮，便連忙翻身上馬，帶著眾人跟上遠去。

衛梁在二樓看了個一頭霧水。

馬蹄聲遠去，面前的街道空空蕩蕩。

姜雪寧卻如做了一場大夢般。

唯有手裡這一頁紙，提醒著她方才並非幻夢一場。

她緩緩將這頁紙打開。

# 第一八八章　差別

上頭是密密麻麻的墨跡，乃是一封從邊關傳來的急報，然而末尾處卻貼著朱紅的丹砂御批！

在通讀完的剎那，一種無邊的荒謬便將她淹沒。

姜雪寧簡直不敢相信自己在末尾看見的那幾個字，眼底的淚混著恨意與不甘，倏爾淌落下來，沾染了那些已經乾涸的墨跡。

衛梁從樓上下來，既不知來者的身分，更不知姜雪寧與方才那人有什麼關係，可一聲「先生」聽在耳中，實有些不同尋常。

他何曾見過姑娘家垂淚？這一時簡直手足無措。

姜雪寧攥著那頁紙的手指卻緩緩收緊，只向衛梁道一聲：「回去吧。」

若是方才他聽見這句，只怕立時大喜。

畢竟這意味著他可以偷偷溜走了。

然而此刻，衛梁答應了一下，卻是想跑都不敢跑，擔心著她這架勢怕出點什麼事。

姜雪寧在原地立了一會兒，將這頁信紙收了，才叫上自己出來時帶的人，留了話給清園中還沒議事結束的尤芳吟，先行回了斜白居。

尤芳吟是知道她今日打算見呂顯的。

清園議事一結束便來了觀瀾茶樓，卻沒見著人，得了話後匆匆返回斜白居，卻看姜雪寧摒退左右，一個人坐在水榭看著架在欄杆上的魚竿發呆。

直覺告訴她，似乎出了什麼自己不知道的事。她猶豫了片刻，走上前去。

聲音已經放輕，像是怕驚擾了她，只問：「姑娘猜得不錯，呂顯這些天雖然沒在金陵，可官府撥發鹽引的日子一到便立刻風塵僕僕地出現在清園。方才議事結束，他人就出去了。您沒見他嗎？」

姜雪寧回頭看她一眼，慢慢道：「不用見了。」

尤芳吟愣住。

姜雪寧卻問：「鹽引的事怎麼樣？」

尤芳吟道：「原本已經備了大筆的銀兩，可在清園議事時，兩淮巡鹽道的官員卻說我們既是蜀地來的，不該摻和江南鹽事，連競價的機會都沒給。說來奇怪，呂顯雖然去了，卻只湊了個熱鬧，並沒有競多高的價拿多少鹽引。」

姜雪寧並不驚訝。

謝危觀瀾樓下那一句話反復在她腦海裡回蕩，一重一重交疊過後，抽絲剝繭一般，卻慢慢在她心底編織出一個近乎瘋狂的推測！

——這當口，京中朝堂局勢風雲變幻，天教佛門之爭愈演愈烈，謝危來到江南便也罷了，還說三日後將去邊關……

若換了旁人，姜雪寧想都不敢想。

畢竟那是何等可怖的猜測！可偏偏，說出這話的人是謝危。

帶著鎖扣的一只木匣，就擱在旁邊桌案上。那頁紙也落在匣邊。

姜雪寧轉過頭，開了鎖扣，慢慢將木匣推開，裡頭既無明珠，也無珍寶，只一抔經年的陳舊黃土。

尤芳吟忽然意識到了什麼。

姜雪寧卻朝她寬慰似的一笑，道：「還勞芳吟提早清算一下我們手中可以動用的銀錢與產業，我怕臨了再籌謀就來不及了。」

尤芳吟沉默良久，道：「是。」

姜雪寧便捧了匣子，收了那頁紙，回了自己屋中。

她原本約了呂顯卻沒去見，呂顯竟也沒再派人來問。

第三天下午，尤芳吟那邊連夜將諸多繁複的帳目都清點好了，姜雪寧便乘了馬車出門，向前些日探聽的呂顯所住的別館而去。其地也算鬧中取靜，在秦淮河邊上一條小巷裡。

馬車才到巷口，她掀開車簾，便看見巷口坐著的一名賣炭翁瞧著像是那日在樓下所見一行人中的某個。

對方氣息內斂，目有精光。

雖然是一眼看見了她，可也沒什麼反應，埋下頭便繼續叫賣起來。

姜雪寧知道自己來對了。

她下了馬車，步入巷內。

昨夜一場秋雨下過，天氣轉涼，巷邊院牆裡隱隱飄來桂子香氣，卻十分安靜。盡頭有一座幽靜的院落，門口有人把守，姜雪寧停下腳步時，卻在這裡遇到了一個意想不到的故人。

那是名恬靜淡泊的女子。

穿著一襲淺藍的百褶裙，身無贅飾，只耳垂上掛了兩枚月牙兒白玉耳璫，玉帶束腰，竟也有幾分松柏似的風姿。此刻手中執著一卷詩集，正立在臺階下。

這兩年來，姜雪寧是見過對方的。

昔年險些成為仰止齋伴讀的那位尚書家的小姐，樊宜蘭。

當初她從京城去蜀中，樊宜蘭也正好在，和她算點頭之交。其人性情也寡淡，雖是女子，卻很有幾分高士做派，姜雪寧對她頗有好感。在蜀中那段時間，兩人曾一道遊山玩水。後來樊宜蘭離開蜀中，她們才斷了聯繫。沒想，現在竟在這裡遇到。

她走過去，便聽樊宜蘭對著門口的人道：「學生樊宜蘭，昔日曾蒙謝先生一言之教，一日之恩，偶聞先生就在金陵，特來拜見。」

門口那人似乎認得她，只道：「您已來三次了。」

樊宜蘭似乎有些不好意思：「煩請通傳。」

門口那人才道：「那您稍等，我去看看。」

樊宜蘭道一聲謝，並無什麼不耐煩，只看著那人去了，自己則立在原地等待。

她容貌並不十分引人注目，可一身清遠淡泊之感，卻令人豔羨。

姜雪寧走得近了，才看清她手裡拿的是詩集。

是了。

當年樊宜蘭卓有詩才，本在參選仰止齋伴讀，誰想到謝危一句「皇宮裡沒有好詩」，輕而易舉將她黜落，倒似乎點醒了她，成全了她如今令士人交口稱讚的才女之名。

樊宜蘭本有幾分忐忑，姜雪寧在遠處時，她同門口人說話，並未察覺。

直到人走近了，她才發現。

驚訝之餘，定睛一看，頓時笑起來：「姜二姑娘，妳怎麼也來？」

姜雪寧對自己的來意避而不談，略見了一下禮，卻道：「樊小姐這是？」

樊宜蘭倒未多想，只道：「前日到金陵，道中見到謝先生，還道是看錯了，打聽一番才知是真。我曾受先生點撥之恩，不敢忘懷。於是收拾了近年來幾首拙作拜會先生，一來感謝先生恩德，二來請先生稍加指點。不過頭兩回來，都說先生在休息，不敢驚擾，所以今日又來一回。」

姜雪寧沒接話。

樊宜蘭提起還覺納悶：「說來奇怪，前日我是下午來，得聞先生休息後，昨日特挑了早晨來，也說先生在休息……」

前日到昨日。

姜雪寧心底似打翻了五味瓶，也不知自己究竟出於什麼心情回的樊宜蘭這一句，只慢慢笑了一笑說：「興許是初來金陵，一路舟車勞頓，太累了吧。」

初來金陵？

樊宜蘭微有詫異地看了她一眼。

此刻她才忽然意識到，姜雪寧只問她來幹什麼，卻沒說過自己來幹什麼。

她想要一問究竟。

這時身著一身墨綠勁裝的劍書從裡面走了出來，本是要出門辦事，順便來打發樊宜蘭走的，跨出門來便道：「樊小姐，先生尚在休憩，還請您改日再來。」

話音剛落，他就看見了站在樊宜蘭身邊的姜雪寧。

樊宜蘭登時面露失望。

她眼底掠過幾分惋惜，只一躬身道：「既然如此，我改日再來拜會。」

劍書的目光卻落在姜雪寧身上：「寧二姑娘……」

姜雪寧方才已聽見他對樊宜蘭說的話，便道：「那我明日再來。」

劍書可不是這意思。

他畢竟目睹過兩年前自家先生那模樣，知道姜雪寧有多特殊。

當下忙道：「不，請您稍待片刻。」

姜雪寧一怔。

樊宜蘭也向她看去。

劍書卻沒來得及解釋什麼，返身便回了別館，又很快出來，步伐似乎急了些，重新來到門口時都有些微喘，只道：「先生方已起身，您請進。」

樊宜蘭：「……」

這話不是對她說的，她輕易便可判斷。

姜雪寧也靜默了片刻，才邁步從樊宜蘭身邊走過，上了臺階，往別館裡面去。

劍書則朝樊宜蘭一欠身，然後返回別館，走在前面為姜雪寧引路。

原地只留下樊宜蘭一個。

人立在別館門外，她若有所思，心下微有一陣澀意浮出，但片刻後又付之一笑。那由她帶來的一卷精心編寫的詩集，如一瓣輕雲般，被她鬆鬆快快地隨手扔了，卻是釋懷。

❀

謝危是被劍書叫醒的。

窗外薄暮冥冥，卻比北地暖和些，虛空裡浮著濕潤的水氣，只坐起身來，恍惚了片刻，便知道不是京城的氣候。

梅瓶裡插了一枝丹桂。

這一覺睡得似乎有些久了。

小廚房的粥已經是熬了換，換了熬。

聽完劍書的話後，他披衣起身。

刀琴則立刻將準備好的熱粥端上來，擱在桌面，擺上幾碟小菜，並不敢放什麼葷腥。只因來金陵這一路上謝危著實沒像樣吃過什麼東西，油膩之物一則怕吃不下，二則怕傷了腸胃，只這點清粥小菜較為穩妥。

他也倦於說話，坐下來喝粥。

不多時，劍書將姜雪寧帶到，謝危面頰蒼白，粥喝了小半碗，眼皮都沒抬一下，道：「進來。」

無論是面上的神情，還是說話的語氣，皆與當年在京城當她先生時一般無二。

彷彿當初璧讀堂內一番對峙從未發生過。

姜雪寧走進來，規規矩矩地躬身行了待師之禮，道：「見過先生。」

他聽了也無甚反應，一手捏著白瓷的勺子，攪著面前的粥碗，看著那一點點上浮的白氣，卻半點不問她考慮得如何，反而問：「用過飯了？」

# 第一八九章　踐諾

謝危雖已披衣，甚至也略作洗漱，可身上只簡單的薄薄一件白袍，青木簪把頭髮鬆鬆一束，神情也淡淡，便比平日衣冠整肅的時候多了幾分隨和散漫。

姜雪寧看也知道這是才起身。

畢竟謝危尋常時從髮梢到袍角，都是令人挑不出錯來的。

她在對著謝危時，到底是忌憚居多，是以比起以往的放肆，顯得很是拘謹，想了想回道：「回先生，已經用過飯了。怪學生思慮不周，未使人先行通傳便來叨擾先生。倘若先生不便，學生改日再來。」

謝危終是看了她一眼。

眼神裡有一閃而過的靜默，唇線抿緊時便多了一份不耐，但只向她一指自己對面的位置，示意她坐，同時喚了一聲：「刀琴，添副碗筷。」

姜雪寧進門時便沒敢走太近，這時身子微微僵了一僵，立著沒動。

謝危一聲冷笑：「妳要站著看我吃完？」

姜雪寧終於醒悟過來。

這兩年，謝危在朝中稱得上韜光養晦，一朝離開京城來到金陵，分明是有事要和她商談，且時間緊急，必要留她說話。她若不坐下來一道，反在旁邊等著謝危喝粥，豈不尷尬？便是她不尷尬，對方這一頓粥也未必能吃個自在。

是她糊塗了。

這些年來也算料理了不少事情，和許多人打過了交道，怎麼乍一見面，又緊張出錯，連這點小彎都沒轉過來？

心裡不免氣悶幾分，姜雪寧暗罵自己一句，忙道一聲「那便謝過先生，恭敬不如從命」，然後猶豫一下，還是走到桌旁坐下。

這位置正好在謝危對面。

兩人之間僅一桌之隔。

外頭刀琴添了碗筷進來，拿了碗，要替她盛粥。

謝危眼也不抬，修長的手指執著象牙箸，夾了一筷蓮藕進碗：「她自己沒長手嗎？」

姜雪寧聽得眼皮一跳。

刀琴更是頭皮發緊，眼睛都不敢亂看一下，低低道一聲「是」，趕緊把碗放下退了出去。

這架勢簡直跟閻王爺似的。

往日的謝危總是好脾氣的，天底下少有事情能使他冷了一張臉，便前世舉兵謀反、屠戮皇族，也都溫溫和和模樣，不見多少殺氣。

可如今……

若換了是兩年前還一無所覺的時候，這會兒姜雪寧只怕已經堆上一張笑臉去哄這位少師大人消消氣，現在卻是半點逾矩也不敢有了。

她只當是什麼都沒聽見，心裡寬慰自己興許謝危是剛睡醒有脾氣，忙給自己盛了小半碗粥，小口小口地喝著。

謝危也不說什麼了。

他這樣的人縱冷著一張臉，舉止也十分得體，賞心悅目，倒令姜雪寧想起當年上京時。

那會兒還不是什麼謝先生，謝少師。

只以為是姜府遠房親戚，表得不能再表的病少爺。抱張琴半道上車，雖然寡言少語，一舉一動卻都與她以前山村裡那些玩伴不同，就像是山間清風松上皓月。

她本就為上京忐忑。

京城裡那些富貴的家人，會不會看不起鄉野裡長大的自己？

她從未學習過什麼禮儀詩書，聽隨行的婆子說了許多，可還是一竅不通……

遇到這麼個人，讓她忍不住低頭審視自己。

惶恐與自卑於是交疊起來，反讓她強迫自己把架子拿起來，抬高了下頷，抵觸他，蔑視他，對這樣一個人，表現出了強烈的敵意。

她故意打翻他的茶盞，撕壞他的琴譜……

只是暗地裡，又克制不住那股自卑，悄悄地模仿他，想要學來一點，等去到京城後讓人高看一眼。

還記得趁著謝危不在車內，撕壞他琴譜時，那一路上話也不怎麼說的病秧子，破天荒地拿著那本扯沒了好幾頁的琴譜，問她：「妳幹的？」

她裝傻：「什麼？」

對方聞言，慢慢冷了臉，捏著琴譜的手背上青筋微突，卻陡地對她笑了一笑：「這次我當妳是年紀小不懂事，倘若有下次妳再試試。」

坦白說，姓謝的縱然一臉病容，有些懨懨的神態，可到底一副好皮囊，笑起來煞是好看，她年少也難免被晃了一下眼，同時脊背都寒了一下，有些受了驚嚇。

但對方說完轉身回了車內。

姜雪寧也沒把這句話放在心上，只以為這人不過是放放狠話。一個寄人籬下的遠房親戚罷了，她可是京裡面大官的女兒，他敢把自己怎樣？

所以不僅敢撕了他的琴譜，後來落難的時候一怒之下還砸了他的琴，也沒見這人真的對自己做什麼。

直到回京以後好一陣，偶然得知謝危身分。

那一剎，真真一股寒氣從腳底板衝到腦門頂，讓她激靈靈打個冷戰，生出幾分後怕來。

無知者無畏啊。

姜雪寧默不作聲地喝著粥，想到這裡時，勺子咬在嘴裡，笑了一聲。

謝危聽見抬頭看她。

姜雪寧是一時走神，露出了點本性的馬腳，一對上謝危目光，身形立時僵硬。

謝危目光落在她咬著的勺子上。

姜雪寧訕訕把勺子放了下來。

謝危問：「笑什麼？」

姜雪寧本是想敷衍著答一回，可見謝危冷冰冰一張臉，也不似以往一般掛著令人如沐春風的笑，不知為什麼竟覺得不習慣，也不大好受，更想起沈芷衣那邊可能面臨的困境，心裡堵得慌，到底還是慢慢道：「只是忽然覺得，物不是，人也非……」

她縱然妝容清淡，卻仍是明豔的臉孔。

精緻的五官在兩年之後，已似枝頭灼灼桃華，完全長開。濃密的眼睫輕輕垂下時，投落的幾分薄影裡有些許恬淡的憂悒。

謝危一下想起了那個夏日，窗沿上那一顆小青杏。

心底那股隱隱的煩躁再次翻湧上來。

他曾警告張遮，有所掛礙便莫去招惹，可他的掛礙何曾少於張遮？然而到底還是越了界，露出了端倪。這絕不是他應該做的。

本也沒什麼食欲的謝危，擱下了白瓷小勺，落在碗沿上，頭一次發出了一點細小的碰撞聲，道：「給妳的密函已經看過？」

姜雪寧手指輕顫：「看過了。」

她回想起那密函上的內容，眼眶陡地紅了，哽咽道：「殿下好歹是一朝公主，皇家血脈，聖上乃是她至親兄長，何以枉顧親情，冷酷至此！」

那密函原是邊關急報，所陳乃韃靼王庭之事。

其一是蠻夷之族，狼子野心，兩年養精蓄銳，已經開始暗中整頓兵馬，恐將有異動，對中原不利；其二便是樂陽長公主有孕，所懷乃蠻夷骨肉，因察韃靼事將有變，祕傳消息向朝廷求救，希望能搶在戰事起前從王庭脫困逃出！

那是沈芷衣的求救啊。

上一世她只知結局，卻不知道作為和親公主，沈芷衣曾在出事前向朝廷發去求救的信函，更不知，作為沈芷衣兄長的皇帝沈琅，竟會做出如此的答覆——

賜白綾三尺，毒酒一盞！

在韃靼有所舉動之前，先行了斷自己的性命，以避免淪為人質，欺凌受辱，維護公主之尊，家國之榮！

謝危早已看過那封密函了，淡淡問她：「明日我將啟程去邊關，妳可同去？」

姜雪寧望著他：「先生去幹什麼？」

謝危斂眸道：「倘若妳心中沒數，今日又為何要來？」

姜雪寧沒說話。

謝危道：「長公主不死，等明年春初開戰，便將淪為人質，使本朝陷入兩難。朝廷錢糧初動，備戰尚急，絕不會為救一人提前開戰。妳想迎回公主，還是迎回公主的棺槨，都在這一念之間。」

儘管的確早有預料，可當謝危說出這番話來時，姜雪寧猶自覺得心中發顫，有一種被捲入洪流之中的惶然難安——有什麼辦法，能迎回公主，而不是公主的棺槨呢？

她一腔心緒澎湃，閉上眼，握緊了手。

謝危忽然發笑：「怕了？」

姜雪寧咬牙：「怎會！」

謝危本就是最後的大贏家，如今燕臨羽翼已豐，縱然提前舉事，也未必沒有勝算！何況她怎能眼睜睜看著公主被賜死？

她答應過的。

捧那一抔故土，迎她還於故國！

只是……

姜雪寧慢慢睜開眼：「我答應過公主，自不會失約。可先生真的考慮清楚了？」

謝危笑意淡了，回視她，慢慢道：「我也不失信於人。」

## 第一九〇章　誤解

我也不失信於人。

也。

姜雪寧聽見這句話時，是有一分茫然的，因為並不知道謝危曾向誰許下過什麼諾言。直到模糊的記憶裡浮出一副畫面，連帶著舊日險些被她遺忘的聲音，一道在耳畔響起。

『少師大人，中原的鐵蹄，何時能踏破雁門，接殿下回來呢？』

『很快，很快。』

那一剎猶似冰面上破開了一道裂縫，有什麼東西衝過來，驟然觸碰到了她，讓她嘴唇微微翕張，似乎想要說什麼。

可謝危只是收回了目光。

他面容沉和靜冷，有種拒人於千里之外的疏淡，在她開口之前，已經補了一句：「況且，我有我的謀算。」

姜雪寧於是一怔。

謝危則道：「一來燕臨太重情義，妳有夙願未了，我固然可視而不見，可燕臨卻未必能夠。倘若妳開口請他幫忙，他必定一意孤行為妳赴湯蹈火。邊關戰事，凶險萬分。但凡出了點什麼意外，我數年的謀劃都將功虧一簣，毀於一旦。」

他的聲音越發漠然。

人從桌旁起身，揭了一旁擱著的巾帕來擦手，只道：「寧二姑娘性情偏執，我無法勸妳不去救公主，礙於舊日情面，也不能殺妳先除後患。所以特從京中來金陵一趟，妳雖不算什麼聰明絕頂之輩，形勢卻該能看得清的。料想沒來見我這兩日，手中諸多產業，大小一應帳目，應該已經派人清點好了吧？」

「……」

姜雪寧幾乎不敢相信自己聽見了什麼。

她豁然起身，直視謝危！

清澈的眸底甚至帶了些許怒意。

她的確是做了一番打算才來的。

謝危前兩日來時對她說，要去邊關。

尤芳吟本準備了一大筆銀兩準備參與明年鹽引之爭，可官府那邊隨便找了個藉口竟不讓他們參與，而大費周章來此本應該插手此事的呂顯也沒投進去多少錢。

這證明什麼？

證明呂顯的錢忽然有了別的用途，且希望她們的銀錢不要為爭奪明年的鹽引交給朝廷！

什麼事情需要趕赴邊關？

什麼事情需要許多銀錢？

最大的可能，便是要向韃靼開戰！

更何況，就算謝危沒有這個打算，沈芷衣身陷韃靼向朝廷求救的消息已經被證實。姜雪寧既然對人許下過承諾，自然要去兌現。

的確如謝危所言——如果沒有別的辦法，她會希望燕臨那邊能夠施以援手。

所以那日思索良久後，她讓尤芳吟與任為志抓緊時間清點好名下所能動用的所有錢財，以及近期內可以變現的產業。為的就是能儘快派上用場。

可她沒有想到，謝危會一眼看破，且話鋒一轉，背後是如此冷酷的算計！

「是我忘了。」

姜雪寧心底升起的幾分暖意，驟然被冰雪封凍，讓她垂在身側的手指輕輕握緊，聲音裡卻含了一分諷刺。

「先生所謀之大，本非常人能料，又豈能有常人之心？」

謝危搭著眼簾，並不解釋。

姜雪寧看他這般無波無瀾模樣，更覺心底憋悶，想自己方才竟以為此人心中或恐還殘餘幾分溫情柔腸，實在可笑！

聖人皮囊，魔鬼心腸。

她竟敢輕信。

可眼下除卻謝危，又能指望誰呢？

長公主危在旦夕，她根本沒有別的選擇。

這一時，也不知是惱恨謝危多一些，還是惱恨自己多一些，姜雪寧退了一步，向謝危彎身執禮，聲音裡卻多了幾分冷肅，只道：「學生涸轍之鮒，先生志存高遠，能得您垂憐開恩，已是大幸，況乎謀事救人？錢糧財帛，悉已清點，帳冊傍晚便可交至先生手中。明日既要出發，便恕學生無禮，要回去稍作安排，先行告退。」

謝危把那擦手的絹巾放下。

姜雪寧沒聽他說話，只當他是默許了，一躬身後，冷著一張臉，徑直拂袖，從屋中退了出去。

外頭呂顯剛回。

兩人撞了個照面。

畢竟是兩年沒見過，呂顯見著這明豔冰冷的面容，乍還愣了一下，然後才反應過來是誰。

他本想要打個招呼，誰料姜雪寧看他一眼，冷笑一聲便走了。

呂顯心裡頓時咯噔一下。

他轉過身來，重新看向前方謝危所住那屋的窗扇，猶豫片刻，還是輕輕一提自己那一身文人長衫，硬著頭皮走了進去。

謝居安瞧著無甚異常。

呂顯訕笑了一下，湊上去道：「剛看見你那寧二姑娘走了？」

謝危回眸：「事情怎麼樣了？」

呂顯討了個沒趣，可看姜家那姑娘剛才走時的臉色，必定不很愉快，所以不敢再觸楣頭，只道：「前幾日接到密函後，我便跑了一趟黃州，提前打點好了一應事宜。燕世子昨日已經啟程前往邊關，先做部署。謝居安，韃靼這一次可是精兵強將，不比以前在中原鐵蹄下苟延殘喘的時候了。倘若此戰不利，我們將再無一搏之力！」

原本近兩年，謝危安排得天衣無縫。

對南邊以萬休子為首的天教，他虛與委蛇，並不跟他們撕破臉，偶爾還會提供方便。

對北方以圓機和尚為首的佛教，他置之不理，避其鋒芒，任其發展。

孟陽與圓機和尚有殺妻之仇，都被謝危暗中攔下。

皇帝疏於政務，只以心術權謀禦下，民間自然怨聲載道，天教趁機發展壯大；白馬寺因圓機和尚之故，被封為護國寺，在民間也卓有聲譽。

偏偏圓機和尚與萬休子有夙仇。

邪佛妖道自然爭鬥不休。

謝危居中韜光養晦，暗中網羅勢力，襄助燕臨，只等他雙方相互消耗、鬥個兩敗俱傷。

即便有哪一方獲勝，也不過是慘勝如敗。

屆時他自伺機坐收漁利。

如此便可不費多少兵卒，揮兵北上，造一個驚天動地的反！

可如今因為一個樂陽長公主沈芷衣，竟要先動燕臨這步棋，拿去對付韃靼，救下公主！

在呂顯看來，簡直是腦袋有坑。

可對著謝危他也不敢把話說得太難聽，咕咕唧唧道：「朝廷都不願對長公主施以援手，你我一介外人，且將來還要做大逆不道之事。怎麼說她身上所流淌的也是皇族之血，便冒著大事不成的風險將她救下，等你破京城、戮皇族，她放在那裡豈不尷尬，又何以自處？」

也就是說，救沈芷衣，對他們來說，是有百害而無一利！

謝危聽他一來就說了這許多，微微有些厭煩，隨手一端案角上擱著的冷茶遞給他：「你不渴嗎？」

呂顯皺眉：「我不渴。」

話說著卻還是把那盞茶接過來，下意識喝了一口。

茶味深濃，透著股陳氣。

呂顯瞬間噴了出來，簡直不敢相信：「姓謝的，這茶冷的！陳茶，也敢給我遞！」

謝危卻只想起屋內那女子方才豁然起身時的神態，眼底竟似乎有那麼一分，失望？

她難道不覺他是洪水猛獸，竟以為他還有救麼？

失望也沒什麼不好。

慢慢閉上眼，謝危真的倦了，坐於窗下，輕輕抬手壓住自己緊繃的太陽穴，道：「熱茶堵不住你的嘴。晚些時候寧二那邊有帳冊送來，按計畫我明日啟程去邊關，後方便要煩勞你謀劃照應，糧草輜重乃三軍重中之重，萬不能有閃失。」

「寧二姑娘那邊的帳冊？」

呂顯眼皮陡地一跳，心道姜雪寧送帳冊來幹什麼，可此念一起一下就想起了方才姜雪寧離開時難看的臉色，一種不妙的預感頓時浮了上來。

他道：「你怎麼同她說的？」

謝危搭著眼簾道：「想救沈芷衣，除我之外，無人能幫她。」

呂顯倒吸一口涼氣。

他好半晌才回過神來，簡直有點恨鐵不成鋼，跺腳道：「可你明明……這樣怎能討得姑娘歡心？」

謝危卻沉默不語。

秋風蕭瑟，梧葉飄黃。

傍晚的金陵城被籠罩進璀璨昏黃的霞光裡。

幾條小船拖著漁網，從河上返航。

一切都悠閒安寧。

可從別館出來的姜雪寧卻是火氣甚大，乘馬車回到斜白居後，更是氣不打一處來，把花廳裡的花瓶摔了三四個，才勉強恢復了冷靜。

她灌了半盞茶，才使人先將帳冊送去謝危所在的別館，又差人叫了尤芳吟來，做了一番交代。

帳冊交了，很多東西卻還是要人料理。

她要親赴邊關，中原這邊卻需要留一個尤芳吟坐鎮，方可使大小事宜有條不紊。

尤芳吟一聽不由怔神：「姑娘為什麼把事情都留給我處理？」

姜雪寧已經在叫人收拾行囊，只道：「我明日就走。」

尤芳吟大驚：「您去哪裡？」

姜雪寧截然道：「去邊關。」

尤芳吟徹底愣住：「可，可這般急，明日就走……」

姜雪寧將那一只裝著土的木匣捧起，珍而重之地放入行囊，回眸看向尤芳吟，道：「沒有多少時間了，如果明年初春還救不出公主，往後就不會再有機會。」

上一世，韃靼開戰之時，便是公主罹難之際！

這也就意味著——

倘若想要逆轉前世命運，救出公主，他們無論如何，必須搶在韃靼向中原開戰之前，向韃靼開戰，發動一場出乎所有人意料的奇襲！

# 第一九一章　冰山一角

韃靼在中原以北，數十年前為大乾鐵蹄擊退，自此退出南漠，多年以來屈於中原，不再向邊境進犯。其地廣闊荒蕪，百姓遊牧而居，少有定所，只鄂倫河流經領土，因水草豐茂，經年累月聚集成群落。

韃靼王都，便建在鄂倫河中游河灣地帶。

入夜後，綴著五色絲條的牙帳內點上燈火，從外面遠遠看過去就像是一隻巨大的燈籠。遠遠的有幾座小山坡。

其中一座朝南的山坡上，隱隱然還能看見一匹高大的駿馬，駿馬旁邊則佇立著一名身穿胡服的女子。

婢女從遠處走來，望見這道纖弱的背影，險些掉淚。

她好不容易才平復了心情，面上掛著笑走上前去，高高興興地朝著前面喊：「殿下，天色已經晚了，夜裡頭風這樣大，妳可謹慎著別吹壞了身子。我們還是回到帳裡去吧！」

沈芷衣靜立不動。

她遙遙望著那被漠漠煙塵與深紫的幽暗淹沒的東南故土，只問：「還是沒有消息嗎？」

北地天寒，氣候乾燥，風沙也重。

沒有中原養人的風水，她舊日嬌豔的面頰難免也留下幾分風霜的痕跡，雖是清麗如舊，可往日稍顯豐腴的面頰已然瘦削了不少，直有幾分形銷骨立之感。

只是比起形貌的變化，最驚人的或恐是那一雙眼。

沉沉的暮色如同水墨墜入了她眼底。

昔年鮮活的神光，在苦難的磨礪之下，消失殆盡，卻又像是一柄藏在鞘中的匕首，有著前所未有的、隱忍的鋒芒！

婢女自然知道這些年來，公主都經歷了什麼。

初入匈奴王庭，她們有整整二十餘名宮人。

然而不到一年的時間，便只剩下四個。離開的那些人，有的是受不了北漠的艱苦奔逃，有的是想念遠在萬里之遙的家園請離，也有的橫遭韃靼貴族的折磨刑罰，沒能扛過去……

表面看是尊貴無比，來和親的帝國公主；可在華美的冠冕之下，卻是一副殘酷的枷鎖！

與其說是一朝公主，韃靼王妃，莫若說是一介命不由己的階下囚。

婢女不忍吐露外頭來的消息，只走上來輕輕扯著公主的衣袖道：「密函才送出去不久，想必即便到了邊關，那些人也不敢擅自行動，必要送到京城去稟告過了聖上才能定奪。您是大乾的公主，皇族的血脈，聖上和太后娘娘，一定會下令發兵攻打匈奴，救您出去的！」

一定會救她？

沈芷衣遠眺的目光垂落下來，深秋時節，樹木枯黃，衰草連天，她只看向腳下被馬兒啃過的草皮，彎身下來，自黃黑的泥土中撿起一截腐爛的草根，陡地一笑。

紫禁城裡的牡丹，由人精心打理，吹不得風，淋不得雨。

漠北的荒草卻深深扎根在貧瘠的土壤中，拋卻了嬌豔的顏色，將自己放得低低的，只為在乾涸與冰冷的侵襲之中求得生存的寸土。

朔風吹拂下，手指已經冰涼。

她望著這一截草根，長長地嘆了一聲：「我曾以為，變作一根草，總有一日可等到春來。可這秋也好、冬也罷，都太長、太長了……」

遠遠地，牙帳旁吹響了一聲晚間的號角。

蕭瑟風中，像極了長聲的嗚咽。

山坡上最後一點天光隱沒，沈芷衣的身影，也終於與無邊的黑暗融為一體，不分彼此。

❀

臨出發的這一晚，姜雪寧做了個噩夢。

夢見自己站在京城高高的城牆上，周身人的面目都模糊不清，聲音也此起彼伏、嘈雜難辨，她似乎努力想要從中分辨什麼。

那是從長街盡頭來的哭聲。

雪白的儀仗像是一條細細的河流，漸漸近了，一副盛大而肅穆的棺槨，無聲地漂在這條河流之上。

她在城牆上，分明隔得那樣遠，卻一下看了個清楚。

於是，在這看清楚的一瞬間，腳下的城牆忽然垮塌了。

她從高處跌墜而下，驚恐之間，倉皇地大喊一聲：「不要——」

人豁然從床上坐起，額頭上冷汗密布，夢中那朦朧弔詭的感覺卻仍舊遊蕩在身體之中，姜雪寧在床帳之內坐了好半晌，慢慢撫上胸口，餘悸也未散去。

她起身來推開窗，朝著外面望去。

這回江南的天，才濛濛亮。一盞孤燈掛在走廊。

斜白居本就在烏衣巷中，附近並無商戶，這時辰既無辛苦勞作的百姓，也無起早貪黑的商販，是以一片靜寂，仿若一座孤島般與世隔絕。

今日便要啟程前往邊關了。

姜雪寧不知道自己的夢到底預示著什麼，也不願去揣度世人是否各有自己的命數。她只知道，倘若想要去改變，除了一往無前，別無選擇。

縱使與虎謀皮，為虎作倀！

卯時末，由兩個丫鬟拎了行囊，姜雪寧從斜白居出去。

一輛馬車已準時停在門外。

天色將明未明。

立在馬車旁邊的，既不是刀琴，也不是劍書，竟是一襲文人長衫的呂顯。

這位來自京城的奸商，擁有著同儕難以企及的學識與見識，縱然滿心市儈的算計，面上瞧著也是儒雅端方，令不知情者看了心折。

姜雪寧見著他，腳步便是一頓。

呂顯昨日在別館謝危門外同她打過回照面，此刻拱手為禮，笑道：「寧二姑娘瞧見呂某，似乎不大高興呀。」

姜雪寧對他倒沒多少意見，只不過昨日與謝危一番交談甚為不快。

她向來不願被人摁著頭做事。

大小一應帳目固然已經整理好，為救公主，的確做好了付出自己全部身家的打算，可這些打算裡並不包括受人要脅。

可謝危偏用長公主作為要脅。

所以眼下看這位謝危麾下第一狗頭軍師，也就不那麼痛快。

她態度並不熱絡，只淡淡還禮道：「昨日已交代芳吟，留在江南，凡呂老闆有差，她便聽遣。諸事龐雜，產業雖不算大，十數萬的現銀卻是拿得出的。呂老闆眼下該是忙得腳不沾地，今日親來，莫不是有什麼帳目對不上，有所指教？」

呂顯搖了搖頭：「倒不是。」

須知他此刻出現在這裡，乃是連謝危都瞞著的。

姜雪寧挑眉：「哦？」

呂顯目視著她，道：「我來，是有事相托。」

有事？姜雪寧聽得迷惑了。

只是今日就要北上，她與謝危約定的乃是辰初二刻金陵城外會合，可沒太多時間浪費。

她問：「長話短話？」

呂顯一怔：「說來話長。」

姜雪寧便一擺手，道：「我要趕路，那便請呂老闆上車，邊走邊講吧。」

呂顯：「……」

目光移向那輛馬車，他臉都差點綠了，彷彿看著的不是一輛構造結實、車廂寬敞的馬車，而是看著一座死牢。

姜雪寧奇怪：「呂老闆不上來？」

呂顯按住了自己跳動的眼皮，咬了咬牙，心道也未必這麼倒楣，回頭被人抓個正著，狠心眼睛一閉也就跟著上了馬車。

兩人相對而坐。

姜雪寧吩咐車夫先去城外，轉頭來才對呂顯道：「呂老闆何事相托？」

呂顯手指搭在膝頭，卻是將姜雪寧上下一番打量。

過了好半晌才道：「寧二姑娘這些年來，販絲運鹽，行走各地，不知可曾聽過一個地方，叫做『鄞縣』？」

確如呂顯所言，這些年來姜雪寧去過的地方也不少。

中原的輿圖基本也刻在腦海中。

是浙江寧波一個不大的地方。

她想了想道：「聽過，但並未去過。」

呂顯面容之上便顯出幾分回憶之色來，微微笑著道：「實不相瞞，呂某少年遊學時曾到此地。民風淳樸，鄉野皆安。只不過許多年前，這地方上任了個縣太爺，那些年來收繳稅賦，有個不成文的規矩。平民百姓交稅，以白紙封錢寫名，投入箱中；鄉紳富戶交稅，則用紅紙封錢寫名，也投入箱中。」

姜雪寧聽到此處便微微皺眉。

她雖不知呂顯為何講這些，可平民百姓與鄉紳富戶交稅，用不同色的紙區分開來，想也知道是官府那邊有貓膩。

果然，呂顯續道：「凡紅紙交稅，官府一應按律法辦事；可遇著白紙交稅，府衙差役便要百姓在朝廷所定的稅賦之上多收錢款，稱作給官老爺們的茶水辛苦錢，起初只多一成，後來要給兩成。」

姜雪寧道：「狗官膽子夠大。」

呂顯笑起來：「是啊，狗膽包天。所以時間一長，賦稅越重，百姓們不樂意了。於是鬧起來，聚眾請願。正好有個識得文、斷得字的人途經此地，既知官府之所為不合律例，便替他們寫了訴狀。一干人等以此人為首，自鄉野入城，上了衙門，要官府取消紅紙白紙之別，平了糧稅。」

姜雪寧道：「官府有兵，百姓鬧事簡單，成事卻未必容易。這士子既讀書知律，還要多管閒事，怕是惹火上身了。」

呂顯看她一眼，笑容淡了幾分。

只道：「不錯。無非就是一幫鄉野村夫請人寫了訴狀檄文，縣太爺豈將他們放在眼底？正所謂，殺雞儆猴。縣太爺不由分說，徑直將這人抓了起來，關進牢裡，定了個『聚眾』的罪名。我朝律令，聚眾是重罪，最輕也要判斬立決。」

姜雪寧眉頭皺了起來。

她已經覺出呂顯講故事是其次，說這人或恐才是重點。

眼珠子骨碌一轉，她道：「你說的這人莫不是你自己？」

呂顯頓時搖頭，道：「呂某俗人一個，趨利避害，遇到這種事躲著走還來不及呢，哪兒會去蹚這渾水？」

姜雪寧不置可否：「後來呢？」

呂顯道：「此人為百姓請命，忽然被判斬立決，鄉野之間誰人不怒？且又逢災年，內外交困，盛怒之下，竟然聚集了好多人，湧入城中，圍堵縣衙，把人給救了出來不說，還把縣太爺從堂上拉下來打了一頓，押到城隍廟外，示眾辱凌，逼迫其寫了從此以後平糧稅的告示。末了，一把火把縣衙燒了。」

正所謂是，窮山惡水出刁民。民風淳樸不假，剽悍也是真。

姜雪寧道：「這可闖了大禍了。」

呂顯輕嘆：「誰說不是？樁樁件件，都是梟首的罪，燒縣衙更是等同謀反。縣太爺做到這份兒上，自然不中用了。巡撫衙門很快派下一位新縣官，叫周廣清。寧二姑娘去過寧波，該知此人如今官至知府，很有幾分本事。」

姜雪寧好奇：「他怎麼解決？」

呂顯道：「周廣清到任，先把這些鬧事的鄉民，叫過來一一詢問，是不是要謀反？」

姜雪寧心底微冷。

呂顯嘲諷：「鄉民們做事一腔怒火上頭，冷靜下來才知燒縣衙是謀反的罪，哪裡敢認？他們原不過只是想平個糧稅。在周廣清面前，自是連番否認。周廣清問明因由，卻聲色俱厲喝問，衙門都燒了，還叫不反？鄉民所見不多，所識不廣，慌了神，都來問周廣清該如何是好。」

鄉民們不知律法，燒了衙門乃是一時無法無度的猖狂，可刀要架在脖子上，誰人能不貪生怕死？

姜雪寧方才已經料到了這結果。

她道：「連哄帶嚇，這般倒是不費吹灰之力，把事給平了。」

呂顯冷笑：「豈止！周廣清此人為官多年，深知為官要治民，可賦稅從民出，若要追究這麼多人的罪過，只怕官逼民反。所以他給這些人出了主意，說，事情鬧得這麼大，朝廷必然派欽差來查，你們若怕，不如先將自己撇清，寫封呈文到縣衙，聲明你們並未進城鬧事。又說，立刻為他們平了糧稅，要他們儘快將今年的糧稅繳納上來，證明他們並無反心。如此，欽差官兵來查，也是擒賊擒王，只去抓那為首之人，抓不到他們身上。」

講到這裡，他停了一停。

姜雪寧佩服極了：「分而化之，連削帶打。只可惜了這位管閒事的，怕要倒楣。」

呂顯聽著車軲轆碾壓過地面的聲音，還有行經的街市上漸漸熱鬧的聲音，淡淡一笑：「沒過七天，數百撇清關係的呈文便遞到了周廣清桌上，自陳並未鬧事，聽從調遣，服從律例，照常交稅，與那『帶頭人』劃清了界限。此人已被救出，不知所蹤。官府便貼了告示通緝此人，懸賞三百兩，不許窩藏，召集鄉民向官府舉報其行蹤。」

姜雪寧沉默。

忽然竟覺出幾分悲哀來：「百姓養家糊口，生死面前誰又能不退縮？不過是人之常情罷了。只是這人到底幫過他們，該不至於向官府舉報吧？」

呂顯大笑，道：「寧二姑娘都說了，此乃人之常情。如此，財帛在前動人心，且一日抓不到人，事情就一日不能了結，焉知不會又怪罪到鄉民頭上？沒過三天，就有人向官府舉報。」

姜雪寧登時說不出話。

呂顯悠悠然：「只不過，這人最終不是官府派官兵抓來的，他是自己來投的案。」

姜雪寧陡然愣住。

這可大大出乎她意料：「怎會？」

呂顯道：「當年我也這樣想，怎麼會？」

那是個風和日麗的午後。縣城裡一切如常，熙熙攘攘。

呂顯在客棧裡，正琢磨作詩，忽然就聽有差役從大街上跑過，一面跑一面喊，說是聚眾謀反的元凶魁首，自己前來投案，已往縣衙去。

一時之間，萬人空巷。

鄉民得聞，悉數前往。

重建的縣衙門口，人頭攢動，觀者如堵。

周廣清高坐堂上。

呂顯擠在人群之中，卻向堂下看去。

他向來是事不關己高高掛起，只想這人攪入局中，沾了一身的泥，已經夠蠢，現在還自己來投案，不知是個怎樣的書蠹、莽夫？

然而待得看清，竟然驚怔。

其人立於堂下，一身雪白道袍，卓然挺拔，是淵渟岳峙，豐神俊朗。

哪裡有半分暴民匪徒之態？

只五分泰然的自若，五分坦然的平靜，雖立危衙之中，受諸人目睹，卻沒有半分的忐忑與不安。反觀周遭鄉民，個個目光閃躲，面生愧色。

那一日是周廣清親自做的堂審。

呂顯想，周廣清該與自己一般，對那一日記憶猶新：「此人對自己之所為，供認不諱。周廣清雖出了這離間分化人心的計，卻也沒料到此人會自己投案。當時大約覺得，大丈夫當如是，不免言語激賞，稱他是一人做事一人當。他卻朝那些鄉民看了許久，人人不敢直視其目光，低下頭去。此人卻還平靜得很，也看不出喜怒。然後，說了一句話。」

姜雪寧已聽得有些入神，下意識問：「說了什麼？」

風吹起車簾，外頭行人熙攘而過。

呂顯的目光投落在窗外，回憶起此事來，恍覺如一夢，只道：「他說，天下已定，我固當烹！」

天下已定，我固當烹！

史書上，韓信窮途末路時曾言：狡兔死，走狗烹；飛鳥盡，良弓藏；敵國破，謀臣亡。

正是天下熙熙為利來，天下攘攘為利往。

人心向背，瞬息能改。

姜雪寧細思之下，寂然無言。

呂顯則道：「寧二姑娘以為此人如何？」

姜雪寧注視他半晌道：「呂老闆此來自陳有事，又是志高才滿之人，天下能得你仰而視之的人不多。我倒不知，謝先生身上原還有這一樁往事。」

她果然猜出來了。

呂顯不由一聲興嘆。

姜雪寧卻冷漠得很：「可這與我有什麼干係呢？」

呂顯凝視著她，只回想起謝危這兩年來殊為異常的表像，許久才道：「呂某舊年科舉出身，進士及第，卻甘願效命謝居安麾下，姑娘可知為何？」

姜雪寧道：「不是因為他也許不會一直贏，可無論如何不會輸嗎？」

呂顯先是愕然，後才笑出聲來，道：「這也不錯。」

姜雪寧輕嗤。

呂顯卻接著道：「可不僅僅如此。」

姜雪寧道：「難不成還是敬重他人品？」

呂顯沉默了片刻，慢慢道：「說來您或恐不信，我之所以效命，非只慕其強，更如路遇溺水之人，想要拉上一把。」

溺水之人，拉上一把？

姓謝的何等狠辣手段，哪裡需要旁人憐憫？

姜雪寧覺得呂顯腦袋有坑。

呂顯道：「在下此來，不過想，天地如烘爐，紅塵如煉獄。謝居安掙扎其中，也不過是個可憐人罷了。這一路遠赴邊關，難料變故。若真出點什麼意外，刀琴劍書雖在，可呂某卻知未必有用。是以，特懇請寧二姑娘，菩薩心腸，拉他一把。」

本是尋常一句託付，聽來卻頗覺沉重。

姜雪寧未解深意：「能出什麼意外？」

呂顯只願近兩年來那些蛛絲馬跡是自己杞人憂天，可到底不好對姜雪寧言明，只道：「但願是呂某多想吧。」

說完卻聽外頭車夫一聲喊：「城門到了。」

他整個人登時一驚，差點跳起來撞到車頂，跌腳悔恨道：「壞了，壞了！」

姜雪寧茫然極了：「什麼壞了？」

呂顯二話不說掀了車簾就要往外頭鑽。

然而此時馬車已經停下。

金陵城的城門便在眼前。

謝危的馬車靜靜等候在城牆下。

他一身蒼青道袍立在車旁，注視著從姜雪寧車內鑽出來的呂顯，瞳孔微微縮了一縮，又向車內的姜雪寧看一眼，原本面無表情的一張臉上扯出一抹笑，只向呂顯淡淡道：「你似乎很閒？」

呂顯簡直汗毛倒豎！

人從車上下來，幾乎條件反射似的，立刻道：「寧二姑娘請我上馬車的！」

姜雪寧：「……」

不是，雖然是我請你上的車，可這有什麼要緊嗎？

她還沒反應過來，剛想說「是這樣」，結果一扭頭，正對上謝危那雙眼。

也不知怎的，渾身激靈靈打個冷戰。

那一刻，對危險的直覺，讓她下意識否認甩鍋：「不，是呂老闆說有事找我！」

呂顯：？？？？

簡直不敢相信自己聽到了什麼！

他瞬間轉頭怒視姜雪寧——怎麼能隨便甩鍋呢，這他娘會出人命官司的好不好！

然而謝危的目光這時已經輕飄飄落回了他身上：「呂顯？」

呂顯：「……」

又不是人家姑娘的誰，還他媽醋缸一個。求求你別喊了，再喊你爺爺我當場死給你看！

# 第一九二章　滾出去

正所謂是為兄弟兩肋插刀者，往往還要被兄弟和兄弟的心上人插上兩刀，呂顯覺得自己小命休矣。

他心頭憋悶，又不敢把鍋甩回去。

開玩笑，姓謝的胳膊肘都拐出了天際，能信他？他敢說姜雪寧一句，天知道後面會發生什麼。

呂顯絞盡腦汁，想為自己尋找一個合適的藉口。

豈料謝危看起來並無什麼異常，反而輕若浮塵似的一笑，續道：「既然不閒，那還不趕緊回去忙？」

呂顯頓時一愣：「誒？」

謝危卻是看都不再看他，徑直轉向姜雪寧道：「此行我回金陵，乃是回鄉祭祖。與妳同路，明面上只說機緣巧合遇到，本與姜侍郎姜大人有故舊，便順路捎妳一程。所以這一路並不直奔邊關，先按回京的路走，什麼時候再改道向西，路上再看。」

姜雪寧也是錯愕了一下，才明白他的意思。

原本她就疑惑，謝危這樣的天子近臣，一朝離開京城，不知有多少雙眼睛盯著，倘若沒個合適的理由，只怕不好。倒是忘了，這人明面上乃是金陵謝氏的子弟，回金陵祭祖是個再充足不過的藉口。

而與她同行，也好解釋。

畢竟她離開京城已有兩年，姜伯游要接她回去也說得通。

這人倒是，任何時候都思慮周全……

拿自己當擋箭牌呢。

姜雪寧心裡嘀咕，面上卻很快答應了一聲：「好。」

謝危便道：「這便啟程吧。」

姜雪寧本來就沒下車，此刻又答應一聲，便要鑽回車裡。

不過臨轉身時，卻沒忍住瞅了呂顯一眼。

真是，看這人方才如臨大敵的架勢，搞得她以為是他們無意中犯了謝危什麼忌諱，要出點什麼大事，讓她跟著緊張了一把。

結果啥事兒沒有。

這人沒毛病吧？

這一眼雖然簡單短暫，可呂顯何等精明之人？一愣之後，立時回過味兒來，品出了其中的懷疑與不屑，一時真是心裡有苦說不出，氣得乾瞪眼。

也不知是不是覺著這場面有趣，謝危笑了一笑。

呂顯更覺悶得慌了。

刀琴劍書都在，一人趕車，一人騎馬。

隨行的還有先前在觀瀾樓下看見的那十數名身著勁裝的護衛，個個高手，都跟在了兩駕馬車旁邊。

這會兒天剛亮，城門口籠著一層薄霧。

謝危也上了車去。

一行人就這樣大搖大擺地出了城。

誠如謝危所言，倘若他們直奔邊關，落入有心人眼中，難免露出端倪，只恐誤了大事。所以此行並不朝西北方向的滁州而去，反而是上了去往揚州的官道。

姜雪寧昨晚沒睡好，馬車上正好補覺。

這兩年她出行不少，所以車廂裡打造得很是舒坦，倒也沒什麼顛簸的不慣。

只是睡醒之後，便覺無聊。

一開始還撩開車簾朝外頭看看，可江南風光也無非是這樣，天上既不會長出樹，地上也不會飄著雲，看多了便覺得沒什麼稀奇。

這一路除了趕路，就是歇腳。

人倒有大半時間都在車上。

她只好看書。

畢竟提前也料到了路途遙遠，所以帶了幾本閒書路上看。可一則車上看書格外費眼睛，二則閒書也不怎麼禁讀，才過六七天就已經被她翻得差不多了。

「唉，無聊……」

躺在自己車廂裡，姜雪寧把最後那本書扔到了角落裡，盯著車廂頂上木質的紋理，長長地嘆息了一聲。

掀開車簾一看，外頭是衰草遍地。

這段時間他們一路往北，已經走了上千里路，江南的風景也漸漸改變，天氣也越來越冷，遠山的紅葉上都凝了一層薄薄的寒霜。

謝危的馬車就在前面不遠處。

這一路他們除了在驛站或者客店停下來打尖歇腳，幾乎都待在自己的車上，很難碰上面，倒跟不認識似的，話都很少說上一句。

實在閒的時候，姜雪寧偶爾也會想到這個人，思考一下與這個人有關的問題。

比如，她真的知道謝居安是個什麼樣的人嗎？

毫無疑問，這人便像是那山上的大霧。

難以捉摸，無法揣度。

他行止有度，甚少輕慢，身上有著與生俱來似的矜貴。縱使她知道他上一世曾造了多少殺孽，又是何等心狠手辣，也很難否認，他的確配得上世人「聖人遺風」之稱道。

有時，她甚至會想，當時別館裡對著謝危，她到底是憤怒多一點，還是失望一點？

以勢壓人，機心算計，一副冷酷心腸，為了保全大局才帶著她去邊關營救公主，固然讓她有一種被人玩弄於股掌的憤怒。可往深了去想，未嘗不是她對謝危存有希望。

好像覺得他不該那樣。

儘管他絕不簡單，可姜雪寧潛意識裡彷彿認為，謝居安危險歸危險，算計歸算計，卻有自己的底線與原則，絕不與那些真正的陰險小人同流。

盯著前頭那輛馬車，姜雪寧出了會兒神，待得一股冷風吹到面上，才回過神來。

她想這麼多幹什麼？

總歸救完公主之後，橋歸橋，路歸路，躲得遠遠的就好，謝危是什麼人都同她沒干係了。還是想想怎麼度過這漫長無聊的路途比較合適。

這麼琢磨，姜雪寧的目光就自然地落到了一旁刀琴的身上。

藍衣少年背著弓箭，騎馬跟在她馬車邊。

她趴在窗框上喊：「刀琴。」

刀琴回過頭，便看見她朝自己勾手，下意識先向前面謝危的馬車看了一眼，猶豫了一下，還是調轉馬頭，與她的馬車並排而行，靠得近了些，問：「寧二姑娘有吩咐？」

姜雪寧眨眨眼：「你會下棋嗎？」

刀琴身子一僵，道：「會，一點。」

姜雪寧頓時兩眼放光：「那可真是太好了，你上車來！」

刀琴眼皮直跳：「您想幹什麼？」

姜雪寧也不知他這算什麼反應，怎麼也跟呂顯那慫包一樣如臨大敵的架勢？她納悶歸納悶，卻是直接將自己車廂裡放著的一張棋盤舉起來，道：「路上太無聊，來陪我下兩把。」

刀琴：「……」

他幽幽地看了姜雪寧一眼，只覺自己是倒了八輩子的楣，實在沒那膽氣再接半句話，乾脆沒回答，直接一夾馬腹，催著馬兒往前去。

姜雪寧原想謝危身邊的人對自己也常給幾分面子，言聽計從的，一看刀琴有所動作，還以為他是要答應，哪裡想到他直接走了？

再定睛一看，這廝竟朝前面謝危馬車去！

人朝車窗靠去，似乎貼著車廂同裡面說了幾句話。

沒一會兒便回來了。

姜雪寧還未意識到事情的嚴重，無語道：「就下個棋都還要請示過你們先生嗎？」

刀琴望著她：「先生請您過去。」

「……」

只一瞬，她所有的表情都凝固在了臉上，然後慢慢崩裂。

迎著姜雪寧那注視甚至控訴的目光，刀琴一陣莫名的心虛，慢慢把腦袋低了下來，小聲重複：「先生請您過去，就現在。」

姜雪寧體會到了久違想死的感覺。

她慢慢放下棋盤，讓車夫靠邊停了下車的時候，只衝刀琴扯開唇角一笑：「對你們先生這樣忠心，我可算記住了。」

刀琴不敢回半句。

姜雪寧去了謝危車裡。

一掀開車簾，就瞧見了車裡擺著的一張棋盤，黑白子都錯落地分布在棋盤上，謝危手中還拿著一卷棋譜，竟是在研究棋局。

她一進車來，氣焰便消了，小聲道：「先生有事找我？」

謝危撩了眼皮看她一眼：「不是想下棋？」

姜雪寧頓時像吃了個黃連。

謝危閑閑一指自己面前的位置：「刀琴說妳無聊，坐吧。」

我是無聊，可不想找死啊！

刀琴到底怎麼說的？

姜雪寧心中咆哮，可對著謝危，就跟霜打的茄子似的，到底還是坐下了。

謝危問：「想執白還是想執黑？」

姜雪寧看向棋盤，覺得頭暈。

謝危道：「白子贏面大，妳執白吧。」

姜雪寧倍感煎熬：「能，不下圍棋嗎？」

謝危正去要去拿白子棋盒遞給她的手一頓，看向她，眉梢微微一挑：「那妳想下什麼，象棋，雙陸？」

姜雪寧弱弱舉手：「五子棋行麼……」

謝危：「……」

為什麼忽然有種把手裡這盒白子扔她臉上的衝動？

姜雪寧覺得自己離死不遠了。

謝危！

這可是謝危！

運籌帷幄，決勝千里的謝居安！

她居然敢跟謝危提議說下這種小孩兒才玩的五子棋！

可……

圍棋那麼費腦。

她真的不想。

說完「五子棋」三個字後，姜雪寧把腦袋都埋了下去，想要避開謝危那近乎實質的目光。

謝危有好半晌沒說話。

過了會兒才開始收拾原本擺在棋盤上的棋子，白子黑子分好，重新將一盒白子擱到她手邊上，道：「下吧。」

姜雪寧抬起頭來：「下什麼？」

謝危眼角一抽，輕飄飄道：「妳不下，我便把妳扔下車去。」

姜雪寧打了個激靈，二話不說摸了枚白子，摁在了棋盤正中。

這是天元。

若是圍棋，敢下在這個位置的，要麼是傻子，要麼是天才。

但很顯然她兩者都不沾。

她小心翼翼看向謝危。

謝危盯了那棋子片刻，才摸出一枚黑子來擱在她棋子旁邊。

姜雪寧一看：妥了，五子棋的下法！

她心裡於是有點小高興，立刻純熟地跟了一手。

謝危下圍棋很厲害，姜雪寧是知道的。

不過她想，五子棋比圍棋簡單，謝危棋力雖然高，但在這種簡單的棋局下卻未必用得上，等同於她將謝危拉到了自己的水平線上，完全可以憑藉經驗打敗對方。

只是下著下著，棋子越來越多，需要顧及的地方也越來越多，她只注意著右上角，卻沒想到左邊棋子已經連成了陣勢，謝危又一枚黑子落在棋盤，便連出了五顆。

她輸了。

姜雪寧憋了一口氣，想自己差得不多，並不甘心，便道：「再來再來。」

謝危瞧她一眼，也不說什麼，同她一道分收棋子。

兩人又下了一盤。

這一次姜雪寧還是差一點，被謝危搶先了一步，大為扼腕，心裡很不服氣。

一直到第三盤，她苦心經營，竭力掩飾，絞盡腦汁地往前算計，終於放下了自己誘導謝危走錯的一步棋，然後不動聲色地望著謝危，看他會不會發現。

謝危似乎沒察覺，真把棋子放在了她希望的位置上。

等他手指離了棋子，姜雪寧終於沒忍住笑了一聲，立刻把自己早準備好的下一步棋放了上去，道：「哈哈，先生您中計了，這一盤我贏了！」

謝危照舊不說什麼，面容淡淡。

可落在姜雪寧眼底，這就是強撐要面子。

她可不在乎。

高高興興收拾棋子，倒是忘了自己剛被謝危拎過來時候的不情不願，一心一意計較起眼前的勝負來。

總的來說，還是謝危贏的多。

可隔那麼三四盤，偶爾也會輸上一把。

姜雪寧輸的時候，都緊皺眉頭，贏的時候也不特別容易。

也正因如此，格外難以自拔。

下得上癮。

尤其是偶爾能贏謝危一盤時，歡欣雀躍之情難掩，無聊苦悶一掃而空，簡直別提有多快樂。

第十三盤，終於又贏了。

擱下決勝一子定得乾坤時，姜雪寧眼角眉梢都是喜色。

她樂得很：「先生圍棋的棋力驚人，換到五子棋這種小孩玩意兒，可派不上用場了吧？您這就叫，智者千慮，必有一失；而我這叫，愚者千慮，必有一得。」

謝危看向她，又低頭看棋盤。

風吹起車簾，午後深秋的陽光懶洋洋照落一角黑白錯落的棋子上，每一顆棋子都流淌著瑩潤的光澤。

於是順著這束光，他朝外看去。

山川河嶽，沃野千里。

南飛的大雁從遠處掠過。

聽著她那句「愚者千慮，必有一得」，他唇角終是淺淺地一彎，三五明光投落眼底，在瞳孔的深處只醞成一種前所未有的溫靜平和。連那墨畫似清雋的眉眼，都如遠山起伏的輪廓一般，緩緩舒展。

姜雪寧正要收拾棋子，抬頭這麼看了一眼，只覺一團冰雪在眼前化開，竟不由為之目眩神迷。

這樣的謝危，委實太好看了些。

這一時，她鬼使神差，也不知是哪處心竅迷了，由衷地呢喃了一聲：「若先生永遠只是先生，就好了……」

「……」

謝危聽見，轉過頭來看她。

唇邊那點弧度，慢慢斂去。

姜雪寧方才實是恍了心魂，心裡話說出聲也不知道，直到他目光落到自己臉上，才陡然驚覺，身形立刻變得僵硬。

謝危面上已無表情。

先前那使人迷醉的溫和，好像都成了人的錯覺一般，他漠然垂了眼簾，只道：「妳滾出去。」

# 第一九三章　惑敵

「滾就滾，輸棋了不起啊！」

從謝危馬車上下來，姜雪寧越想越氣不過，咬著牙小聲嘀咕，憤憤一腳踹在了車轅上，轉身跺腳就往自己馬車那邊走。

劍書趕馬車不敢說話。

刀琴見著她也把腦袋埋得低低。

姜雪寧一把掀了車簾，一屁股坐進車裡，還覺一口意氣難平：舊日在京城時，她怎麼會覺得謝危這人脾氣不錯？從金陵見面開始到如今上路這段時間，簡直稱得上是喜怒無常！明明前面還在笑，瞧著心情很好，幾乎就要讓她忘了這人到底什麼身分，做過什麼事情，又會做什麼事情，結果一句話就翻臉無情！

不就是下個棋嗎？

這一路上沒人陪著玩又不會死，等到了邊關事情了結，姑奶奶有多遠走多遠！

姜雪寧嘴裡念念有詞，乾脆倒下去想蒙頭睡一覺，只是想來想去謝危那張欠揍的臉還在腦袋裡晃蕩，非但沒有睡意，反而越來越精神。

她算是記恨上謝危了。

接下來的路途都不需要謝危給她甩臉，她先把臉給謝危甩足了，能不說話就不說話，非要說話也有刀琴、劍書居中通傳，完全是老死不相往來的架勢。

九月初一，他們進了山東泰安地界。

眾人商議後決定入城落腳，略作修整。

馬車經過城門的時候需要停下來查驗，姜雪寧在車內聽見外頭似乎有乞求之聲。

她撩開了車簾一看。

城牆下聚集著一群普通百姓，有男有女，都圍著一名背著箱篋的僧人，質問不休。那僧人穿著的僧袍已經在推搡間被扯破，不住地解釋著什麼，哀求著什麼。然而他越說話，似乎越激起周遭人的憤怒。終於有名拉扯著孩子的女人一口唾沫吐到了他的臉上，緊接著旁邊一個高壯的男人便一拳打到僧人臉上。

事情立時一發不可收拾。

聚集著的人們面上似乎有恐懼，也有憤怒，有一個人出手之後，立刻跟著出手，拳腳全都落到了那僧人身上。

這動靜可一點也不小。

姜雪寧看得皺眉。

城門口本就有守衛差役，一見到這架勢立刻往那邊去，大聲責斥阻攔起來。

謝危坐在前面車裡，看得更清楚些。

一名差役正查驗要放他們入城。

謝危若無其事問：「那邊出什麼事了？」

差役驗過路引，瞧著這幫人非富即貴，倒也不敢敷衍，但想起城中近來發生的事情，也不由搖頭，道：「還能有什麼事兒？叫魂唄。」

謝危挑眉：「叫魂？」

差役道：「您從外面來的不知道，前陣子城裡五福寺外頭要修橋，有幾個賊心的和尚居然把人的名字寫在紙上，貼在了要打下地的橋墩上。太虛觀的道士說了，這是妖魔邪法，人的名字被寫紙上，魂就會被叫走，打進橋墩裡。有了人魂的橋，修起來就會更堅固。這不，剛才這和尚拿著缽盂走來走去，被人發現箱篋裡藏有頭髮，不是拿來作邪法的是什麼？」

另一幫差役已經過去阻攔事態。

可架不住群情激憤。

尤其那名扯著孩子的女人，聲音尖高：「你不是想叫我兒子的魂，問他的名字做什麼？箱子裡還藏著頭髮，還敢說你不是！我兒子要出什麼事，非要你償命！拉他去見官，拉他去見官！」

那僧人被拉扯著，臉上已經青一塊紫一塊，哭道：「小僧只是見令郎心善，想要為他祈福罷了……」

然而沒人聽他辯解。

差役們好不容易將情勢穩住了，忙將他捆綁起來，拉去見官。原地的女人這才抱著孩子大哭，其餘人等則是簇擁著差役，一道往衙門去了。

謝危目視了片刻。

刀琴劍書都不由回頭看他。

他卻是慢慢地一笑，半點沒有搭理的意思，輕輕放下車簾，道一聲：「走吧。」

此時姜雪寧的馬車靠上來不少，正好將這一幕收入眼底。

真說不出是什麼感覺。

謝危望著那群人，眼底神光晦暗，卻說不上是憐憫還是嘲諷，只這麼淡淡一垂眸，所有的情緒便斂去了，甚至透出了一種驚人的……

冷漠。

人的名字寫在紙上就會被叫魂？

想也知道這是不可能的事情。

百姓們聽了道士的話後卻對此深信不疑，甚至為此恐慌。這婦人不過是聽了僧人問了自己孩子的名字，便吵嚷不休，周遭人更是又怕又怒，完全是寧可信其有不可信其無，不分青紅皂白把人打了一頓拉去見官……

姜雪寧心中微微發冷。

尤其是想起謝危方才的神情。

從城門經過時，那喧鬧的聲音已經遠了，她卻不知為何，一下回憶起了呂顯給自己講過的那個鄞縣請平糧稅的故事——

對人，對世，謝危到底怎麼看呢？

她因無聊積攢了幾日的不快，忽然都被別的東西壓了下去。

到得客棧，一干人等都歇下。

晚上用飯的時候，劍書出去了一趟，回來向謝危說了一會兒話。姜雪寧在遠處聽得不特別清楚，只約略知道「叫魂」這件事似乎是天教與佛教那邊的爭鬥，暗中有人在煽風點火，推波助瀾。

她以為謝危會有所動作。

沒成想這人聽完便罷，半點沒有插手的意思。

他們在客棧只歇了半日，喂過了馬，吃過了飯，帶了些乾糧和水，便又下午出了城，上了往北的官道。

她不由納悶：「下午就走，為何不乾脆歇上一日？」

刀琴還和以往一樣，坐在馬上，走在她旁邊，只道：「越往北越冷，氣候也將入冬，我們須在雪至之前趕到邊關。」

姜雪寧皺了眉。

一琢磨也覺得有道理，便乾脆不想了。

天色漸漸變暗，窩在車裡沒一會兒就發睏。

往前走了有七八里後，她打了個呵欠，有點想睡了，便將厚厚的絨毯一拔，準備躺下去。誰料剛要動作，黑暗中車簾陡地一掀，一陣風吹進來，隨之潛入車內的還有另一道暗影！

姜雪寧頓時大駭！

要知道刀琴劍書與另外十數名好手都隨在兩側，可剛才外頭竟沒聽見半點異響，甚至此人進來的時候，車都還在繼續行進，來者又該是何等恐怖的人物？

這一瞬她渾身緊繃，立刻就要尖叫。

然而來者的動作卻無比迅疾，欺身而上，一把就將她的嘴捂住了。

微有涼意的手掌，沉穩而有力。

對方的面龐也離得近了，幾縷呼吸的熱氣灑在她耳畔，激得她起了一身的雞皮疙瘩。這時才借著吹起的車簾外那一點極為昏暗的光線，看出了些許熟悉的輪廓。

竟然是謝危！

姜雪寧震驚地眨了眨眼，這一下終於不敢亂動。

是了。

外頭明明有那麼多人，若不是謝危，怎可能半點動靜沒有？

可眼下這是什麼情況？

她生出幾分迷惑。

謝危輪廓清雋的面容，在幽暗中顯得模糊，竟像是一頭蟄伏的野獸，給人危機四伏之感。兩片薄唇緊緊抿著，一雙眼卻透過車簾那狹窄的縫隙靜默地朝外窺看。

姜雪寧順著朝外看去。

花費了好大的力氣，才勉強發現，前面是一條官道的岔路，他們這輛車繼續向北，而謝危原來所乘的那輛馬車在經過岔路時無聲無息地朝著西邊轉去，上了那條岔路，漸漸消失在重疊的樹影之中！

姜雪寧雖算不上冰雪聰明，可看了這架勢，還有什麼不明白——

有人盯上他們了。

一時之間心跳如擂鼓。

她一動不敢動，只恐自己一個不小心壞了謝危的計畫，任由他將自己摁在柔軟的絨毯中，捂住自己的嘴，甚至大氣都不敢喘上一喘。

# 第一九四章　涉險

從金陵去邊關，謝危與她同行，找的藉口是幫姜伯游接她回京城。而剛才走上岔路的車是謝危的車，謝危本人卻不聲不響藏到了她的車裡。

只一瞬間，姜雪寧就能判斷——不管暗中的人是誰，似乎都是衝著謝危來的。

車內安靜極了。

一半的馬匹跟著謝危那輛車走了，連趕車的劍書都沒從車上下來。

外頭是馬蹄如常踩踏在官道上的聲音，還有隨行那幾名侍衛低聲的交談，也能聽見馬車的車輪從荒草叢間經過的碎響，甚至距離她極近的謝危，那謹慎地壓低了、放輕了的呼吸聲……

以及，自己的心跳！

時間在這樣極端緊繃的安靜中，似乎被拉長了。

姜雪寧甚至難以說清楚到底過去了多久。

只覺自己渾身都麻了，才聽到外頭刀琴悄悄靠近了車廂，低聲說了一句：「似乎被引過去了，暫時無人跟來。」

謝危眉頭緊蹙，緊繃的身體卻並未放鬆。
姜雪寧嘴唇動了動想要說話。
可方才情況緊急之下，謝危怕她一時慌亂之下驚叫出聲，露出破綻，是以伸手捂住她時，十分嚴實，掌心抵著她嘴唇。此刻她想說話，嘴唇一動，便貼著他掌心。
那是一種柔軟的觸感。
貼在人掌心脆弱處，更增添了幾分潤澤潮濕的曖昧。
謝危只覺掌心像是過了電般，微微麻了一下。
他回眸盯著她，慢慢撤開了手掌。
姜雪寧這才大喘了一口氣，連忙靠著車廂壁坐起來，抬手撫向自己因劇烈心跳而起伏的胸口，急急地低聲道：「怎麼回事？」
原本一個人的馬車，此刻進了兩個人，尤其謝危身形頎長，與她同在一處，便更顯得車廂狹小，竟透出幾分擁擠。
他盤腿坐在了車廂裡。
只回答道：「調虎離山。」
姜雪寧險些翻他個白眼。
誰不知道這是調虎離山之計？
可問題是虎是什麼虎，又從哪裡來！

她深吸一口氣，把這些日子的蛛絲馬跡理了理，忽然想起在泰安府客棧裡聽到的那樁，靈光一現：「天教？」

掌心裡留下了些許潤濕的痕跡，是一抹淺淺的櫻粉色。

狹窄的空間裡，有隱約的脂粉甜香。

謝危手指輕輕顫了顫，眼皮也跳了一下，取了邊上一方錦帕慢慢擦拭，眉頭卻皺得極緊，道：「差不離。」

姜雪寧下意識又想問，天教幹什麼要追殺他？

可一抬眸，視線觸到近處的謝危，只覺他低垂著頭的姿態有一種凝滯的深沉與危險，於是忽然想起前世。那時候天教連皇帝都敢刺殺！

對謝危這樣一個天子近臣下手，又算什麼？

實在是太正常不過。

她嘆氣道：「這幫江湖匪類，膽子倒是潑天地大，不過在這官道上，料想他們也不敢太過明目張膽，人數也不會太多。先生料敵於先，運籌帷幄，倒不用擔心他們。」

姜雪寧對謝危有信心。

謝危卻沉著臉沒說話。

於是，姜雪寧心裡咯噔一聲，隱隱覺得這一次的事情恐怕不那麼簡單。

果然，兩人安安靜靜還沒在這車裡坐上兩刻，外面刀琴便忽然喊了一聲：「停下。」

眾人急急勒馬。

馬車也停了下來。

周遭於是一片靜寂。

這一條官道已經離泰安府很遠，靠近一處山坳，東西兩側都是連綿的山嶽，幾乎不再看得到什麼人家，安靜得連風吹過樹林的聲音都能聽清。

而遠遠望向他們來的方向——

樹林間竟有一片寒鴉驚飛而起，隱隱約約，馬蹄聲近！

刀琴瞳孔頓時劇縮，幾乎立刻抽了馬鞍邊上捆著的長刀，低低罵了一句什麼，對前頭車夫道：「跟上來了，快走！」

車夫「啪」一聲馬鞭子甩在馬身上。

馬兒揚起四蹄立刻向前，劇烈地奔跑起來。

這可比之前顛簸太多。

姜雪寧一個沒留神，便向前栽倒。

還好謝危眼疾手快，早有準備，及時在她額頭上墊了一把，才避免了她一頭磕到窗沿，落得個破相的下場。

姜雪寧顧不得喊疼，捂住腦袋道：「難道劍書那邊已經露餡？」

謝危聲音沉極了：「不會那麼快。」

劍書那邊分過去一半人，看似不多，可個個是以一當十的好手，即便被發現動起手來，追著他們來的人也不可能在這麼短的時間內便將其解決，還能調轉頭來追上他們！

心電急轉間，另一種不祥的預感忽然爬了上來。

謝危掀了車簾出去，寒聲喝道：「刀琴，馬！」

刀琴一怔，但是憑藉著多年跟隨謝危的經驗與默契，二話不說一拍身下馬鞍，整個人飛身而起，徑直將身下那匹馬讓了出來，自己落到馬車車轅上。

謝危則直接翻身上馬。

然後朝著車裡喊了一聲：「寧二出來！」

姜雪寧一陣心驚肉跳，根本來不及多想這到底又出了什麼變故，連忙鑽出車來。

人都還沒站穩，腰間便是一緊。

眼前一花，只覺天旋地轉，整個人已經被謝危一把撈上了馬，坐在了他身前，被他攬入懷中！

幾乎就在同時，身後馬蹄聲已經變得清晰。

隱約彷彿有人呼喝起來。

緊接著便是「嗖嗖嗖」一片破空的震響，竟是數十雕翎箭破空而來！

「篤篤！」

馬車車廂後半截幾乎立刻變成了隻刺蝟！

刀琴一刀斬了兩支箭，竟被震得虎口麻了一下，頓時幾分心驚，幾分駭然，向謝危道：「教中絕不可能有這麼厲害的弓箭手！」

亂箭紛飛，夜色裡看不分明。

謝危心底戾氣陡然滋生。

耳旁有破空的風聲一道，他眉尖便如冰凜冽，電光石火間，只朝著身畔黑暗中一彈指！

「啪！」

黑暗中疾馳而來的箭，立時被震飛。

姜雪寧只覺面頰前面一道涼意掠過，竟是那支箭緊貼著她的耳廓擦去，驚險萬分！

追兵未現，箭雨先至！

不用想都知道後面有多少人。

謝危手指緊緊扣住了韁繩，向西面深山密林裡看去，迅速考慮了一番，聲音近乎凍結，斷然道：「你們繼續往前！」

刀琴立時應聲：「是！」

姜雪寧驚魂未定，還沒想出謝危這話究竟是什麼意思，便見他調轉馬頭，竟帶著她馳馬朝著一旁幽深的密林間衝去！

重重的樹影，在天幕山野中，晦暗層疊。

馬兒受驚，跑得飛快。

不像是帶著他們穿入林中，反倒像是這幽深寂靜的密林銜著他們撲過來，迎面的冷風淹沒了姜雪寧的言語，讓她不得不瑟縮在謝危雙臂之間，緊緊地閉上了眼睛。

後方很快傳來短兵相接之聲。

時而夾雜著人和人的慘叫呼喝。

只是太過混亂，很難判斷戰況。

謝危完全沒有回過一下頭。

他的冷靜，近乎於冷酷。

馬兒一徑朝著山林深處奔去。

方才襲來的那些刺客箭雖然到了，卻離他們還有一段距離，黑暗中是不能立刻判斷出他們出了馬車，也不能確定人群中是否少了一匹馬——這便是最大的生機所在！

也不知往前奔了有多久，前面的樹林變得越來越密，地上也開始出現了低矮的荊棘，山勢在往下走，馬兒不好下坡，漸漸不肯往前。

謝危便翻身下馬，向姜雪寧遞出一隻手：「下來。」

姜雪寧下意識地將手放到他掌心。

他用了力，另一手搭在她腰間，將她扶下馬來。待她站穩後，也不及說上什麼，只將掛在馬鞍上的箭囊取下來背在身上，然後握著弓箭用力地在馬臀上抽了一下。

馬兒吃痛，一聲嘶鳴，前蹄揚起，便朝著林間疾奔出去。

一路撞折了樹枝，踩踏了腐葉。

在其身後，留下了明顯的痕跡。

謝危卻不向那邊去，反而順著前面的山坡往下走。

姜雪寧腦袋發懵：「我們逃了，刀琴那邊怎麼辦？還有劍書呢！」

謝危頭也不回：「死不了。」

姜雪寧心顫不已，有些吃力地跟著他走，突然覺著這慘兮兮的情形有種說不出的熟悉，於是笑了一聲，有些自嘲味道：「我算是發現了，跟著先生你啊，就沒什麼安生日子。一共也就同行三回，回回倒楣。當年遇襲，現在刺殺，小命全拴在刀尖上！」

「……」

謝危腳步陡地停下。

姜雪寧一沒留神撞上，正好磕在他挺直的脊背，不由疼得齜牙，抬頭：「先生？」

謝危回眸看著她，山林間只有些細碎的星光從枝葉的縫隙中傾瀉而下，落在他肩上，他靜默的身影似乎與這幽暗的山林融為了一體。

姜雪寧頓時有些緊張：「我不是……」

謝危沉默轉過身去，只道：「妳說得對。」

跟著我沒有好下場。

## 第一九五章　前塵如昨

姜雪寧覺得，謝危似乎的確不很對勁。

她原不過是一句戲言，得他這麼回答之後，倒好像添上幾分沉重的陰影。不過轉念一想，其實也沒什麼不對的。

畢竟說的是事實。

當年她從田莊被接回京城，就有謝危同行，不同的是她只是回家，謝危卻是隱姓埋名，要悄無聲息入京幫助沈琅奪嫡。

自然不會有人大費周章來殺她。

那一回半路刺殺找麻煩的，明擺著是衝著謝危去。

兩年前倒是她誤打誤撞，捲入謝危設局鏟滅天教的事情之中，從通州回京的路途中，一行人同樣遭遇了刺殺。

當然這些死士不是衝著姜雪寧來的。

他們都是衝著那位上天垂憐、僥倖生還的「定非世子」來的。

至於這回，她左右琢磨，覺得自己也沒得罪什麼人，倘若是自己獨自前往邊關，該也不會引起什麼人的注意。

壞就壞在和謝危同路。

想到這裡，她眉頭皺得越緊，不由道：「你知道誰要殺你嗎？」

謝危持著弓背著箭，繼續往前走著，道：「想殺我的人太多。」

姜雪寧無言道：「那這回呢？刀琴說天教的人——」

不，不對。刀琴不是這樣說的。

話音到此時，她腦海中某一根緊繃的弦陡然顫了一下，讓她整個人都跟著激靈靈地打了個冷戰，彷彿被人扔進了冰水裡似的，驟然清醒了。

先前危急時刻，刀琴說的不是「天教絕不可能有這麼厲害的弓箭手」，而是「教中絕不可能有這麼厲害的弓箭手」！

天教，教中。

一字之差，裡頭所蘊藏的深意卻有萬里之別！

什麼人會說「教中」，而不是說「天教」？

姜雪寧眼皮跳起來，看向走在自己前方的謝危。

謝危卻彷彿並未察覺到她戛然而止的話語底下藏著多大的震駭，也或許根本不在意，只道：「江湖鼠輩藏頭露尾，養不出這等的精銳，算來算去都與朝中脫不開干係。是誰並不要緊，屆時都殺乾淨，也就不會有漏網之魚。」

「……」

姜雪寧說不出話來。

謝危在前頭笑：「我以為，妳對我的真面目，有所瞭解。」

瞭解歸瞭解，可隱約知道與親耳聽見，卻不是一樣的感受。

姜雪寧不願瞭解他更多。

知道越多，危險越深，上一世她已經捲入紛爭太深，這一世救完公主便別無所求。

她看向周遭的密林，卻完全看不見道路，心裡添了幾分焦慮，同時也不動聲色地轉移了話題，道：「我們不回去嗎？」

謝危道：「馬車裡沒人，他們遲早會發現。略略一算就知道我們是何時逃竄，必將在先前的路上布下天羅地網。走回頭路便是自投羅網。」

姜雪寧皺眉：「那我們去向何方？」

謝危道：「濟南府。」

姜雪寧眉頭皺得更深，不免懷疑：「先生知道路？」

謝危折斷了前面擋路的一根樹枝，坦然得很：「泰安往北便是濟南，只需翻過這片山野。最危險的地方便是最安全的地方，明知山有虎，偏向虎山行。」

姜雪寧徹底無言。

明知山有虎，偏向虎山行？天知道是不是一不小心葬身虎腹！

深秋時節要在山中行路，絕不是一件容易的事情，何況放眼朝四周望去，叢林密布，陰風呼號，山勢崎嶇險峻，走不到多長時間，便讓人氣喘吁吁，精疲力竭。

謝危手長腳長，在前面開路。

姜雪寧一開始還同他說上兩句話，後面卻是既沒心情，也沒了力氣。才不過兩刻，額頭上就出了一層汗，只顧得上低頭走路，踩著謝危在前面留下的腳印，吃力地一步步往前走。

深夜的山野，萬籟俱寂。

枯枝腐葉在林間鋪了厚厚的一層，淺處能陷下去半個腳掌，深處卻能埋掉人半條腿。

他們行進的聲音，在空寂中被無限放大。

有時甚至使人疑心那不是自己發出的聲音，而是身後有別的東西跟著。

這種感覺，格外地熟悉。

姜雪寧以為自己已經忘卻很久了，可當相同的情形，相似的處境，重新來臨時，舊日那些不堪瑣碎的記憶，便都從某個已經被黑暗覆蓋久了的角落裡浮現出來。

像是潮水褪去後露出的礁石。

雖然已經在流水的侵蝕下和塵沙的堆積下，改變了原本的形狀，甚至已經挪動了原來的位置，可他仍舊在，一直在，從未消失。

只有在這種天地間再無塵俗干擾、整個人都被恐怖的自然所籠罩的時候，人才能真正意識到自己的渺小，真真切切地面對自己滿是創痕的身心。

謝危已經有一會兒沒聽見她說話了。

只能聽見背後深一腳淺一腳的行進聲，有時近一些，有時遠一些。

還有那漸漸明顯的喘息。

可始終沒有聽到她任何一句「慢一點」，或者「等一等」的請求。

她只是竭力跟上他的腳步。

謝危一下覺得像是回到了當初那個時候。

他回頭看向她。

姜雪寧落在了後面。原本精緻的衣衫在行走中被周遭的枝椏荊棘劃破了些許，顯出幾分狼狽，梳起來的烏髮也凌亂地垂落幾縷。她撿了根木棍在手裡當拐杖，可畢竟沒有他高，也沒有格外強健的體魄，走得格外艱難。完全是緊咬著牙關，憑骨子裡一股不屈的傲氣撐著。

像是一根原上野草。

沉默，堅韌。

那樣的神態，輕而易舉與當初那個恓惶自尊的少女重疊在了一起。

比起六年前，她只是長高了些，長開了些。

其實沒有什麼真正的改變。

可謝危卻忽然想：她本該是園中花，不應是原上草。

走到近前時，頭頂是一片高高的樹影，遮擋蕭瑟寒夜裡本就不多的星光，姜雪寧未免有些看不清腳下，沒留神便磕著了邊上一棵樹延伸過來突出於地面的樹根，頓時踉蹌了一下。

謝危伸出手扶住了她。

兩隻手掌交握。

一切似乎一如往昔。

只是那時候，她會緊抿著唇，皺著眉，寧肯摔在地上，也要一把拂開他的手；而如今，長大的小姑娘，只是抬頭看他一眼，沉默片刻後，向他道：「謝謝。」

看似沒變，又好像有什麼東西悄然流轉。

接下來的一路，莫名地越發安靜。

兩個人各懷心緒，都不說話。

有時走得快了，謝危會停下來等上一等；姜雪寧也不一味逞強，有什麼山坡溝壑，自己過不去，也會抓住謝危遞過來的手，儘量不使自己拖慢行程。

謝危說，要在下雪之前，翻過這片山嶺。

姜雪寧於是想起刀琴先前所說，要在下雪之前，趕赴邊關。

刀琴說時，她未深想；可當相差無幾的話，從謝危口中說出，她便有了一種不大樂觀的猜想。謝危卻沒做什麼解釋，前面又一根橫斜出來的枝椏擋住了去路，他伸出手去，剛折斷樹枝，便聽見了窸窣的動靜，有什麼東西「嘶」了一聲。

幾乎同時，右手食指靠近手掌處便傳來尖銳的刺痛。

他瞳孔陡地縮緊。

有什麼東西咬了他一口，可黑暗中他卻並未發出半點聲音，只是反手就著那折斷樹枝鋒利的斷口，用力地將之刺入那物冷軟的身體，隱約有「嗤」地一聲碎響。

姜雪寧走在後面，根本沒看見，只問：「先生怎麼了？」

謝危怕嚇著她，把那東西扔遠了。

只道：「沒事。」

兩人又向前走了有小兩個時辰，畢竟也只是肉體凡胎，久了也會倦累。

好在前面這一座山總算翻越了。

姜雪寧跟著謝危從樹林裡鑽出來，便看見了兩座山之間幽深的山谷，一條清溪從遠處蜿蜒淌下來。東方已亮起魚肚白，細微的晨光從樹影裡照落，薄薄的霧氣如輕紗一般漂浮，在苦行奔走了一路的人眼中，彷彿化作了一座世外的仙境。

她欣喜不已，立刻就跑了下去，蹲在溪水邊，掬一捧水便澆在沾染了汙漬的面頰上，舒舒服服地嘆了口氣。

然後才想起謝危。

回過頭去便喊：「先生，我們就在這裡休息——先生？」

謝危並沒有跟過來。

姜雪寧頭轉過去時，只看見他靠坐在山坡一塊裸露的山岩邊上，閉著眼睛。聽見她的聲音，也沒有睜開眼來看。

等了片刻，他仍舊坐著沒動。

姜雪寧重新走回去，上了山坡，又喊了一聲：「先生？」

謝危輕輕搭著眼簾。

初出的天光照在他面上，竟有一種病態的蒼白。

姜雪寧幾乎以為他是睡著了，伸出手去想要搭他肩膀，卻忽然看見他垂落膝上的右手食指之上，赫然留著兩枚深紅的血孔！

這一瞬，姜雪寧感覺到了一種刺骨的寒意。

冰冷的溪水從她面頰滑落。

她靜靜地注視著眼前這張平靜的面孔，竟生出了幾分近乎恐慌的悲愴，停了片刻，才反應過來，幾乎是顫抖著執了謝危手掌，將他食指指節含入口中，用力吸吮。

血孔裡頓時有腥鹹的味道湧出。

她含了一小口，朝旁邊吐出。心裡卻沒來由地慌張。

謝危眼睫動了動，平靜地睜開眼，看著她，卻渾無波瀾起伏地道：「妳還是很怕死人嗎？」

姜雪寧驟然愣住。

她唇瓣是微涼的，舌尖卻帶著溫度，此刻抬起頭來，只對上那一雙幽深清醒的瞳孔，根本沒有中蛇毒，也根本沒有昏迷！

「你！」

霎時間，她才像是那個被蛇咬了的人一般，立時扔開了他的手，退至一旁，警惕且憤怒地看向了他。

謝危緩緩收回手來。手指尚留一分餘溫。

他的目光落在姜雪寧身上，並未移開，卻張了口重將傷處含入，舌尖嘗到一抹血味後，才慢慢道：「當年那個行腳大夫、江湖騙子，沒教妳分辨嗎？沒有毒的。」

這是在嘲諷她當年割腕喂血的蠢事！

姜雪寧胸膛起伏，氣得說不出話。

謝危的目光卻更讓她有一種被毒蛇盯上的悚然，連他的聲線都有一種使人震顫的冷平：「我是妳先生，雖禁衽席之欲，潛心佛老之學，可從非聖人善類。荒山野嶺，人如野獸。妳若還想嫁個好人，不願被我事後滅口，便奉勸妳，離我遠些。」

姜雪寧不是傻子，光聽「衽席之欲」四個字便眼皮一跳。

然而人到極限易逆反。恐懼到極點，便成了憤怒。

都落到這般田地了，姓謝的嘴裡還沒半句人話，渾身上下那股勁兒怎麼看怎麼像個「作」字，她也不知哪根筋擰著了哪根反骨，冷笑一聲道：「是麼？謝先生修身養性素得很，別的不會，口是心非倒真厲害。甭擔心，還不知誰睡誰、誰吃虧呢！」

# 第一九六章　雪至

「……」

回應她的，是久久的沉默。

謝危面色雖然蒼白，靠坐在那深色的山岩上，身體卻微微繃緊，沉凝的姿態猶如一隻蓄勢待發的猛獸，霎時鋒利的目光，幾如刀劍朝她落去。

姜雪寧卻不當回事。

她等上半晌，果見謝危臉色雖難看至極，卻慢慢握緊了另一手中的弓箭，並無真的要有所舉動的意思。

於是「嗤」一聲。

諒他做不出這等事，也懶得再管他，徑直朝著溪流旁側的林間走去，只留下句話：「我去找些吃的。」

世事真奇。

上一世她走投無路，夜裡專程拎了湯羹去，向那位高坐明堂的太師自薦枕席，結果人向她邈若煙塵似地笑一笑，請她「自重」；這一世她有自知之明，對這位光風霽月的聖人避如蛇蠍，沒想到人反而莫名其妙地陰魂不散了，輪到她來冷嘲熱諷。

姜雪寧心裡就一個想法——什麼狗屁倒灶的事！

這一片莽莽的山野裡，雖然人跡罕至，可卻並不是找不到食物。

她年少在田莊上時，便喜歡到處玩鬧。

什麼能吃，什麼不能吃，心裡也有些數。

循著溪水而上，倒也不敢太深入，只在山林邊緣尋找，運氣竟然不錯，尋到了幾枚能吃的、自己踮踮腳也能摘得下來的漿果。

她啃了一口，剩下的都兜在懷裡。

這一趟出去的時間雖然不長，卻也不短，回來時竟看見那塊山岩上放了只已經剝皮去髒的野兔，下方流淌的山溪邊隱約有股血腥氣，謝危的弓箭放在一旁，一支箭上的鮮血並未擦乾，顯然是前不久才從那隻倒楣的野兔身上拔下。而他本人則隨意地坐在剛生起的火堆邊，一柄短刀握在他手中，正不緊不慢地削去一根硬竹竹節上生長的枝葉。

那柄短刀……

這一路上姜雪寧沒有見過。

可許久以前，她是曾見過，甚至也曾用過的。

走過去，放下了懷裡抱的漿果，她看了那已經剝皮的兔子一眼，暗暗擰了眉，卻沒置喙什麼，只是坐到了那火堆旁邊去，撿起自己先前啃過的漿果來啃，道：「先生這刀倒是幾年不換一把。」

謝危沒說話，削了竹，便拎了那隻野兔串上。

姜雪寧移開目光：「您當個廚子不比在朝堂上折騰自在嗎？」

謝危看她一眼，還是沒接話。

姜雪寧便也不說話了。

這會兒天光早已大亮，他二人逃了一夜的命，早已精疲力盡，飢腸轆轆，只不聲不響相對坐在這火堆旁，看著漸漸被火舌舔熟的那隻兔子。

一切都顯得靜謐。彷彿不久前的暗潮洶湧與針鋒相對，都根本沒有發生過一般。

他們都知道——荒山野嶺，人如野獸。

在這裡，既沒有什麼姜二姑娘，也沒有什麼少師謝危，生死面前誰也不比誰高貴，誰也不用怕誰。即便有千軍萬馬在握，金山銀海堆家，現在都不過單槍匹馬，活生生一個人罷了。連那些仇啊恨啊愛啊怨啊，都像是這清晨的霧氣似的，飄飄渺渺便散向了天邊。

接過謝危掰了遞過來的一隻兔腿時，姜雪寧還是客氣了一下，道了聲謝。

荒山野嶺自沒什麼油鹽醬醋。

可謝危這兔子烤得外酥裡嫩，火候極佳，金黃的表面泛著一層油光，撕下一塊吃進嘴裡，更覺肉質上好，隱隱還能品出下面松枝燃燒時送上去的松木香。

她差點沒把自己手指頭吃掉。

雖然的確難比有調料的時候，可於此時此地、此情此景之下，已然算得上人間至味。

這些年，謝危怎麼說也算是位當朝重臣了，俗話說得好，君子遠庖廚，可偏偏這人的手藝，竟然沒見跌？

姜雪寧吃得半飽後，沒忍住看他一眼。

謝危早把火給踩熄了，連同生火的痕跡一併掃入溪水之中，漠然起身道：「吃好了就走。」

姜雪寧看他將那柄短刀綁回了自己腕間，又拿起了弓箭，連同之前射中野兔的那一支箭都擦乾淨裝回了箭囊裡。

只是那食指指節上的血孔，還有些顯眼。她真怕這人死在路上。

於是道：「您傷口真沒事？」

謝危道：「若沒妳添亂，現在該癒合了。」

姜雪寧：「……」

她著實被噎了一下，微笑起來：「我以為先生被毒暈了。」

謝危回眸：「坐下養神罷了。」

說完又道：「妳若能分辨分辨什麼是昏倒，什麼是休憩，興許那點三腳貓的醫術，能少禍害幾個人。」

得，都是她錯了。

不知為什麼，姜雪寧瞧他這不溫不火模樣，很是暴躁。忍了好一會兒，才把和他抬杠的衝動壓下，順手將地上沒吃完的三兩漿果撿了，跟上他往前走。

兩人蹚過了山溪，進了另一邊的山林。

趕路的日子，實在無聊。

老話有云，「望山能跑死馬」。謝危先前說，走過這一片山，到得濟南府便好。可這一片山野，看的時候不怎麼遙遠，走起來卻是三五日都看不見頭。

姜雪寧這時候雖沒什麼嬌慣脾氣，可這副身子到底不怎麼能吃苦。

到第三天腳底下便已經磨了水泡。

縱然她不想拖累人，也很難走快。

這一天，他們要翻越一座山的山脊。

山勢頗為陡峭。

她上去幾步之後便冷汗直流，腳下發軟，若非謝危在旁邊用手拉住她，只怕她已經往下跌墜。

姜雪寧不由苦笑，看向高空，掩藏起深深的憂慮，向謝危道：「邊關那邊等著你過去主持大局，長公主殿下危在旦夕。我就是個廢物，這一路本就難行，你帶著我只怕雪上加霜。倒不如你把我留在這裡，自己先去濟南府，我就在山中，也不亂走，你料理好事情便派人來找我便是。」

謝危一言不發，只向自己衣襬上用力一扯。

「嘶啦」一聲響。

他竟從那已經沾上了幾分汙穢的雪白道袍上撕下一條來，徑直綁在了姜雪寧手上，然後將另一端緊緊繫在自己腕上，面沉如水，道：「走。」

姜雪寧覺得這人有病。

明明她提議的是最好不過的辦法。

可謝危沒有半點考慮、理會她的意思，一把握住了她的手，拉著她一道往前走。

然而，他們最害怕的事情，還是發生了——

在他們費力站上山脊的那一刻，朔風迎面呼嘯而來！

北面天邊，彤雲密布。

登高而望遠，分明該有萬般開闊之境，可這一刻，姜雪寧卻感覺到了一種大軍壓境般的窒息與沉重。

她看向謝危。

謝危立在風中，道袍獵獵，只看著那片漫天而來的雲。

眼底竟少見地澄澈。

彷彿那深埋的塵埃與陰霾都被凜冽的寒風吹捲一淨。

她聽到他平靜渺然的嗓音：「寧二，要下雪了。」

# 第一九七章　魔鬼遊蕩

姜雪寧問：「要往前走嗎？」

說不準他們運氣好，能與老天一搏，趕在大雪封山之前走出去，也或許雪下不很大，沒多久就停，並不影響他們的行程。

可謝危搖了搖頭。

他朝前方看了很久後，沒有回答，只轉過身往回走，順山脊而下。

姜雪寧站在高處凝望他背影，莽莽山野間猶如一隻孤鶴。

頂著即將來臨的風雪趕路，的確太過冒險。

可找地方暫作休憩，也並不安全。

如果風雪太大，下很久，他二人困坐愁城，就不得不考慮是否有凍斃餓倒的可能。

——二者都有可能發生，謝危為何要擇後者？

她想起謝危不喜歡下雪。可僅僅如此嗎？

輕鎖眉頭，立了片刻，姜雪寧終究壓下疑問，跟著他按原路返回。

這時陰雲已經蔓延過來。

山野裡光線本就不明亮，被飄來的陰霾一遮，更漸漸充斥著一種壓抑、不安的氣氛。樹葉靜止不動。

蟲蟻卻逃難似的在泥土腐葉表面慌忙爬行。

他們足足花了一陣，才在後方不遠處的山腳下找到了一處洞窟。山岩上流有水流侵蝕的痕跡，還有幾塊石頭落在洞口，被風吹得久了，外頭一摸就化。

裡頭不過兩丈深，一丈寬。

高不過丈許，有些地方比較低矮，得低頭才能通過，很有幾分崎嶇。

姜雪寧對這洞窟裡的亂石和灰土略作清理的時候，發現了幾撮灰黑的細毛，像是野兔之類所留，估摸著以往風雨大作時，有些小動物也進來避雨。

他們這算是占了人家地方了。

不過也好。

在去外頭找來許多深秋的枯草鋪在地上時，她想，倘若晚些時候牠們來，正好自投羅網，少不得落入她與謝危腹中，都不用自己找什麼吃食了。

雪也許下一會兒就停，也許下很久也不停，不管是哪種情況，他們一怕的是冷，二怕的是餓。

所以姜雪寧打算整好洞窟後，便到處搜集樹枝乾柴。

而謝危則拎了弓箭往深山密林裡去。

直到天擦黑，姜雪寧才遠遠看見他從對面山坳裡走出來。手裡拎著一隻拔毛的野雞，一隻剝好的野兔，另一邊竟是隻不特別大的獐子，全都穿在竹竿上。他面容沉冷，連道袍上都沾了不少鮮血。

姜雪寧眼皮便不由一跳：這些天來多賴謝危箭術不錯，可在山中獵得一些野物果腹。可他本是愛潔之人，也知她不大能見血腥，所以獵得野物後一般就地處理，既不讓她瞧見，身上也不沾上半點腥血。

而眼下……

她隱約覺出幾分不對，深感觸目驚心。

謝危卻對身上血汙毫無半點多餘的反應，漠然將穿著野物的竹竿插至岩縫中後，又出去了一趟，折了幾簇樹葉繁茂的樹枝，堆在洞口，權當是半面不特別厚實的牆，擋些外面進來的風雪。

然後坐下來生火。

整個過程，沒有說一句話。

姜雪寧忽然就感覺到了一種無與倫比的壓抑。

不來自即將到來的風雪。

只是來自眼前這個人。

她沒作聲，只在他對面尋了處還算乾淨的地方坐下來，抱住膝蓋，靜默地審視他。

夜幕悄然降臨了。

風聲在外呼嘯不絕。

洞內的光線變得無比昏暗。

謝危的面容，也模糊不清。

但敲響的火石開始閃光。

他那平靜而冰冷的輪廓於是一明一暗地閃爍起來，一時被忽然的閃光照亮，一時又陷入閃光熄滅後的黑暗，彷彿陷入了一場沒有止境的拉扯。直到那火星落在乾枯的草團上，橙紅的火焰慢慢燒起來了，周遭的黑暗才被漸漸驅散，將他整個人的正面照亮，只留下身後嶙峋凹凸的山壁上那搖晃不定的影子。

也不知為什麼，在火終於升起來的那一刻，姜雪寧悄然鬆了一口氣。

謝危看向她。

她卻避開了這道直視的目光，反而朝著洞外看去，然後輕輕驚呼一聲：「下雪了！」

終於還是下雪了。

深夜陰沉的天像是一塊暗色的布幕，被風的利爪扯出一道巨大的口子，千千萬雪花拋落下來，風吹飄如鵝毛。

甚至有些落在了洞口堆著的樹枝上。

看這架勢，只怕不用一個時辰就能蓋得滿山銀白。

姜雪寧看了一會兒，心下著實沉重，卻偏故作輕鬆地笑起來：「看來我們是困在這裡，暫時出不去了。」

她以為謝危這時也該轉頭去看雪了。

然而當她回轉頭，謝危的目光卻仍舊落在她身上，深靜沉默，就像是外頭一瓣被風吹進洞來的雪。

他沒有朝外面看上哪怕一眼，只是在看得姜雪寧唇角那點勉強的笑意漸漸僵硬地消無後，才重新垂下了眼簾，朝著火裡添柴。

謝危撫琴的手指很好看。

折斷幾根樹枝時彷彿也不費什麼力氣，然後便將其投入火中。有不夠乾的樹葉被火焰舔舐，捲曲起來，發出細小的劈啪聲響。

山洞裡忽然安靜極了。

姜雪寧同他守著這堆火，相對而坐，誰也沒有再出言打破靜默。

跳躍的火焰，燃燒在瞳孔深處。

這一刻，竟有一種脈脈的平凡。

在這與俗世隔絕的地方，任何語言都失去了意義。她和謝危好像有了種心照不宣的默契，既沒什麼可聊的，也沒什麼想聊的。

偶爾她也朝火裡添上幾根柴。

思緒卻好像一下飛遠了，所有遠的近的光鮮的痛苦的回憶，都紛至遝來。

姜雪寧將臉埋進臂彎，看著那燃燒的火焰，到底感覺到先前忙碌的疲乏湧上來，漸漸生出些睏意。

也不知什麼時候就閉上了眼睛。

意識迷糊中卻好像聽見有誰壓抑著的咳嗽聲。

等到重新睜開眼，卻發現自己竟躺在先前鋪好的軟草堆上，肩頭搭著件染血的道袍。而謝危身上少了件外袍，仍舊面朝火堆而坐，手指間拿著半根細長的樹枝，只一動不動地看著那團火。

姜雪寧想，她大約還是太良善了些。

否則怎會覺得鼻尖微酸？

張口想說什麼，可看著謝危被火光照著的側臉，她到底沒說出口，只是起了身，將那衣袍疊了一疊，交還給他，道：「謝謝。你不睡會兒嗎？」

謝危這才回頭看向她，將外袍接了，卻沒有重新披上。

指尖在柔軟的衣料上觸到了些許餘溫。

有那麼一刻，他很想問：姜雪寧，妳相信世上有魔鬼遊蕩嗎？在無人的荒城，在空寂的雪夜。

——他不敢睡。

# 第一九八章　夢魘

可謝危終究沒問，只是回：「我不睏。」

姜雪寧去他對面坐下，彎腰拉過了邊上幾根樹枝，咕噥道：「我都睡了一會兒了，火有我看著，看這雪的架勢一時半會兒停不了，就算不睏，先生也去歇會兒吧。這種天氣裡，越休息不好越容易生病，您要倒下了，麻煩的可不是我麼？」

這話說得彆扭。

有點抹不開面子。

她自己也知道，所以說完了之後只埋頭往火裡加柴，並不抬頭看。

謝危莫名地低笑了一聲，看著她添進去的柴，淡淡提醒道：「不禁燒，慢點扔。」

姜雪寧：「……」

她心梗了那麼一瞬，抬眼就望見謝危唇邊那一點微不可察的笑弧，已到嘴邊的「還用你提醒嗎」便咽了回去，低聲輕哼：「知道了，睡你的吧。」

謝危瞅她半晌，到底還是慢慢閉上了眼睛。

他沒有去乾草堆上躺下。只是抄了手，微微仰頭斜靠在了後方的岩壁上假寐。

謝危沒有想要睡著。

可這樣一個夜晚，註定不會平靜。

幾乎就在他閉上眼睛的剎那，舊日那無盡帶血的洪流便如噩夢一般向著他席捲而來，像是撞倒了壁立千仞的懸崖，擊毀了參天茂盛的大樹，將他攜裹……

縱使用了全力，也無法掙脫。

他跌入不安的夢中。

清晨的天光裡，九重宮闕的琉璃瓦，一片疊著一片，巍峨壯麗。

新雪潔白，映得迎送宮人的臉龐都沾上洋洋的喜氣。

年輕的婦人停下來，為他整理衣袖，輕輕笑著對他說：「瑞雪兆豐年。今冬下了雪，來年莊稼的收成才好，百姓們就更高興啦。」

那張臉應當是貌美明麗的。

可無論他如何努力，也只記得一些模糊的細節，拼湊出一片不大真切的輪廓。

只有那牽起他前行的掌心的溫度，深深烙印。

一步步踏入宮門，走過長道，上得臺階，又隨著她躬身下拜。

華服的人們觥籌交錯，相談甚歡。

太子沈琅帶著其餘幾名伴讀進來，拉他去偏殿下棋。

他下了幾盤，便睏了。

那年輕的婦人來，使宮人帶著他，進暖閣睡了一覺。

他做了個夢，夢見了夏天，舅舅府上那棵新栽的櫻桃樹，結了鮮紅的果；夢見了自己坐在屋簷下彈琴，原本怎麼也彈不好的調忽然都順暢了起來；夢見府裡的廚子終於做了一碟特別好吃的桃片糕，他笑起來端了就要往外面跑……

然後跌了一跤，忽然醒了。

睜開眼時，外頭竟然已經天黑，暖閣裡一名伺候的宮人也沒有。

只有低低的哭聲傳進來。

他從榻上起身，走出去，看見幾名年紀不大的宮人抱在一起，不住地流著眼淚，哽咽不已。那年輕的婦人則與那一身頭戴鳳冠、宮裝華麗的女人坐得很近，面上難掩憂色，可看見他時仍舊露出笑容，招手讓他過來。

他問，發生什麼了？

她說，沒有什麼，會好的。

年紀不大的孩子，雖然懂的事情還不夠多，可也隱隱嗅到了空氣裡浮動著的恐懼。

只是誰也不敢說。

子夜時，以前他見過的一名守衛宮門的將軍衝了進來，身上披著帶血的鎧甲，朝著皇后跪下來磕頭哭道：「京城將破，請娘娘開密道，入地宮，保住殿下！」

於是他們被蒙上了眼。

黑暗裡，只有那名婦人緊緊攥著他的手。

等到蒙著眼的綢布被解開時，他們已經到了地下一處暗室之中，隱隱能夠聽見頭頂上沉重的腳步踏過去的聲音，還有刀劍相交的聲響，幾乎持續了整整兩個日夜。

他睡著前能聽見。睡醒了睜眼開，還能聽見。

直到第三天聲音才漸漸小了，聽不見了。

躲藏在暗室裡的人們已經憔悴了許多，幾乎喜極而泣。

皇后卻厲聲責斥，叫他們不許哭。

年輕的婦人將他摟在懷裡，說，舅舅和父親都是大將軍，率領著十萬兵卒，很快就能收到消息趕回來，接他們從這裡出去。

他聽了，心裡卻始終有一團迷惑：假若他們不能趕回來呢？

可看了看皇后姑母那陰鷙的臉色，到底沒有說出口。

時間在等待中消磨。到後來已經分不清時辰，日夜，只是睜著眼睛聽他們說話，或者閉上眼睛做起糾纏的噩夢。

但那一天，他罕見地沒有睡著。隱約聽到好像有人出去查探。

回來後敘說了不久，就有尖利的聲音響起，有什麼東西摔碎了，緊接著是帶著哭腔的爭吵，其中一個聲音十分地熟悉。

他沒有穿鞋，悄悄地走了出來。珠簾遮擋了他的身形。離得近了，聽得便更真切了。

「娘娘，天教與平南王來勢洶洶，本自狼子野心，殺戮成狂，倘若不得太子殿下蹤跡，那三百孩童或還有救，興許能撐到援軍來救的時候！倘若依您所言，不管誰去，那三百孩童只怕都凶多吉少！是真，他們一殺以絕後患；是假，未必不惱羞成怒。怎可李代桃僵？」

「叛黨已經向全京城下了通牒！倘若再無人出現，豈不激起民變？屆時即便驅逐叛黨，平復叛亂，焉知不會引起朝野動盪，清流詬病？」

「可娘娘，他連七歲的生辰都還未過……」

「太子又才多大，難道妳竟敢讓我的兒子去送死？」

「那又憑什麼該是我的孩子！」

「就憑我兒是君，他是臣！臣為君死——尊卑有別，貴賤不等！」

憑沈琅是君，他是臣。

憑尊卑有別，貴賤不等！

臣，當為君死。

他靜悄悄地站在珠簾後，看見那年輕的婦人哭乾涙水，泣血般頹然地坐倒在地，捂住了自己的臉。

冷厲的女人說：「去請小世子來。」

邊上的太監躬身應了，走到這邊來掀開珠簾，在看見立於簾後的他時，嚇得驚叫了一聲，跌坐在地，見了鬼似的顫聲喊：「世子，怎、怎麼在這兒？」

頭戴著鳳冠的蕭皇后身形僵硬了一瞬，臉上的戾氣尚不及平息，卻在轉頭看見他時，連忙換成了平日的親近溫和，還衝他笑了起來：「怎麼，睡不著呀？正好，姑母有事要和你商量呢。」

他站在那邊沒有走過去。

蕭皇后卻走了過來，蹲在他面前：「聖賢書教，該當忠君。現在外面有壞人要抓太子殿下，你是殿下的伴讀，願不願意假扮成太子殿下出去呀？」

他抬起頭向角落裡看去。年紀相仿的沈琅瑟縮著坐在那裡，觸著他目光時有些躲閃，可一轉瞬又惡狠狠地回瞪向他，豁然起身訓斥：「君要臣死，你敢不去？」

蕭皇后惱了，罵他：「閉嘴！」

等轉回頭來向他時，又和顏悅色：「本宮知道，世子自小早慧，是最懂事的，也該知道取捨。」

那哭泣的女人終於崩潰了，往這邊衝過來，哀嚎道：「不，不要去！」

蕭皇后一擺手。

站在黑暗裡的那些太監就上來將她按住，攔在遠處，他只覺得這些人好像長在那片黑暗裡似的，走出來時，像是從黑暗裡血淋淋地剝出來，卻行屍走肉似的悄無聲息。

蕭皇后戴著琺瑯護甲的手指輕輕搭在他肩膀上，朝著他回頭一指那個女人，笑著說：「看，你娘親這些天藏在這裡，都要憋壞了，憋瘋了。她疼你，你也護她，對不對？」

侍衛的手上握著劍。

不知道什麼時候已經出了鞘，在幽暗中閃爍著慘白的寒光。

他們制住了那個孱弱的女人。

使她無法發聲，不能動彈，只有悲切的嗚咽。

她含淚的眼，彷彿是在哀求。

他眨眨眼，慢慢收回目光，似乎有了一種超乎尋常的平靜，回答說：「我，願代殿下；臣，願代君。」

距離他最近的女人滿意地笑了。距離他最遠的女人卻掩面哭倒。

他走過去。有人攔住。

蕭皇后看他半晌，擺了擺手，那些人便退開了。

他來到那美麗婦人的面前，抱住她，輕聲說：「娘親，不怕。」

她卻哭得更厲害，拉住他不肯鬆手。

直到有人用力地掰開。

他看見他們將她拉了下去，隔到一旁，聽見蕭皇后在他背後說：「姑母會看好她的。」

有太監把沈琅穿的衣服扒下來，給他換上。

從鞋襪，到玉佩。

在被人重新蒙上眼之前，他跪下來向那婦人安安靜靜地磕了三個頭，她瘋了一樣用力地掙扎，卻無論如何也掙扎不脫。

黑暗在這時彷彿成為了無底深淵。

他在其中行走摸索。

在聽見一道機關聲響、暗道打開後，一股寒意撲面而來。

摘下蒙眼的綢布，從乾清宮的丹墀旁走出，順著臺階一級一級往下。宮人的屍體橫了遍地，石縫裡，低窪處，凍住的鮮血像是殷紅的琥珀。

天上還在落雪。

他不知道是從進宮那一天開始，雪就一直在下，沒有停過，還是中間停了又下了新雪。只覺得很冷，凍得人手指發疼。

夢境在行走間跌墜。

黑的夜，白的雪，無不化作了厲鬼，聲嘶力竭地向他叫囂。

忽然間有無數陌生的臉孔重疊在面前。

陰沉，猙獰，森冷。

有人問，你是沈琅？

他說，我是。

然後就聽見長刀出鞘，雪劍錚鳴，一聲寒徹骨的冷笑：「殺！」

殺——

眼前忽然被襲來的風雪遮擋，他步履維艱走在一條河中。

雪霧裡傳來貓兒的叫聲。

他衝進去，大聲地喊：「你們在哪兒？」

沒有人回應。

他腳下被一塊石頭絆住，摔倒在地，起身來卻發現自己滿身滿手都是赤紅——原來腳下不是河流，是無數淌不盡的鮮血；原來絆腳的不是石頭，是一隻小小的胳膊。

那一刻恐懼攫住了他。

他往後退了一步。

可大風恰在此時捲來，掃清所有遮擋視線的迷障，露出那無數孩童屍首堆砌成的小山。殘破的四肢，壓著冷硬的軀體；割破的喉嚨，挨上撞碎的腦袋……

幾隻貓就蹲在上面，埋頭吃著什麼。

牠們渾身髒汙，瘦如皮包骨，似乎沒有半點肉，顯得一顆腦袋有這怪異的棱角，渾身緊繃著轉過頭來看他時，兩肋的骨骼在乾薄的皮毛下突出顯露。

一雙雙飢餓的眼睛，在黑暗裡發光。

連叫聲都透出一種低沉的陰森可怖，讓人幾欲作嘔！

「喵嗷！」

充滿了尖銳敵意的一聲叫。

黑影閃電般朝著他撲來！

「娘親……」

謝危一下醒了，手指尖一顫，睜開眼來，火堆的火還在燃燒，可他卻幾乎感覺不到半分的溫度，甚至因為那翻湧的噁心，難以動彈。

然而當他轉過頭，便看見了山洞口——一雙雙在幽暗裡發光的眼睛！

那是十數隻山中的野貓，不知何時聚集在了洞口，從洞口堆著的枝葉間露出身影，虎視眈眈地看向他們！

幾乎同一時間，最前方的山貓惡狠狠地齜了牙。

一聲厲叫從牠口中發出，頓時化作一道黑影，迅速朝著洞內撲來！

姜雪寧添了小半夜的柴，到了這後半夜眼瞧著要天明的時候，到底還是犯睏，有一搭沒一搭地點著頭打盹兒。

謝危隱約說了什麼夢話，讓她驟然驚醒。

這一下正好看見洞口聚集的那弓著背、聳著毛的一群山貓，霎時毛骨悚然，一股寒氣從腳底順著脊骨竄上後腦杓！

謝危那柄短刀擦乾淨了擱在一旁的山岩上。

電光石火間，根本來不及多加思考，姜雪寧一把將刀撿了起來，在那山貓撲過來的瞬間，往謝危面前一站，一刀朝著那隻貓劃了過去。

渾無半點章法。

嗤拉！

風雪夜裡似乎有一聲裂帛之響，鋒利的刀刃卻劃破了那貓的眼睛，拉開了半邊肚腸，髒汙的鮮血頓時迸濺到她身上，而這隻貓摔了下去，落了一地狼藉，淒厲地慘叫起來！

姜雪寧只是下意識的舉動，並沒有想到會見血，更不曾想到會見到如此血腥可怖的場面，頭皮都炸了起來，幾乎想要埋頭嘔吐。

那一刻她想扔掉手裡的刀。

甚至差一點就要退後。

然而冥冥中卻有舊日的畫面浮現出來。有道聲音告訴她，不能退。於是那股力量驅使著她，重新用力將這柄刀握緊。強迫著自己不低頭看一眼，忍了作嘔的衝動，只迅速一腳將地上已經沒了聲音的山貓屍體踢出去。

洞外的山貓頓時又一陣淒厲的嘶叫！

謝危冷極了，面容蒼白，既看不到她表情，也讀不了她心緒，只能看見這道背影，因極度的恐懼而息喘，起伏。

分明發抖的手指，偏緊攥著那柄刀。

姜雪寧像個傻子似的，逞強將他擋在身後，用幾不可聞的低啞嗓音，對他說：「先生，我在。」

# 第一九九章　苦海誰能渡

最前面那隻山貓的屍體擦著洞口堆著的樹枝，滾到外面那群山貓之中，讓這些眼睛發光的畜生紛紛聳動起來，察覺到了危險之後，紛紛呲牙。

可外面還在下雪。

溫暖避雪的地方難找，誰也不甘心就此離開，只邁動著無聲的腳步，似乎在尋找著進入的機會。

山裡的野貓不比馴養的家貓，每一隻都長著尖尖的利爪獠牙，在洞口來回徘徊時的陰沉姿態，簡直使人不寒而慄，毛骨悚然。

但同類的遭遇也讓牠們忌憚。

姜雪寧同牠們對峙著，背後已經滲出了細密的冷汗，站上一會兒，小腿肚子都因為過度的緊繃而打顫。

不。

僵持下去絕不是辦法。

她必須要將這幫畜生趕走。

深山野林，人跡罕至。

聽市井行腳販夫走卒們說，野獸怕火。

姜雪寧緊緊扣著指間那柄刀，目光卻悄悄移開，看向了山洞裡還在燃燒的火堆，然後一咬牙，竟迅速地從中抽了一根正熊熊燃燒的木棍，徑直朝著包圍了洞口的野貓們揮去！

灼人的溫度瞬間靠近。

幾乎所有野貓都在她上前的那一刻弓了背，朝著邊上散開。

但也有那麼幾隻躲避不及，被燃著的火焰撩了毛，被燒紅的木棍燙到皮，頓時尖銳地嘶嚎起來，逃得遠遠的。

幾隻貓如何能與人鬥？

吃過痛後，縱然再凶悍也不敢再往前進一步。

姜雪寧更持著火棍驅趕。

牠們已經退到了外面，風吹著，雪凍著，終究知道這山洞牠們無法進入，又不甘地叫喊了幾聲，慢慢地四散開。眨眼，雪地上就沒了蹤跡，應該是去尋找別的遮風避雪之所了。

驚心動魄後，終於歸於平靜。

姜雪寧劇烈地息喘著，想要走回去，可不知為什麼立在那裡，就是走不動一步，好像整個人都釘在了地面上一樣。

直到有一隻手忽然握住了她的胳膊，將她身子拽了過去。

謝危的胸膛裡彷彿燃燒著一團火。

他一手扣住她後腦，將她按進自己懷中，埋頭深深地吻了下去，舐舔她唇瓣，撬開貝齒，侵略得像是一團滾燙的火，又緊繃出一種令人血脈賁張的壓抑與狠戾。

姜雪寧腦袋裡一片空白。

謝危像是一頭野獸，在啃食她，呢喃：「我壞得透頂，妳怎麼這樣心軟？」

她的神思還未來得及回籠，待得被這強勢的侵入驚醒時，已經成為他臂膀所束縛的獵物，掙脫不得，困厄混沌。

先前謝危坐在火堆旁，唇上、指上有著一層暖熱的餘溫，然而壓得近了，姜雪寧便覺這溫度並未深入，因為從他身體的深處，只有一股冷意慢慢泛出來。

分明熾烈的吻，卻使人戰慄。

他緊緊地貼著她的肌膚，汲取著她的溫度。

手中那只火棍被他奪了扔下來，可那柄刀還在手指間。

太過緊張，姜雪寧忘了放下。

似乎這樣緊緊地攥著，才是安全。

謝危的手指卻順著她手腕往下，一點一點，掰開了她蜷曲的、近乎痙攣的手指，硬生生將那柄刀用力地往外摳。

可她攥得實在太緊了。

手掌心都勒出了一條紅痕。

謝危的吻於是變得輕了幾分，柔了幾分，深靜的瞳孔注視著她，輕聲哄道：「沒事了，把刀給我。」

眼淚毫無預兆地滾了下來。

姜雪寧顫抖起來。

他終於將那柄短刀從她指間摳了出來，擲在地上，扶著她的烏髮，任由她額頭垂下來抵住他胸口，帶著崩潰的餘悸，瘦削的肩膀輕輕聳動，壓低了聲音哭。

謝危靜靜地立著，眨了眨眼，只忽然想：倘若一輩子，永遠困在山中不出去，也很好。

然而幾乎在這念頭冒出的同時，就有另一道聲音朝著他歇斯底里地叫喊——

你怎麼敢？

你怎麼敢！

你這多舛命途，沉浮煎熬，半生要強，連做夢的資格都沒有，血海深仇尚未得報，怎麼敢有這樣的念頭？

姜雪寧再有膽子，也不過就是宮廷裡與人勾心鬥角、市井裡和人吵吵鬧鬧那一點，山貓夜嘯這種奇詭恐怖之事卻是從未遇到。

她靜下來才發現自己怕得要死。

哭了好一陣鼻子，把謝危推開了，自己又坐回火堆邊添柴，都還沒停下抽搭。

這場面有一種說不出的滑稽。

謝危慢慢笑起來。

姜雪寧看見，揚起手裡一根樹枝就朝地上打了一下，凶巴巴地衝他道：「笑什麼？你這樣連貓都怕的人有資格笑嗎？如果不是姑奶奶我在，你早被牠們撕了個乾淨！」

謝危覺得她小孩兒脾氣，不反駁。

只是撿起被她打折的那段樹枝，扔進火裡。

姜雪寧擦了一把臉，想起剛才都覺得委屈，又掉了會兒眼淚，哭到外頭天都亮了，才覺腹中乾癟，乾脆把穿著野兔的那根竹竿抽出來，就朝謝危遞，沒好氣道：「我餓了。」

從來吃食都是謝危動手。

他也沒說什麼，接了過來。

兩人烤了隻兔子。

姜雪寧洩憤似的吃了很多，謝危卻似乎無甚食欲，吃了兩片肉便放下了。

外面的雪似乎小了不少，只有些雪沫還在飄。

漫山遍野一片白。

既看不見什麼飛鳥，也看不見多少走獸。

吃完後，姜雪寧就皺起眉頭，拿了根樹枝在地上算他們的食物能吃多久，柴禾能燒多久，回憶韃靼那邊這陣子是什麼情況，眨眼就想到了沈芷衣的事。

地上劃著的樹枝，忽然停了。

她轉頭看向謝危，猶豫了一下問：「先前你們說，燕臨已經先行趕往邊關，要想法子救殿下。可到底是什麼法子，我們半道耽擱，會否影響？」

謝危坐在那邊，似乎出了神，並未回答。

姜雪寧本想重複一遍自己的問題，然而在她起身要朝著端坐的謝危走去時，卻忽然覺得有什麼地方不對。哪裡不對？腦海中一個閃念，再看謝危，她才發現——

他竟坐在那邊看雪！

白茫茫的雪地，給人一種空闊寂寥之感，天光落下又被雪地漫映，全投入他眼底。

謝危靜默得像尊雕像。

姜雪寧卻忽然生出一種沒來由的不安，甚至更甚於先前與野貓對峙，她喚了一聲：「先生。」

謝危頭也不回道：「影響不大。」

可姜雪寧這時已經不在意問題的答案，只是想起前世尤芳吟所透露的那個可怕的猜測，看著謝危那仍舊注視外面的姿態，聲音裡已經有了一絲微不可察的恐懼：「謝危！」

謝危問她：「怎麼了？」

她就是害怕，上前去徑直拉了他一把，不讓他再往外看：「別看了！」

謝危望著她，眼瞳裡飄過渺遠的光影，卻問：「妳是不是知道什麼？」

姜雪寧心跳如擂鼓：「知、知道什麼？」

謝危笑笑說：「不知道，妳又在怕什麼？」

姜雪寧強作鎮定：「我沒怕。」

謝危便伸了手，順著她下頜，慢慢搭在她頸側，微涼的手掌緊貼著她清透的肌膚，感知到那湧動的血脈，平淡地道：「撒謊。」

姜雪寧悚然，一把揮開了他的手，將自己微敞的領口壓緊，朝著後面退去，甚至帶了幾分薄怒，色厲內荏地道：「你有病啊！」

謝危卻無話了。

他果真沒有再去看雪，只是輕輕靠在洞壁休憩。

剛開始，姜雪寧還沒發現什麼異樣。

到了第二天，她發現原本在自己夢中偶爾會響起的壓抑著的咳嗽，原來並不是夢。

謝危開始咳嗽。

在這樣冷寒的天氣裡，他的臉色以一種肉眼可辨的速度蒼白下來。

第三天他烤焦了小半塊獐子肉。

也是這天，她將雪裝進水囊化掉後，遞給謝危，而他沒有準確地接住，停了一下才拿到手中。

那一刻，姜雪寧覺得有寒氣朝自己骨頭縫裡鑽。

謝危那雙眼實在瞧不出什麼異常，慢慢喝了一口水，向她道：「現在我已經沒有用了。如果我是妳，夠聰明，就該帶著東西，找雪停的那一天，走得遠遠的。」

姜雪寧想，這人怎麼這樣？

她不敢洩露半點多餘的情緒，只道：「你難道想死在這裡嗎？」

謝危又咳嗽一聲，唇畔的笑意輕輕漾開，道：「死在這裡，有什麼不好？」

至少好過淪為人手中的籌碼。

生由己，死由己。

姜雪寧卻恍恍然如在幻夢之中，看著眼前平靜又平凡的這個人，竟覺一股莫大的悲哀湧了上來，將她填滿。

這是她兩世都不曾見過的謝危。

可怎麼會呢？

謝危怎麼會是這樣呢……

她退了一步，胸口像壓著一塊巨大的石頭，喘不過氣來。

於是轉身直接出了山洞。

外頭刮面的寒風一吹，那口氣才漸漸緩過來。

謝危從始至終坐在那邊沒動，慢慢塞上了水囊的塞子，將其輕輕靠在一旁。

他想，如果她真的走了就好了。

可過不了久，腳步聲便重新臨近，進了山洞，她冷冷地說：「外面雪停了，出了太陽，天氣很快會暖和起來，我們很快就能啟程了。」

謝危幾不可察地一笑，又怎麼會信她？

下雪不冷，化雪才冷。

倘若真的出了太陽，雪還堆了滿山，接下來的日子才難過。

姜雪寧根本不提走的事，彷彿從來沒有聽見謝危那番話。

從這一天開始，由她來烤吃的。

只是有時過火，有時不夠，總要折騰上好幾趟，才能順順利利吃到嘴裡。

謝危並不抱怨。

但也許更是沒力氣抱怨。

他的咳嗽在天氣越來越冷後，也變得越來越嚴重，末了有些燒起來，一閉上眼，妖魔鬼怪橫行，魑魅魍魎當道。

一時是那些關押在一起的孩童們天真恐懼的眼，一時是平南王與天教逆黨聳峙如山的刀劍……

那妖道的臉孔因為氣急敗壞而扭曲。

他們將他綁到了城牆上，刀架到他的脖子，意圖以他的性命要脅城下退兵。

然後便是千軍萬馬，屍山血海。

有誰在冥冥中呼喊著他。

於是他朝著那邊走去。

可又有一隻手從虛空中伸過來，死死地將他拽住，讓他每走一步都像是踩在刀尖上，熬在油鍋裡，他好想大聲地叫喊出來。

救我——

然而天地間沒有他的聲音。

他像是一隻徘徊的遊魂，頂著終將毀滅的軀殼，掙扎出滿身瘡痍，卻憑著那口氣藏在暗中窺伺！

一個聲音從茫茫大霧的深處，焦急地傳來，對他喊：「活著，活下去，活下去！」

另一個聲音藏在黑暗裡，桀桀怪笑：「你早該死了！這樣苦，這樣痛，為什麼還不去死？」

為什麼還不去死？

為什麼還不去死？

為什麼還不去死！

那魔鬼在噩夢中逡巡，從他軀殼深處生長而出，如同一張巨網捆縛了他的心魂。

他沒有刀，沒有劍。

也沒有人能聽到他的聲音。

直到在這什麼也看不見、什麼也聽不見的境地裡，一隻冰沁沁的手輕輕搭在了他的手腕上，謝危感覺到了一陣戰慄，終於從那壓抑的夢境中逃了出來。

緊緊地，抓住了這隻手！

姜雪寧本是想要探探他的脈搏，看他已然意志昏沉，不辨日夜，怎料突然有此變化？一時心跳驟停，驚呼了一聲：「你醒了？」

他手指太過用力，抓得她生疼，於是稍微用力地掙扎起來。

然而他卻握得更緊：「妳去哪裡？」

沙啞的嗓音低沉極了，聽得人心驚肉跳。

現下正是夜深。

他們撿來的柴禾即便省著燒，到這時候也不剩下幾根。

火堆上的火苗黯淡極了。

連他們的輪廓都照不清晰。

那股不安再一次從姜雪寧心底浮了出來，她能感覺到他一雙眼鎖住了自己，卻鎮定地道：「哪裡也不去，我就在這裡。」

謝危說：「妳是小騙子，撒謊成性。」

他五指深深嵌入她指縫，強將兩隻手扣緊在一起，平靜如深海的瞳孔深處卻隱約蘊蓄了一股蟄伏已久的瘋狂。他掐住她下頷，用力地、懲罰似的吻了過去。

這是一個帶著血腥氣的戾吻。

咬破了她的唇瓣，捲著那一股鮮血的腥甜深入，逼迫著她的舌尖，帶著一種釋放的極端，讓她喘不過氣來，近乎窒息。

姜雪寧被他嚇住了。

黑暗裡她胸腔起伏，而他居高臨下地壓制著她，俯視著她。

謝危的大拇指，用力地擦過她破損的唇角，直到看見她眼底露出些微的痛色，才慢慢收了力，問她：「妳怎麼喜歡張遮？他什麼都不知道，只有我可以讀懂妳。」

沙啞的嗓音，像是春日裡的飄絮。

可落入姜雪寧耳中，卻激起她陣陣戰慄。

她終於察覺到了，在這副聖人軀殼下，深藏了不知多少年的朽敗和陰暗，那種逼仄的隱忍，病態的偏執……

謝危將她抵在岩壁上，緊貼著一片冰冷。

溫熱的唇卻順著耳廓，落到頸側。

他另一隻手掌，悄然握住她纖細的脖頸，覆上那脆弱的咽喉：「妳知不知道，我現在最想做什麼？」

姜雪寧感覺到有什麼灼燙的東西墜入她頸窩，流淌下去。

她為之發顫。

謝危卻囈語似的貼在她耳廓，說：「我想殺了妳。」

曾經，他以為自己的心，是一座固若金湯的城牆。

他緩緩地收緊了手掌，卻不轉頭看一眼她此刻的表情。寂冷到深處聲音，浸染了絕望，又帶著一種蠱惑，卻不知是蠱惑她，還是蠱惑自己：「姜雪寧，就在這裡，和我死在一起，好不好？」

姜雪寧慢慢閉上眼。

那一刻，竟覺這個讓自己怕了半輩子的人，可恨，可悲，甚至可憐！

她想要給他一巴掌，讓他好好清醒。

可眼淚卻淌下來。

他熾烈、瘋狂的情緒，將她攏裹在內，讓她想起過去那些難熬的日子，喉嚨彷彿被什麼堵住，近乎哽咽地道：「不好，謝居安，一點也不好。是我救了你，這條命不是你的，是我的！我還沒有答應……」

不要當懦夫。

不要讓我瞧不起你。

## 第二百章　活著

謝危終於還是慢慢放開了她。

黑暗是靜謐的。

只有在這樣誰也看不清誰的時候，才有人敢剖開這具正常光鮮的軀殼，顯露出裡面比黑暗更黑暗的東西，讓人一窺皮囊之下的究竟。

他的手還同她的手扣在一起，十指相交。

姜雪寧道：「去睡會兒吧。」

謝危的手指卻一點一點地挪移了到她手腕，摸到了那道已經不剩下多少痕跡的淺淺的疤痕，垂眸輕輕摩挲。

他說：「我以為妳不稀罕。」

姜雪寧站起來，給已經快要熄滅的火堆添柴，也不管明天是不是還夠，只看著那慢慢重新高起來的火焰，將這昏暗冷寂的山洞照亮，一顆心才漸漸恢復平靜。

她頭也不回：「你也配死麼？」

謝危在她身後沉默了許久，才輕聲笑：「妳說得對，我不配。」

這一夜，相安無事。
謝危真的睡著了。
什麼夢也沒有做。
姜雪寧卻守著火堆，枯坐了一晚上，直到天明，乾柴燒完了，慢慢熄滅，只留下些許暗紅的餘燼散發著溫度。
回過神來時，謝危不知何時已經起了身，坐在她對面，平靜地提醒：「烤糊了。」
姜雪寧低頭去看。
的確，叉在竹竿上的獐子肉已經焦了一片，甚至發出了不大好聞的味道。
她意興闌珊：「眼睛看不清，鼻子倒很靈。」
謝危沒有問她怎麼知道的，因為那實在是太顯而易見了，只問：「昨晚，為什麼不答應？」
姜雪寧冷笑：「答應和你一起死？」
謝危靜默半晌，神情與昨夜相比，卻換了個人似的，長眉挺鼻，狹眼薄唇，有種渺然曠然，一點沒有否認的意思：「為什麼？」
還問為什麼？哪個正常人想去死！
姜雪寧用力地撕掉了烤壞的那部分，想說幾句不客氣的話，臨出口到底還是妥協了，放軟了。

因為她知道，昨晚這個人是認真的。

於是道：「我怕疼。」

豈料謝危竟然續問：「倘若不疼呢？」

死怎麼可能不疼？

姜雪寧看著那片烤焦的肉，恍惚了一下，才重新看向謝危，難得認真地回答他：「活著可以吃，可以喝，萬般享受不盡。我不僅巴望活著，還巴望能活得久一點，長一點。謝先生，你那句話，我想了兩年。人生在世不自由，你很對。我惦記殿下，掛心燕臨，想念芳吟……那麼多人需要我，喜歡我；讓我去死，我捨不得。能活一天我就活一天，沒有一天，哪怕一個時辰也快樂。」

從前她覺得謝危是聖人，後來覺得謝危是魔鬼。

可其實都錯了。

謝危也只肉體凡胎，確如呂顯所言，不過是在這紅塵煉獄掙扎，活得甚至還不如她的普通人罷了。在他說出「只有我可以讀懂妳」這句話時，姜雪寧便也完完全全地將他讀透了。

前世尤芳吟沒有猜錯。

從始至終都沒有承認過那個身分的謝危，才是真正身負蕭燕兩氏血脈、得天垂憐，方得僥倖活下來的定非世子。

不需要認祖歸宗。

不需要血脈親情。

從皇族、從蕭氏將他推出去李代桃僵的那一刻起，他便是謝危，拋舊名，捨舊姓。再不會有一日的安生，睡不得一夜的好覺，只浸浴仇恨的冷火中。

混沌之世，聖人不能活。唯有魔鬼，可以借著梟雄的旌旗，洗雪舊日不甘。

她終己一生，苦於「親情」二字，謝危又何嘗不是？

所以若他能看懂她，她也能看懂他。

只是她知道得太晚，而謝危興許在許多年前與她同車上京，得知她身世遭遇時，就已經把她看得透透的了。

姜雪寧覺得世事當真有些奇妙，說完後想起那些從自己生命裡經行過的人們，有的給她留下了傷痕，有的替她治癒了苦痛。

這樣的掙扎跌宕，才是活著。

她忽然變得坦蕩而平靜，倒像是徹悟了似的，問他：「你雪盲？還能看見多少？」

謝危久久沒有說話，或恐是在想她話裡那句「捨不得」。

姜雪寧撕了一塊兒好的肉遞過去。

謝危沒接，抬眸卻問：「昨晚我神志不清，渾噩昏沉，有孟浪輕薄之舉，妳好像沒被嚇著，並不介意？」

嚇著？有那麼一點。

可要說介意，她好像的確沒那麼放在心上。究其因果，到底兩次親吻，似乎更多的是一種濃烈到極致的情緒，反而不帶有多少的欲與色。

這時她看他，就像看自己一樣清楚。

他身形巋然，有若山嶽。

姜雪寧凝視他片刻，把他沒接的那塊肉收回來，自己咬了一小口，嗤了聲，卻難得鄭重：「謝居安，你沒有病，你只是瘋。」

謝危聞言笑起來。

姜雪寧又看不懂這笑了，也懶得再想，只把叉著剩下那點肉的竹竿擱到他手邊，自己嘴裡叼了一小片，起身朝山洞外面走去。

雪的確已經停了。甚至化了一點。

可走到雪地上，踩著凹陷處，半條小腿都能陷進去。

再向遠山看，重重疊疊，即便路程所剩無幾，他們也很難在這樣的情況下往前面走，翻山越嶺去到濟南府。

不過……

姜雪寧極目遠眺，目光落在遠處那座山上。

其實昨天傍晚她就在看了。只是那時候光線太暗，看得不甚清楚。

然而等到眼下天光熾亮，昨夜模糊的一切都變得清晰無比。

那座山的東南面，竟沒多少雪！

這時肉眼都能看見，山坡上茂密的樹林，一片沉黑枯黃……

她的心於是猛烈地跳動了一下，深吸一口氣，連那片肉也不吃了，疾步返回山洞，便截然對謝危道：「我們現在就往回走，繞到這座山背後！」

謝危循著聲音望向她。

可她身後白茫茫一片，看得他閉上了眼。

姜雪寧不由分說，已經開始收拾他們留在山洞裡一些能帶走的東西，語速飛快：「我剛才看了，前面那座山的雪都在西北面，東南沒有雪！如果風雪是從西北來，那我們這座山背後的山坡，也不會有很多雪！不一定能脫困，可至少你能看得見，我們餓不死！」

謝危坐著沒動。

姜雪寧撿了他的弓箭，拿了水囊，末了看向他，片刻的猶豫後，便拿了刀往衣襬上一劃，撕下一段上好的杭綢，一端繫在謝危腕上，一端繫在自己腕上。

他覺得熟悉，抿唇笑：「我以為妳燒糊塗，缺心眼，都忘了。」

姜雪寧輕哼：「寧願想不起。」

誰願意一天天地淨記著往日倒楣狼狽的糟心事兒？

她道：「我們本就在山腳下，從西面繞著這座山往後面走就是，應該用不了多久。山腳下的路，比起山坡也平坦許多，我走前面，你走後面。」

謝危被她拽著起了身來。

兩人手腕被繫在一起，可中間空蕩蕩地懸著，他沒作聲，卻往前握住了姜雪寧的手。

姜雪寧：「……」

她轉頭看他，本想要說上幾句。

不過目光一錯，見他起身時袖袍飄蕩，卻有什麼東西從他袖裡落到了地上。

於是道：「你東西掉了。」

謝危低頭去看。

姜雪寧想他眼下該叫「謝半瞎」，難得大發慈悲，彎腰替他撿了起來：是個兩寸見方的紙包，外面用丹砂畫了一筆，裡頭似乎裝著什麼粉末，乍一看倒像是藥鋪裡摺紙包的藥。

不過摺法不大像。

畫的這道紅印便更怪異，倒讓她生出了點熟悉的感覺，好像在哪裡見過。

姜雪寧微微蹙了眉，遞還給了他，道：「沒病也備藥？」

謝危接過那方紙包的手指，僵硬了一瞬。

可他沒有表露出分毫破綻，若無其事地收回袖裡，道：「心病也是病。」

姜雪寧聽這話也沒多想，有心想要掙脫他的手，可覺著兩人手腕都繫一塊兒了，他眼睛又不大好，到底沒有放開，反而坦蕩蕩地回握住，往山洞外面走去。

這山洞的位置本來也不高。

他們從裡面出來後便朝西面走，深一腳淺一腳地踩著堆起來的雪，走沒一會兒，寒風便從衣領袖袍裡灌進來，吹得人瑟瑟發抖，鞋靴更是深入雪中，兩腳懂得生疼，甚至漸漸連知覺都沒有。

姜雪寧步履維艱地走在前面，難免碰著石頭樹根，絆著磕著，動輒栽下去啃一口的雪，有時連謝危都會被她拉下去。

這會兒她都恨起自己名字來。

忍不住打哆嗦，嘴唇都青了，還跟謝危開玩笑：「我以前就琢磨，我叫姜雪寧，你多半討厭這名字，畢竟遇到就沒什麼好事兒。」

謝危說：「不討厭。」

姜雪寧看他：「不違心？」

謝危下雪時雖派不上什麼用場，可身子骨到底比她好了不知多少，眼見她立不住了，還能用力扶住她，道：「妳又不是叫姜雪。」

雪寧。

冬末的雪，遇著初春的風，都止了，靜了，化了。

為什麼不喜歡呢？

姜雪寧一琢磨也是，喘著氣站穩了，繼續往前走，只道：「那這麼算我該是你的救星，也是麼，兩回遇到都是我救你。若沒我，就你這德性……」

腦海中浮現出上一世的謝危。

她的腳步陡地停了下來，前世宮變後她大費周折去找謝危那一次的畫面，忽然都被極限地放大了，定格在禦案邊角上擺著的幾只精緻小碗的漆盤上。那時，盤中就輕輕落著一張畫了一筆紅的紙……

她終於想起，是哪裡熟悉了。宮裡總有這樣的東西。

可她從來不會把這東西和謝危聯繫在一起。

謝危見她不走了，也停下：「我怎樣？」

姜雪寧緩緩轉過身來，用一種失望又悲哀的目光望著他，緊咬著牙關，只恐自己此刻會因寒冷而發抖。

她向他伸手：「給我。」

謝危問：「什麼？」

姜雪寧終於忍不住了，眼角都微微泛了紅，大聲地向他道：「五石散，給我！」

謝危真不知她怎麼能猜出來。

他輕輕眨了眨眼：「寧二，有句話，很早我就想對妳說了。」

姜雪寧睜大了眼看著他，仍舊伸著手。

謝危無奈地嘆了一聲，在這一刻，抬手一掌落在她脖頸間，將她打暈了，才邈若煙塵似的道：「妳烤的東西，真的很難吃。」

她幾乎不敢相信他做了什麼。

眼前晃了幾晃，便軟倒下去。

謝危及時地伸手將她撈住，看向周遭白茫茫的一片，只想：上回她是個蹩腳大夫，治得他回了京城還有小半年聞不得血味兒；這回她是個差勁廚子，吃得他懷疑她烤的肉和自己烤的不是一種……

嬌滴滴的小姑娘可真不怎麼樣。

五石散他帶著。

很難說沒有一試的想法。

可他至今沒有真的嘗過。

寧二這擔心的架勢，真像是立刻要跟他翻臉了。還在趕路呢，也沒個輕重緩急的麼？

謝危手指一翻，那裝著粉末的紙包便在指間轉了一圈。

他到底還是畏寒。

看懷裡的姜雪寧一眼，搭了眼簾，倒不像以往那般在意這玩意兒了。只張口咬住那紙包一角，連藥散帶紙，一併吃了。待得一會兒，便有幾分暖意，甚至熱意，從四肢百骸湧出，讓人覺著周遭的風雪都好像小下來。

謝危於是彎了唇一笑，低頭輕輕親吻她微蹙的眉心，然後才小心地將人背到背上，往前走去。

# 第二〇一章　心若浮塵

姜雪寧幾乎是眼前一黑，人就沒了意識。後來渾渾噩噩間，彷彿進入了一種半夢半醒的狀態，初時感覺寒冷，後來漸漸能感覺到挨著的溫暖軀體，再之後寒冷便消失了。

她竟睡了個特別好的覺。

大約是這陣子被困，既要掛心所處的境地，又要擔心謝危的情況，腦袋裡總繃了一根弦。眼下終於閉上眼睛，縱然還是有些許不安，可疲乏之意卻壓不住，徹底地昏睡了過去。

隱約覺著好像周圍有一陣的喧嚷，又經過了一番顛簸，才安靜下來。

姜雪寧是被餓醒的。

睜開眼時腹中飢腸轆轆，眼前發花，看周遭的東西都蒙了一層水霧似的模糊。她能感覺到自己是睡在床上，柔軟的絲被溫暖極了，腳底下似乎還塞了個熱熱的湯婆子，錦繡床帳之內有一種清淡的馨香。

她眨了幾下眼，才感覺清晰了不少。

這裡竟然是一間布置頗為雅致的屋。

桌椅皆是梨木清漆，牆上掛著竹梅字畫，靠窗的方几上點了一爐香，點香的人似乎剛走一陣，香箸輕輕擱在案角。幾只細瘦的花觚裡只插了兩枝白梅，素淨極了。

姜雪寧著實反應了一下，幾乎懷疑自己是在夢中。

怎麼到這兒來了？

她腦海中念頭猛地一閃，便想起了昏過去之前的最後一段記憶：是她發現了謝危帶在身上的五石散，生氣地找他索要，這人卻抬手把自己打暈了。

而且……

重點是這人竟敢嫌棄她烤的東西難吃！

一口氣陡然竄上來，姜雪寧掀開被子就起了身，所著內衫都換了新的，只是站起來便覺天旋地轉，差點沒穩住跌回去。

外頭正好響起腳步聲。

是個年輕的聲音，似乎在前面引路：「大夫，您說姑娘是睡著了，什麼毛病都沒有，可算算人已經睡了有兩日了啊，您別是看錯了吧？」

走在後面的是個背著藥箱的老頭兒，下頜上留著一撮稀疏的山羊鬍，眼皮下搭，皮膚皺巴巴發白，鼻子倒是紅紅的酒糟鼻，聞言斜睨了前面那破小孩兒一眼，冷笑道：「老夫行醫這麼多年，不吹什麼藥到病除，人有沒有病我還能瞧不出來嗎？你們家先生都沒這麼多話，怎麼你還要為難為難我？」

小寶腹誹，這不是怕出事嗎？

別看先生面上一副巋然不動的樣子，指不準心裡跟自己一樣懷疑這老頭兒是庸醫，暗地裡著急呢！

只是這城裡好大夫難找。

得罪誰也別得罪治病的。

小寶立刻賠了笑，連聲道：「是是是，您說得對，都是小的糊塗。」

話說著，門便推開了。

兩人一抬起頭來就看見屋裡床榻邊上，姜雪寧披散著一頭烏髮，皮膚雪白，兩道柳葉似的細眉皺了起來，正正盯著門口，盯著剛走進來的他們。

小寶頓時就愣住了。

過了片刻他才反應過來，眼底多少露出幾分驚喜的意外，快步走進來道：「姜二姑娘，您醒了？」

姜雪寧方才聽見外頭那年輕的聲音便覺得熟悉，等人走進來一分辨，山羊鬍老頭兒她不認識，這眉眼間有些喜氣的少年卻是約略有些印象。

是那回通州之役見過的小寶。

他怎麼會在這兒？

她道：「我怎麼在這兒？」

小寶連忙先引大夫進來給她把脈，卻還跟當年一樣，也沒太大變化，就是長高了點，面容輪廓清晰了點，原本紮著的小辮兒也改用木簪束冠，倒有點小書童的精氣神了。

他道：「您和先生一道來的啊。」

姜雪寧讓他給自己講清楚。

小寶便把來龍去脈說了一遍。

事情並不複雜。

原來那日路上他們察覺到有人一路跟著他們，似乎意圖不軌，便先分了一輛車出去，由劍書跟著，迷惑暗中來的殺手。刀琴則跟著姜雪寧這一輛車，帶人護著她與謝危繼續走官道。半道遇人截殺後，她與謝危騎馬遁入林中，餘者皆由刀琴抵擋。

敵眾我寡，難免左支右絀。

刀琴往前奔逃，拖住了他們很久，直到劍書那邊也解決了跟蹤之人轉到這條路來，正好從後方突破，將人救了出來。

只是對方人數不少，他們荒野之中不敢多做纏鬥，選擇了先退回去，帶著謝危的印信疾馳至濟南府搬了救兵來。

對方自然不敢多留，次日於山林中搜索未果，便退走了。

劍書、刀琴這才帶著人進了密林尋找。

「虧得我們運氣好，先生布下了疑兵之計，可那匹馬兒卻被我們找到，由牠引著去到你們棄馬的山谷前。」小寶說著，把窗戶推開了，也不知朝著外頭誰大聲喊了句「端粥來」，這才回頭繼續道：「那麼大一片山啊，還下了雪，刀琴哥和劍書哥都著急得不行。還好往前翻過了兩座山後，發現了你們的行蹤，還看見有些大樹的樹幹上用刀刻出的方向，這才翻山越嶺，好不容易找見您和先生。」

用刀刻出的方向？

姜雪寧發現自己竟沒怎麼注意到，估摸是謝危出去打獵時留下的。

這人倒是心思縝密。

而且對刀琴、劍書兩人的本事很有信心。

一開始不刻，是怕追兵也發現蹤跡；但翻過兩座山之後再刻，刀琴劍書多半已經解決了難題，而且必定不會放棄尋找他們。

那麼他們自然可以發現留下的記號。

再順著記號找到他們，也就順理成章。

倘若沒有那一場意料之外的大雪的話，他們脫困的時間或許還要早上一些。

大夫已經號過了脈，道：「我說什麼，就是睡著了，受了些寒，體虛罷了。姑娘，您沒事，我給開個方子溫養溫養就好，要緊的還是吃飽穿暖。」

小寶道：「那就好。」

大夫起身來就要去寫方子。

姜雪寧眉頭微皺，卻是問：「大夫，您方才是看了謝危再過來的？」

大夫聽她直呼謝危之名，愣了一下。

但也沒在意，回答道：「對。」

姜雪寧目光便閃爍了一下，笑著道：「他服五石散，情況還好麼？」

這話裡其實是有險境的。

因為她本沒有親眼看見謝危服藥，以前也不曾有過此類聽聞，卻偏不懼此發問，反將這話說得稀鬆平常，好像她乃是深知內情的人一樣，一般人不會對此起疑心。

這大夫按理說也不該聽出來。

可沒想到，他聽了之後，竟然向姜雪寧看了一眼，好像是察覺出什麼來，竟然道：「姑娘不必擔心。五石散又名寒食散，本是張仲景寫了治病救人的方子，只是如今王公貴族頗好此物，再加此物本也毒性大過藥性，倒使得此物遺害無窮。不過謝先生也就吃了這麼一帖，絕境之中，用以起熱，問題倒不太大，也不至成癮。」

姜雪寧頓時一怔。

那大夫卻是一笑，道：「謝先生難得行險，出這麼一回簍子，老朽絕對竭心盡力，把他給您治得好好的。只不過心病難治，還要請姑娘多勞了。」

給她治？

請她多勞？

姜雪寧沒反應過來。

那大夫卻已經寫好了方子，交給小寶，自出了門去。離開這邊之後，便上了回廊，一路轉去東廂，在外頭聽見幾縷琴音，時斷時續，似乎貼切著撫琴人有些游移飄忽的心情。

刀琴劍書不知怎麼，都在外頭候著。

他一來，兩人幾乎同時回頭看他。

刀琴立在原地。

劍書走過來問：「老周，怎麼樣？」

周岐黃也是天教中人，背著藥箱的身子骨雖然老邁，卻還透著幾分健朗，只笑起來道：「醒了。」

又朝屋裡一指：「在彈琴？」

劍書點了點頭，但還是走上前去叩門，只稟一聲：「老周來了，說寧二姑娘已經醒了。」

琴音便戛然而止。

謝危還透著一分沙啞的清淡聲音響起：「請人進來。」

周岐黃這才走了進去。

屋內窗戶關著，窗紙卻通明一片，炕桌上置了一張炕几，上頭斜斜擱著一張琴。

謝危便坐在琴旁邊。

雪白的衣袍從邊上墜下來，散髮搭在微敞凌亂的衣襟前，清雋之餘倒似乎有些落拓不羈的姿態。因雪裡行走多時，腿上侵入不少寒氣，此刻搭了一條絨毯，一腿屈起，一手支著頭。

人進來，他沒抬眼看，只問：「醒了？」

周岐黃則略略躬身道：「去得正巧，人剛睡醒，也就是身子虛乏了些，沒有大問題。」

謝危手指輕輕撫過琴弦，又問：「她問了什麼嗎？」

周岐黃悄悄抬眸打量他，心裡也跟著打鼓，小聲道：「問了您服五石散的事。」

琴弦在震顫，不過被他手指壓著，並未發出聲響。

可他卻彷彿能聽到那聲音在他心中響起。

謝危停頓了片刻，才問：「還有呢？」

周岐黃額頭上的冷汗頓時冒了出來，簌簌往下落，手也不由抖了一抖，竭力回憶發現那位姜二姑娘也就問了兩句，實在想不出別的了。

可謝先生……

他忽然意識到自己可能是無意間踏入了什麼修羅場，戰戰兢兢、哆嗦著道：「就、就沒問別的了。」

「……」

壓著那根弦的手指，靜止不動。

然後慢慢放開了。

謝危過了一會兒才道：「知道了，你出去吧。」

周岐黃這才如蒙大赦，趕緊退了出來。

謝危卻在他走後，靜坐了良久。

有一種心緒順著指尖爬上來。

他頭回這樣清楚地意識到它，像一滴水打亂了他，卻若有若無地游移，漂浮，難以捕捉觸摸，分明微小若塵埃，卻總使人為之牽扯心懷。

白瓷缸裡養了幾隻金魚，也跟被這空寂影響了似的，靜靜地停住不動。

謝危輕輕伸手，想朝琴弦搭去，可手指才一抬，又慢慢收了回來，只是看著那琴弦。

直到外頭傳來動靜。

是某人嬌氣裡藏著點不滿的聲音：「別跟我說你們先生睡了，本姑娘有話必得當面問個清楚！」

魚缸裡的魚一下游了開。

漂亮的魚尾巴擺動，濺起一些水花。

謝危手指輕輕顫了下，心緒裡遊絲似浮動的那粒微塵，就這樣落了下來，抿了一下唇，笑意卻還是浮起來幾分，透過窗紙的日光映入他眼底，剔透得像是琉璃。

姜雪寧是一把把門推開的，半點不客氣。

# 第二〇二章　前功盡棄

刀琴劍書本也不敢攔她，見她如此舉動，心裡雖嚇得咯噔一聲響，可竟愣是站住沒動。

謝危卻是好整以暇地轉過頭來。

對方這近乎「破門而入」的舉動，竟也沒使他有半點生氣和不滿，修狹的眉眼在溫和的天光下舒展開，只閑閑地笑問：「火氣這樣大，誰又招惹妳了？」

姜雪寧醒過來看過大夫之後，渾身沒力氣，本應該喝一頓粥之後躺下來，先將養一陣。可她才喝了丫鬟端上來的半碗粥，就越想越覺得生氣，那股無名火在心裡壓了半天之後，非但沒下去，反而如澆了油似的，猛烈地竄上來。

於是把碗一摔，乾脆來了。

此刻站在屋裡，她把斜坐在窗下的謝危上上下下打量了一遍，有點皮笑肉不笑的嘲諷：

「我現在琢磨，是我錯了。謝先生這樣的人，原來是配死的。」

先前她說，你也配死麼？

如今換了說辭。

謝危眉梢輕輕一挑，唇邊笑意深了些許，卻半點沒生氣，照舊那不溫不火模樣，問：

「哦，妳又改主意了？」

姜雪寧臉上原來扯出來的那點要笑不笑的味道，立時冷了下來，終於懶得再同他開什麼玩笑，徑直問：「那日你帶的是五石散？」

謝危注視著她：「妳不已經問過大夫了嗎？」

姜雪寧一窒：「所以是真的？」

此地已經算是北地，縱然出了太陽，也還是凍人得很。她出來時穿了厚厚的錦衣，披了柔軟的斗篷，整個人都像是被裹起來了似的。只是面容消瘦，更顯得身形單薄。說話時，臉頰都因為怒意而沾上幾分薄紅，額頭鼻尖卻因為虛弱而滲出幾分細汗。

他真怕她站不穩倒下去。

謝危放軟了聲音，輕輕一指擱琴的方几對面，道：「坐下說吧。」

姜雪寧的確是人才醒，身發虛，聽見他這話時，腳步一動，下意識是要走過去坐下的。然而就在腳步將邁未邁時，猛地一個激靈就醒過了神——

坐了，氣勢矮一截，話就不好說了。

她硬生生立住腳，動也不動一下，梗著脖子道：「不坐。五石散，是真的？」

謝危終於慢慢蹙了眉，先前那輕鬆的神態也消下去幾分，沉默地望了她片刻，並未否認：「是真。」

這答案本是姜雪寧意料之中。

可真聽他親口說出來時，她仍舊感覺到了一種無法理喻的荒謬：「堂堂一朝少師，天下士人表率，你難道不知這到底是什麼東西？只有那些昏聵荒唐、愚蠢輕狂之人，才奉之為解憂藥！你竟和他們一道，自甘墮落嗎？」

她話說得其實不狠。

可很久沒人敢跟他這樣說話了。

回首過往某些夜深長坐燈前等待天明的時候，謝危安靜極了，認真地慢慢道：「往後不會了。」

姜雪寧心頭莫名跳了一下。

緊接著連眼皮都跳了一下。

分明平凡的一句話，在謝危的注視中，竟說出了一種繾綣而鄭重的意味，彷彿這是他對人許下的承諾一般。

而這個人，正是自己。

若說方才不客氣地推開門走進來質問，是怒極上了頭，一時想不過，那在謝危這句話出口的一刻，姜雪寧所有的衝動與怒火，都如潮水一般退了，只留下光禿禿的礁石，讓她陡然驚醒——這裡不再是山野了。

她若不審慎地保持與謝危的距離，很有可能會使自己捲入一場身不由己的漩渦。她不應當對謝危有所僭越，有的界線一旦越過，不僅會引起誤會，也會導致不可收拾的結果。

謝危仍舊溫溫地看著她：「我不騙妳，妳不相信嗎？」

姜雪寧心底越覺凜然。

她悄無聲息地收斂了，眉眼也低垂下去，回想自己舊日與這位當朝少師相處的模樣，勉強笑了笑，道：「先生一言九鼎，自然重諾。如此學生也就放心了，方才之言多有冒犯，但實也心繫先生安危，還望先生不怪。」

「……」

謝危嘴角彎存的那一點隱微的笑意，忽然之間，慢慢消沒。

他是何等敏銳的人？

幾乎瞬間察覺到了她態度的生疏，距離的拉遠，好像意識到先前做了什麼了不得、不應該的大事一般。也或許是被他方才的某句話嚇到了。

姜雪寧被他注視著，可也沒聽見他說話，莫名一陣心慌意亂，還有點對自己的埋怨。

她與謝危有過格外特殊的共同經歷。

這導致她稍有不慎便會露出本性，不夠小心，也不夠謹慎。而謝危會因此尋隙而入，更進尺寸，她那時再醒悟過來抽身，可就晚了。

此刻姜雪寧簡直想奪路而逃，可她也知道倘若就這樣走了，無疑默認兩人的關係已經有了微妙的改變。

而這並非她想要看到。

所以她絞盡腦汁，終於想到了合適的話題，稍稍鎮定回來，問：「如今我等滯留濟南，與邊關尚有千里之遙。燕臨乃是罪臣之身，且已經提前趕往邊關，他沒我們照應，不知會否遇上難事。要救公主，就要打韃靼，要打韃靼就必有兵權。先前一路上不敢詢問，可如今……不知兵權，從何而來？」

難道就這樣舉義旗反了？

可燕臨一族流放，人都在黃州，就算有豢養私兵，也不可能遠赴千里去邊關作戰。光那動靜就瞞不了人，打草驚蛇之下，朝廷不可能眼睜睜看著。

屆時又如何成事？

所以姜雪寧的問題，可以說問到了點上。

只是謝危此刻並不是很想回答。

他靜默地注視著她，似乎想要把她從皮看到裡，挖個透透徹徹，明明白白。

過了好半晌，才道：「矯詔。」

矯詔！

姜雪寧被這兩個字驚得頭皮一炸，然而迅速地思考一番，便發現這幾乎是個天衣無縫的計畫！謝危常在內閣議事，對朝廷一應動向瞭若指掌，若由他出面，帶著所謂的「聖旨」，將邊關的兵權交與燕臨之手，誰人敢有質疑？等邊關向朝廷確認，或者開戰的消息傳到中原，只怕仗都已經打完了！

待得公主既安，再舉兵入京又有何難？

至於屆時公主會有什麼反應……

姜雪寧卻不願往下想了，因為她並沒有能力改變大局，也並沒有資格阻止含冤忍辱的人們洗雪復仇。

她緩緩地舒了一口氣，似乎想要借此平復為謝危這二字忽然激蕩起來的心緒，然後便想順理成章地說什麼「先生果然高瞻遠矚」之類的屁話，就此告退。

沒想到謝危忽然叫了她一聲：「寧二。」

姜雪寧一怔，抬頭：「先生有何指教？」

謝危抬了手指，輕輕撥弄了一下琴弦，那琴弦立時顫顫地震動，流瀉出顫顫的餘音。

他眸底光華流轉，望著她笑。

只是那笑裡有一種前所未有的揶揄和戲謔，輕飄飄道：「我還以為，妳是記恨，惱我說妳做的東西難吃，來興師問罪的。」

「你憑什麼敢說這話！」

姜雪寧頓時像是被人踩了尾巴的兔子似的，差點跳起來！正所謂是「打人不打臉，罵人不揭短」，謝危這是明明白白的嘲諷！她從昏迷時就積攢的怨懟，一瞬間全炸開了，哪兒還記得克制審慎、疏遠距離？

憤怒的話脫口而出。

「吃都吃了還嫌東嫌西！沒本事馬後炮，有本事你吐出來啊！」

她臉都漲紅了，彷彿就要跟誰一決生死榮辱的小獸亮出獠牙似的，渾身緊繃。可落在謝危眼底不過就是隻沒長成的小獸，凶巴巴露出並無多少威懾力的乳牙。

他舒坦極了。

瞳孔裡的笑意，像是柳葉梢尖那一點清透的春日風光，只道：「我沒本事，吐不出來。往後做給妳嘗嘗，但叫妳心服口服，如何？」

赤裸裸的打臉！

姜雪寧的臉跟那浸了水的工筆畫似的，什麼顏色都有，只覺在這地方多站片刻都要氣死，趁著理智尚存，她徑直冷笑一聲：「可不敢勞您尊駕！」

說罷拂袖轉身便朝門外走。

她怕自己一個忍不住，衝上去把這位討人嫌的摁住暴打一頓！

謝危也不留她，就這麼笑看著。

只是姜雪寧走到門口，一手扶在門框上，卻好像終於回憶起了什麼關鍵的事一般，身形忽然僵硬，整個人跟石化了似的。

謝危故作不覺，若無其事問：「怎麼啦？」

姜雪寧這一剎已經想明白，對方根本就是故意激怒，自己萬萬不該炸毛！只這三兩句話，便使她先前為與謝危保持距離所做的一切前功盡棄，全都白費！

但要改正已經晚了。

姓謝的陰險狡詐，老狐狸套路太深了！

她不由為之咬牙切齒，聲音近乎從牙縫裡擠出來，一字一句道：「我沒事，告辭。」

說完她就邁步走了出去。

從刀琴劍書身邊走過時還勉強沒有異樣，然而等轉過回廊，到了無人看見處，終於還是抱住自己的腦袋，只恨小不忍亂大謀中了謝危的圈套，懊惱至極，忍無可忍大叫了一聲。

「啊啊啊啊——」

謝危坐在這邊窗下，能聽見個大概，腦海想想她捶胸頓足懊喪不已的模樣，一根手指壓在唇上，實在沒忍住，終於笑出聲來。

刀琴劍書在外頭面面相覷。

謝危笑了有一會兒，才慢慢停下，抬眸望著那雪白透亮的窗紙，菱花窗格在上面留有模糊的陰影，也在他眸底留了幾道陰翳。

他靜默片刻，皺了眉道：「劍書，找幾隻貓來。」

別說是劍書了，就是刀琴也瞬間感到悚然！

兩人都半晌沒動。

謝危卻已收回目光，垂眸掩去那一掠而過的戾氣，只把面前的琴推開，淡淡道：

「去。」

# 第二〇三章　破罐破摔

九月底十月初，是秋末才入冬的節氣。

只是濟南畢竟已在淮河北，天氣已經和南方的冬天一樣冷。

姜雪寧這兩年來大多在南方度過，已經許久沒經歷過這樣乾燥、寒冷的天氣，乍又遇到，還有些不很適應。隨同謝危一道盤桓在濟南府的這段時間，連出門看個熱鬧的心都沒有，全窩在了屋裡。

她身體恢復起來很快。

畢竟在山中那段時間雖然過於緊繃，可被謝危背回來的一路上就睡了個好覺，醒來後身子雖然發虛，可大夫調養得好，沒兩天就跟普通人一樣活蹦亂跳。

謝危卻著實有一番折騰。

那周大夫說是在雪地裡走久了，腿腳有凍傷，短時間內最好不要隨便下地亂走。又有見著煎好的藥時不時往屋子裡端，大夫背著藥囊帶著針灸，推拿活血。

直到第六日，姜雪寧偶然推開窗，才瞧見他站在了走廊下。

謝危畢竟是皇帝近臣、朝中重臣。

打他來到濟南府之後，山東省的不少官員都跑來拜謁，他也完全跟在通州時似的來者不拒，對人卻分毫不提自己要去邊關的事，反而說路上是遇到了不明人的截殺伏擊，責令濟南府與沿路各省嚴加追查審問。

誰會對此起疑心呢？

自然是各省回去徹查此事，只疑心是天教作亂，並且立即如實將此次的事情上報朝廷。

姜雪寧有時候都不敢想：果真不愧是將來能血洗皇宮的亂臣，這種冠冕堂皇、膽大妄為的事，他竟然也敢做，而且因為前期的藉口找得好，根本都不會有人懷疑他。

可憐這些個官員唯唯諾諾、戰戰兢兢……

哪裡知道，這位聖人似的謝少師，根本就是心懷不軌的反賊呢？

重新出了門來的謝危，氣色比起她去看的那一日，似乎又好了許多。墨髮只用一根烏木簪束了，大半都披散下來，身上也是輕袍緩帶，只那雪似的道袍簡單到了一種返璞歸真之境，反襯出一種不染浮華的清淨。是種靜逸的風流。

她瞧見他時，他也朝這邊看了過來。

姜雪寧眨了眨眼，現在都還記得自己醒來那日去看他時所遭遇的「套路」，心裡是又懊惱又發怵，糾結於自己要如何與對方保持距離的事情，後來幾天卻是無論如何不敢前去探望了。可眼下視線對個正著，總不能當沒看見吧？

她硬著頭皮，抬起自己的爪子來，遠遠示意，打了個招呼。

謝危看她半晌，似乎打量著什麼，末了只一笑，既沒說話，也沒有要走過去的意思，反而是順著長廊繼續往前走，出去後便往南邊走。

那並不是大門的方向。

這些天姜雪寧雖然沒出過門，可院落就這麼大點，平日散步都摸了個清楚，一眼就看出南邊分明是廚房。

一時之間，她為之啞然。

腦海裡卻冒出當日謝危那句「往後做給妳嘗嘗，好叫妳心服口服」來。

這人該不會是認真的吧？

姜雪寧心底打鼓，眼看著謝危身影消失在走廊上，出於某種對事情成真的慌張，二話不說把窗扇給關上了，生怕自己看著點什麼不該看的。

可一刻過去，兩刻過去……

她人坐在屋裡，總覺心神不寧，時不時就要按捺不住，扒開窗縫來悄悄往外頭瞧瞧。

也不知過去有沒有大半個時辰，姜雪寧正琢磨覺得謝危也就是開個玩笑，畢竟君子遠庖廚，怎麼著人也是半個聖人，不至於這麼跟她較真吧？

可這念頭才一劃過，窗扇便輕輕震動起來。

有人站在外頭，用指節輕輕叩擊：「開窗。」

是謝危的聲音！

姜雪寧簡直汗毛倒豎，正坐在那窗扇下的身體立刻僵硬，抬起頭來便瞧見隔著那雪白的窗紙，隱約能瞧見一道頎長的影子投落。

她心念電轉，乾脆不出聲，想假裝自己不在。

畢竟剛才打照面是剛才的事，難道不興她出去散步了不在屋裡？

只可惜，謝危並非那麼好糊弄的人，聲音再次隔著窗紙傳進來，已掛上點似笑非笑：「什麼時候改屬烏龜了？」

很顯然，人家看破了。

姜雪寧不能再裝下去，洩氣地推開了窗扇，果然瞧見謝危站在外面，只是一邊袖子已挽起來一截，一手端了碟糖色誘人的花生酥。

微微清甜的味道和花生炒熟後的獨特香味，混合在一起，一下順著小風吹了進來。

姜雪寧在窗裡，視線飛快地往那花生酥上瞟了一眼，又迅速地轉回了謝危身上，掛起笑容來，先是不尷不尬地叫了一聲：「謝先生。」

謝危把那碟花生酥給她擱在了窗沿上。

姜雪寧前陣子已經領教過了此人的深沉套路，早暗中告誡自己要提高警惕，此刻一見連忙道：「先生厚愛，學生不學無術，怎麼敢當？從來只有學生孝敬先生的，還請先生收回成意。」

謝危沉淵似的眸子定定瞧著她，倒無多少調笑之意，淡淡道：「口腹之欲都要忍耐，百般謹慎顧忌，妳這般活著，又比我痛快多少？」

姜雪寧怔住。

謝危說完，卻也不看她是什麼神態，何等反應，便轉身負手又順長廊去了。

姜雪寧過了好久才反應過來，重新低頭看。那碟花生酥就這樣靜靜擱在窗沿上。

她直覺謝危說這話不過也是「套路」的一種罷了，可腦海中一陣翻湧，偏偏覺得他這話本身對極了，振聾發聵似的，還有一種莫名的煽動力。

她一時不好判斷，是太過認同謝危這句話，還是眼前這碟花生酥散發出來的香味太過誘人，使她在忍了又忍之後，終於控制不住地，伸出了自己罪惡的小手……

一口下去，糖皮甜得正好，裹在花生仁上，猶如淋了一層油，焦黃的琉璃似的凝固在上面，卻偏是焦而不糊。花生又酥又脆，咬碎之後與糖混合在一起，那味道完全超越了糖或是花生任何一種，完美地融合到了一起，在人舌尖炸開。

姜雪寧差點沒把舌頭一起吞下去。

太好吃了！

上輩子她也就有幸嘗過姓謝的烤的野兔子，做的桃片糕，但畢竟野兔子是在荒山野嶺，桃片糕就那麼幾片，前者味道上差一籌，後者吃沒一會兒就沒了。

這一世，還是頭回吃到謝危做的別的東西。

簡直不敢相信，世上有人做東西能好吃到這地步！還有沒有天理？

讀書讀第一也就罷了，畢竟據傳姓謝的早慧，自小聰穎；彈琴彈得好，謀略比人高，也就成了順理成章的事。可這人竟還下得一手好廚？

姜雪寧突然有了一種被人狠狠拍臉、從上到下羞辱了個遍的錯覺。

可手上卻控制不住。吃了一塊再拿一塊。不用說，她沒能防住謝危的「套路」。

正如世上的男人找外室、養小妾一樣，姜雪寧管不住自己，越了界，吃謝危的、喝謝危的，也只有零次和無數次的區別。

吃都吃了能怎樣？吐出來不成？

何況謝危那句話實在說得沒毛病。她確實已經重活一世了，縱然人世間的確沒有真正的自由，可口腹之欲這一點小小的願望都不能達成滿足，那活著還有什麼意思？何況當初還是她對謝危信誓旦旦說，自己捨不得死，就是捨不下這人世間之種種的牽掛與欲求。

吃就吃了。人在屋簷下，哪兒能不低頭？

她想自己還要去邊關，找燕臨，救公主，有求於謝危的地方多著呢，總有說軟話的時候，人家願意給她做吃的，她就受著唄。關係搞壞了，那還不是搬起石頭砸自己的腳？

所以破罐破摔，乾脆心安理得跟著謝危混起了吃喝。

沒過兩天，別院裡廚子燒的菜她就吃不下去了。

可謝危又不真是廚子能頓頓做，姜雪寧只好瞧見他從走廊上往南邊廚房走，便以「孝敬先生」的名義跟過去，守著那剛出鍋的吃。

謝危本是隱士文人氣。可外袍一脫，袖子一挽，做起菜來竟也像模像樣。偶爾她把視線從案板或者鍋裡那些食材上抬起來，看過去，倒覺得這般沾了濃重煙火氣的謝危，比起高居廟堂、運籌帷幄的那半個聖人，要順眼得多。

這些天來謝危好像也不急著出發。山東省的官員們也都見完了，別院裡清淨下來，他就偶爾彈彈琴、看看書、做做菜。很耐得住性子。

雖然耽擱了行程，可卻半點不見慌亂；明明心中有所成算，可除了給姜雪寧做點吃的之外，並無多餘舉動。

姜雪寧被他溫水煮著，幾乎都要忘記自己最初的警惕了。

她什麼也不會，廚房裡只能看下火。

就這樣還偶爾要被謝危嫌棄她控制不好火候，要壞了食材的口感。

今日已經是進了十月了，冬日的凜冽初見端倪，廚房裡一邊是熱著水的爐子，一邊是燒著火的灶膛，倒是暖烘烘一片。

公主被困韃靼的消息早傳遍了大江南北。街頭巷尾都議論不休。

姜雪寧往灶膛裡添了根柴，想起這些天來好像都沒看見刀琴，盯著那火焰半晌，便沒忍住抬起頭來看向謝危。

謝居安修長的手指壓著砧板上那片新鮮的柔軟的魚肚肉，不疾不徐地下刀，一點一點地拉成薄片，神情間那種平淡的認真與讀書、彈琴沒有什麼差別。

面前的鍋裡有小半鍋已經開至蟹眼的水。

他撩起眼皮看一眼水，都不用再看姜雪寧，就知道她不知又開什麼小差：「添的柴不夠。燒個火也走神，有什麼想問的就問吧。」

姜雪寧一聽便覺氣悶，可如今指望著他做吃的，便老老實實又往灶膛里加上兩根柴，道：「在濟南已經待了這麼久，不是說雪至之前就去邊關嗎？」

謝危片魚的刀都沒停：「我都不怕妳怕什麼？」

姜雪寧翻了個白眼：「那你不是說燕臨已經先去邊關了嗎？你要矯詔，可——」

謝危打斷她道：「『聖旨』已經在去邊關的路上了。」

姜雪寧頓時震駭，腦海中於是想起這些天來不見了影蹤的刀琴：「我就說刀琴怎麼不見了人！」

只是……

她又不由皺了眉：「我們不到，燕臨那邊能成事嗎？」

謝危垂著頭，手頓了一下，聲音裡竟有一種無由的淡漠：「倘若沒我便不能成事，那他這些年流徙之苦，便是白受。」

姜雪寧心底莫名一悸。

過了好半晌，她才帶了幾分猶豫地問：「那我們什麼時候啟程？」

謝危終於把魚片完了，看她一眼，然後拿過邊上幾枚生薑來切，聲音平穩而鎮定：「不著急。」

殘陽如血。

邊城荒蕪。

朔風從西北方向刮來，陳舊的旌旗覆滿塵埃，只在城頭招展。外頭便是邊軍駐紮的營房，連成一片。高高的點將臺上，落葉飄灑，銅鑄的麒麟爪牙無人擦拭磨礪，已然鏽跡斑斑。

青年的輪廓，比少年時更深邃鮮明了些，一雙眼也比舊日多了些沉穩和內斂。只是偶然抬起，仍如無鞘的劍——燦若驕陽，鋒芒畢露！

深藍的一身勁裝，袖口綁緊，結實的手臂有著流暢的線條，腰背挺直，更有種蘊蓄著力量的美感。因為刀劍磨礪而長了些繭皮的手掌，卻慢慢從那繡蝕的麒麟鑄刻上撫過。

有什麼東西順著陳舊的紋路爬了上來。

分明是如此地冰冷，燕臨卻感覺到了一種久違的滾燙。

點將臺離地三丈，寬有百尺。五萬邊軍陣列於下！

卻只他一人，獨立高臺之上。抬望眼，唯荒野蒼茫，旌旗迎風，地滾彤雲，劍如覆雪！

# 第二〇四章　邊城

「離開黃州，一路往北？」早朝過後，沈琅留了機要大臣下來議事，可就這時候，外頭忽然來了急報，他仔細聽完後，一張本就陰鷙的臉越見陰沉下來，只道：「可查知了他將往何地？」

司禮監掌印太監王新義額頭上都冒出冷汗來，哆哆嗦嗦回：「聽下面人說，看路線，似乎、似乎是往邊關的方向去……」

邊關？

在場諸位朝中輔臣、六部要員，無不為之倒吸了一口涼氣，面面相覷。

張遮本要奏報今年刑部秋決事宜，聞得此言，更是眼皮一跳。那一張沉默寡言的臉上，少見地由於驚詫而有了一絲鬆動。然而隨即又平復。

他甚至恍惚了一下，目光垂落時，瞧見自己官服袖袍上那細密爬上的雲雷紋，才想起，這一世與上一世是不同的。

上一世，她同樂陽長公主沈芷衣交惡，也無力營救勇毅侯府於水火。而這一世，長公主殿下在宮中待她不薄，勇毅侯府雖被抄家卻保住了大半力量，只流放黃州。她甚至成了謝居安真正的學生，麾下更有前世富能敵國的尤芳吟，若人在南方，勢必還會遇到衛梁……那樣多的人，命跡因她而改。

那麼今時今日，燕世子比上一世更早地有所異動，也就不足為奇了。

只是這件事卻大大出乎了沈琅的意料。

他高坐在御座上，額頭太陽穴的位置卻有些突突地跳動，只覺一股氣血往腦袋上衝，抬手慢慢壓住了，才咬牙切齒地續問：「只他一個人擅離黃州？燕氏一族其他人呢？」

王新義跪到了地上：「發覺燕臨離開黃州後，當地州府官員便立即搜索，可，可……」

沈琅驟然一把拍在禦案上，厲聲道：「說！」

這「砰」地一聲響，案上筆墨皆在震動。

王新義整個人立刻全伏了下去，額頭貼著冰冷光滑的地面，聲音裡一片惶恐：「回聖上，不見了！燕氏一族不見了人，全都逃了！」

「胡說八道！」

沈琅的面容近乎扭曲，禦案上所有東西都被他一把掃落在地，奏摺筆墨，一片狼藉。

「燕氏一族上百口人，一個燕臨跑了尚不足為奇，怎麼可能一族上下都沒了蹤影？他們哪裡來的本事，逃過朕重重耳目，逃過州府重重關卡？」

這一下，是所有大臣都跪了下來，齊呼「聖上息怒」。

畢竟這兩年來，皇帝對政務越發疏懶，信奉長生之道，常服五石散，性情越來越喜怒不定。朝中官員動輒得咎，也不是一回兩回的事了。

眾人即便捨得這一身官服、一頂烏紗帽，也得要顧慮一下自己肩膀上這顆腦袋。

唯獨張遮慢了那麼半拍。

年事已高的刑部尚書顧春芳，心底嘆一聲，先跪下來。轉頭一看自己得意門生還扣著那封事關今年秋決名冊的奏摺立著，便抬起手來扯了他一把。

張遮扣著奏摺的手指用力幾分，便突出幾分凝滯冷厲的線條。

到底還是沒拂顧春芳好意。只是屈膝前，一眼瞥見從御案上滾落到腳邊的貢品松煙墨，似乎是嫌擋著地上，便輕輕一腳拂了開。

顧春芳瞥見，不由看了他一眼。

滿朝文武都戰戰兢兢，唯有邊上立著的一名和尚格格不入。

生得面方耳闊，有些凶相。

穿著一身大紅僧衣，卻偏做高僧之態，得聞燕氏一族遁逃消息，也不過微微皺了眉。

此人不是旁人，正是當朝國師，圓機和尚。

這些天來，朝野上下就沒什麼好消息。

內有天教作亂、攪得民不聊生不說，外有夷狄窺伺，原本絕密的樂陽長公主被困韃靼王庭、向朝廷求助的消息，不知怎的竟走漏了風聲，傳得滿城風雨，百姓們議論紛紛，都在猜測朝廷要派兵營救。

可朝廷裡哪個不清楚？即便要同韃靼開戰，也不會選在這時候。嫁出去的公主就是潑出去的水，在她去往韃靼王庭的時候就等於已經死了，當皇帝的怎會為了一個死人貿然開戰？

壞就壞在消息走漏！有些事能做不能說。原本沈琅的打算是瞞著，等沈芷衣遭遇不測的消息傳出，再舉哀兵以為公主復仇的名義開戰。可眼下倒好。若明知公主處境卻不發兵，被百姓知道，勢必失了民心！天教在內作亂，本就巴不得抹黑朝廷，一旦此事有所紕漏，必然會給對方製造可乘之機。

這當口上，燕氏一族還不見了人！

沈琅不由冷笑起來：「好，好，朕看他們是合起夥來要讓朕不痛快！」

眾人無不噤聲。

沈琅但覺萬分暴躁，起身踱步，往下方一掃，卻沒看見謝危，不由道：「謝少師回鄉祭祖，人還沒回嗎？」

王新義但覺倒楣，也不知這一天天怎麼這麼多壞消息，還全要由他來提醒，腦袋挨在地上，半點沒敢抬起來，道：「回稟聖上，您忘了，山東曾傳急報，少師大人回京途中遇刺。不過昨個兒來了消息，說是人已經救出來了，正於濟南府修養，料想過不多時便會啟程回京。」

沈琅眉頭一皺：「誰人襲擊，可曾查清？」

大理寺卿跪在下頭不敢說話。

顧春芳朝他看了一眼，才替他道：「回聖上，事發突然，刑部與大理寺才派人前去督查，想必不日將有眉目。依老臣所見，少師大人乃朝廷命官，敢於其返京途中行刺者，不是亂心便有反心，只怕與天教那些賊子有關聯。」

是啊。

除了天教，誰吃了熊心豹子膽敢行刺謝危？顧春芳之言不無道理。

邊上圓機和尚微微一笑，雙手合十，宣了聲佛號：「阿彌陀佛，謝少師吉人自有天相，幸而無礙。天教賊人犯上作亂，其心實在可誅。不過倒要恭喜聖上了。」

皇帝正在暴躁，哪裡有半分的「喜」？

眾人都覺奇怪。

沈琅也不由看向他，對他倒是頗為信任，神情好了幾分：「國師這話說得奇怪，喜從何來？」

圓機和尚竟道：「一喜謝少師安平，賊子未能得逞；二喜燕氏一族異動，露了痕跡。邊關有韃靼虎視眈眈，賊子燕臨偏往邊關去，想必有裡應外合之心。是以如今邊關的處理，必要慎之又慎。少師大人乃聖上股肱，深謀遠慮，運籌帷幄，又深得聖上信任。老衲有一計，倒不妨趁此機會，使少師大人去往邊關，一則避開天教賊子的截殺，二則督查軍情，嚴防生變，三則守株待兔，倘若燕氏一族生出反心，以少師大人之能必使他們有來無回！」

眾所周知，謝危雖無帝師之名，卻有帝師之實。

圓機和尚這兩年來雖以國師之名，在民間大興佛教之風，以與天教抗衡，在信眾之中頗有名氣，可在這朝廷裡，大臣們卻還是認謝危多一些。

畢竟能在朝中為官的，即便不說惡，可也沒幾個善。

哪個能真的信奉佛教？

不過都是表面對他客氣罷了。

畢竟朝野上下都知道，一旦真遇到什麼棘手之事，還是要謝先生共議，方能有所定奪。

如今聽圓機和尚這話，倒是一點也不生疑。

沈琅也考慮起來。

邊關的形勢比起朝內，實在更為緊迫。他自不可能親去督軍，派謝危前去的確最好不過，所以當機立斷，道：「擬旨！著令謝少師不必返京，濟南稍作修養後，即刻前往邊關，督軍嚴防，但有異動者立刻就地處決，絕不姑息！」

「聖上聖明！」

諸位大臣都伏首稱頌。

只張遮抬了眼，瞧著圓機和尚唇邊掛著的那抹笑，覺得事情只怕沒有那麼簡單。

「所以，到底是誰要襲擊我們，查清了嗎？」

姜雪寧看著謝危將片好的魚放進漂亮的白瓷盤，撒上少許薑絲去腥，擱入蒸籠，彷彿已經能看見它端出來時會是何等美味模樣，不由得咽了一下口水，才這般問道。

她可不敢往深了猜。

遇襲當時曾明明白白聽見刀琴說了一句「教中」，叫她回想起謝危上一世將天教連根拔起、趕盡殺絕的做派來，心底都忍不住為之冒寒氣。

謝危將蒸籠蓋上，拿了一旁的巾帕，將手上沾著的汙跡擦去，眸中卻是異色閃爍，波瀾不驚地回：「天教反賊，膽大包天，還能有誰？」

姜雪寧不由被他噎住。

謝危卻是抬眸瞧她，看她那清麗的面容被灶膛的火光覆上一層晃動的暖色，不由頗帶幾分意味深長地笑起來：「妳想是誰？」

姜雪寧恨恨地往灶膛裡添了根柴，卻道：「我哪兒能知道，我怕死問問還不行嗎？」

謝危只道：「放心。」

事後他也琢磨了一下，來刺殺他的總共是兩撥人。跟著當時劍書那邊去的，是教中的好手，只怕萬休子舉事在即，恐他不受控制，先除為快；跟著他與姜雪寧的那些，卻從京中來。若是皇帝已經開始懷疑他，不會暗地裡動手。會在暗中動手的，都是怕被人發現的。再回想自己這兩年，能算得上「對手」、「仇敵」的，只剩下一個圓機和尚。

此人雖稱僧侶，卻機心深重，絕非善類。沈琅國事疏懶，帝王心術卻重得很。這兩年來，用圓機和尚制衡他，也用他打壓圓機和尚，從不讓他們那一方真正壓過另一方，如此當皇帝的方能坐穩，居中得利。

如今麼……

謝危垂著眼簾，看一眼砧板旁那剁了不用的魚頭，隨手便將擦手的巾帕扔在邊上，取了兩只小碗去調料碟，還問姜雪寧：「吃辣麼？」

姜雪寧登時把先前談的正事都忘了，點頭如搗蒜：「吃的吃的。」

謝危便在她的料碟裡加了一勺辣。

待魚蒸好端出來，一片片白白嫩嫩，浮動著鮮香。兩人也不轉戰別地，就在廚房角落裡置了一張小桌，擦得乾乾淨淨，在旁邊坐下來，就著料碟，添上小半碗米飯吃起來。

這些日子也沒別人敢靠近廚房。

兩人一頓飯吃得清清靜靜，姜雪寧幾筷子下去便找不著北了，一時覺得謝居安實打實是神仙菩薩，大慈大悲的大聖人，凡人做東西不可能這麼好吃！

原本一路舟車勞頓，吃得都不算好，遇襲到濟南休憩剛醒那陣，她人看著是清減了不少的。可被謝危幾頓飯喂下來，氣色恢復了，臉蛋也稍稍圓潤了些。

姜雪寧甚至都開始擔心自己繼續吃下去得胖。

不過這般的日子也沒再持續多久，才過去沒兩日，京城裡竟然來了聖旨，著令謝危前往邊關督軍！

姜雪寧目瞪口呆。

那一瞬間甚至有種毛骨悚然之感，不期然就想起了當日謝危那一句「不著急」，只疑心此事在他意料之中。否則遇襲之後何必在濟南盤桓？

謝危可才是那個實打實的反賊啊！

如今皇帝，竟然還被他蒙蔽，一紙調令命他前去邊關！簡直是嫌自己死得不夠快，忙著給自己掘墳啊！

不用說，有了這一道聖旨，接下來他們一行自然是名正言順走官道上路。

既不需要避人耳目，還有皇帝調令開道。

沿路各州府無人敢有慢待，自濟南往邊關通行無阻，僅僅十日，便已抵達邊關！

遇關關開，逢隘隘敞。

雁門關在山西句注山，位於恒山山脈的西側，外拒塞北，內守中原，位置險要，易守難攻，歷代來都是「三邊衝要無雙地，九塞尊崇第一關」。

大乾兵卒皆駐紮在關內，屯兵忻州城外。

謝危、姜雪寧一行人才到忻州，往外望去便能看見那荒蕪的原野上點將臺高高佇立，旌旗蔽日飄飛，兵卒甲冑在身，刀戟在手，往來整肅！

他們在路上便已經得了邊關傳來的消息，知道燕臨得了那所謂的「聖旨」之後，已經名正言順地控制了邊關十萬大軍！

畢竟為燕臨送去聖旨的，乃是當朝帝師。

誰敢質疑聖旨真偽？而朝廷隨後還頒了真正的聖旨給謝危，派他前來督軍，更是直接落入了謝危圈套，使得這一齣好計更加地天衣無縫！

他們的馬車，還遠遠沒入城門，就已有人飛奔前去通報。

待得靠近城門，便見一騎從城內馳出。

姜雪寧才從車內鑽出來，尚未在車轅上站穩，便聽得一聲朗笑傳來，被人抱了個滿懷。

舊日少年，難得拋去了這些年風霜磨礪的沉穩，劍眉星目璀璨，用力擁緊她，歡喜地喚：「寧寧！」

那是成熟而堅朗的氣息。

他長高了，輪廓鋒利了，可那絲毫不作偽的驚喜卻將那眼角眉梢的鋒利化得柔和了幾分，姜雪寧怔怔不知所言。

城內的兵卒，都吃驚不已地望著這一幕。

畢竟這位年輕的將軍，這些日來調兵遣將，沉穩有度，十分壓得住場子，便是原本不服他的幾名將領也被他治得服服貼貼，雖有怨氣也不敢有半分不敬。

可眼下眾目睽睽！他竟這樣直接擁住了那名漂亮的姑娘？

謝危隨後走出了馬車，靜靜地看著這一幕，未有言語。

# 第二〇五章　依稀少年

來的一路上，姜雪寧不可避免地想，再見到往昔少年，會是怎樣的情形，兩年的艱辛蟄伏，沒有了勇毅侯世子的尊貴身分，他會不會苦楚、難過，又到底變成什麼模樣？

這一世無疑是比上一世要好的。

可無論她怎樣在腦海裡描摹，也無法想像出少年的模樣，反倒是上一世班師還朝的那位年輕將軍的面容，時不時從記憶的深處冒出來，讓她出一身冷汗。

那是一個被世情與仇恨浸透了的人。

當年他遠遠順著京中長道，扶著沈芷衣的棺槨還朝，穿了一身的素，卻無半點該有的哀傷。滿身沾著刀兵戾氣。一雙眼靜而冷，寒且沉，看著人不說話時，都似長了刺，鋒利得扎人。所以縱然輪廓熟悉，姜雪寧竟也無法從這一張面容上，回憶起當年那鮮衣怒馬的少年郎，究竟是何模樣。

可如今，好像什麼也沒變。

即便他高了，往日貴公子似的發白的膚色也被曬得深了一些，眼角眉梢是他這兩年來所歷的變遷與山水，可這一雙粲然的星眸，熾烈溫暖如日中驕陽，坦蕩誠懇似高天明月，只讓人一聽見這熟悉裡又帶有幾分陌生低沉的聲音，便心尖滾燙。

他身上穿著的衣料粗了些，有些刮臉。

可他原是京裡錦衣玉食、要風得風的小侯爺。

姜雪寧抬起頭來，望了他許久，喉嚨裡發澀，才喊了一聲「燕臨」，便已忍不住眼眶一熱，竟然哽咽。

兩年過去，少女也越發好看。身姿亭亭，雪膚烏髮。

只是眼底潮濕地望著人時，還是叫他心底柔軟的一片，叫他想起林間霧氣裡的小鹿。燕臨想把她小心翼翼地捧起來，哄她笑，陪她玩，讓這張臉上綻出點讓人怦然心動的笑。

將她擁入懷中的這一刻，是他這兩年來前所未有快慰的一刻。

侯府出事，抄家流徙。

他與家人一路從京城遠道黃州，路中甚至遇到了好幾次刺殺，只是都有人暗中保護。到了黃州之後，戴罪之身，更有深重的徭役。父親的身體原本就不好，路上受了風寒，許久沒有見好。

上下打點，請大夫看病，都要花錢。

到這時候，他才知道姜雪寧暗中派人送來的那只箱子，到底有多沉、多重。

不久後，謝先生的信就來了。

更後來，所謂的「任氏鹽場」的襄助也來了。

天高路遠，那些信函要好些時日才送到一封。

可在黃州那數著時辰熬過去的日子裡，卻像是凜冬裡煮熱的一壺烈酒，讓人咬牙維持著那微末的希望，直到它在貧瘠的土裡往深處長去，慢慢扎穩了根。甚至無視風雪雷雨侵襲的逆境，漸漸發芽，散枝，像是石縫裡的松柏一樣，有一種格外強勁堅忍的力量。

他沒有在絕望裡滾打。

每一天都滿懷著對後一天的希望。

到今天，她終於來了。

天知道他在接到她要與謝危一道來的消息時，有多開心。

甚至早兩日就在盼望。

連料理軍務，都有了少見的晃神。

直到此刻看見她。

那滿懷的期盼才全然地落了地，化作一種脈脈的熨貼，又使他全然克制不住高興，將她緊緊地抱在懷裡之後，才意識到了自己的失禮。

少年到底是長大了。

眼角餘光瞥見周遭兵士詫異的注視時，雖然所作所為全出於真心，可畢竟不是當年縱性胡鬧的時候了，不由面上一紅，咳嗽一聲，把人放了開。

於是，終於看見車內注視他們已久的謝危。

這一刻有些安靜。

燕臨這時候才發現，姜雪寧方才就是從這架馬車裡出來的，兩人是同乘一車而來。心底便忽然感覺到了幾分異樣，然而值此非常之時，也並未深想。

停得片刻，他注視對方，倒是斂了方才的孟浪，整肅地躬身行禮：「見過謝先生。」

謝危淡淡搭下眼簾，道：「先入城吧。」

燕臨也知此地不是說話的地方，便答一聲「是」，使一隊兵士護送車駕，在前方開道，一路往城中去。他人騎在高高的馬上，還問姜雪寧要不要騎馬。

姜雪寧也是心大。

自打謝危接了聖旨後，一路都在馬車上，晝夜疾馳往忻州來，骨頭都要散架了不說，總悶在車裡也沒什麼出來喘氣的機會。

驟然到得這風物迥異之地，不免起了玩心。

她自是一口答應，小心翻身騎上一名兵士牽過來的小馬，跟在燕臨的馬旁邊，一道入了城。

謝危只在車裡看著，也不去攔她。

忻州城不大，城中建築也不比京城的繁華，江南的精緻，處處透出一種粗獷，牆壁都比較厚，看著十分結實。

城內走的兵倒比普通老百姓還多。只是觀周遭百姓模樣，倒似見得多了，半點沒有不適之感，照舊擺攤的擺攤，叫賣的叫賣。

這種地方，風水不那麼養人。本地姑娘的皮膚大多粗糙。姜雪寧這樣京城繁華地養出來的姑娘，又浸了兩年江南的婉約，實在是水靈靈嬌豔逼人，還夾在一堆皮糙肉厚的兵士之中，騎在馬上，所過之處瞧見她的人無不驚豔，甚至有那不懂事的小孩兒手裡舉著饃，追在後頭喊「仙女姐姐」，實在讓人忍俊不禁。

燕臨便像是當年剛帶她到京城各處去玩時候那樣，一一指著路邊的東西同她講，只是嗓音聽著比當初厚了一些，也完全不再是貴公子一般的無憂無慮。

他見過了沉浮，明晰了世情。

便是講那路邊的一粥一飯，都有一種不同於舊日的憫恤，知道這些凡俗百姓何時作，何時息，一日穀打出來能得多少米，東街的鐵匠鋪裡又是不是有個瘸腿的老婆婆……

姜雪寧聽著，不由轉過頭去看他。年輕將軍的輪廓，深邃堅忍。

第一次，她覺得冷酷不停歇的時光，竟也帶上一點溫柔，將她記憶裡的少年，雕琢成這般動人模樣，於是不由得笑了起來。

同路隨護的兵卒，卻都是又驚異，又迷惑。

燕將軍初來乍到，手段算得上雷厲風行，雖然研究布防時，經常與兵卒們一道同吃同住，半點不像是曾當過小侯爺的人，十分平易近人，可誰也沒見過他這樣對人啊。

這好看姑娘，究竟何方神聖？

# 第二〇六章　劍與花

邊關城池，多為屯兵之用。

將軍府建在城池中心位置，乃是歷朝駐紮忻州、駐守雁門關的將領的府邸，內設機要印房、冊房、糧餉處等，可以說是麻雀雖小，五臟俱全。其占地在忻州這樣的小城，已經算得上極廣。

燕臨一路帶著他們，便已到了門口。

「城中早得了謝先生前來督軍的消息，軍中有品級的大小將領，都已經在內等候。」

他在門口下馬，將韁繩交給了一旁的軍士，還順手扶了旁邊要下馬的姜雪寧一把，對從車內出來的謝危這般說道，然後擺手。

「先生請。」

謝危未著官服，只一身素衣。

旁人只聽說這兩日邊城裡有個京中的大官來，一直都在心裡揣度到底是個什麼樣的人物，如今瞧見，都不由愣了一下，隨即便是驚嘆。

這樣的人竟然是個官兒？

謝危倒沒看其他人，下得車後隨同燕臨一道跨上臺階，走入將軍府中，只問：「議事要一起聽聽麼？」

姜雪寧愣了一下才反應過來：「先生問我？」

謝危向她看了一眼，沒說話。

姜雪寧便莫名打了個寒噤，覺著謝居安這眼神叫人發涼，她脊背都挺得直了些，卻下意識看了一眼燕臨，想了想這兩人的關係，覺著自己還是不要攪和這事兒，便道：「不了，我哪兒聽得懂？讓燕臨找個人帶我先去休息便好。」

這一口一個「燕臨」可聽得邊上的人冒冷汗。

偏她自己不覺。

燕臨也半點意見沒有，喚來將軍府的老管家，請他帶姜雪寧去客房。

謝危則是向劍書一擺手，道：「你也跟著去。」

劍書低頭便道：「是。」

他從謝危身邊退後，自動就跟到了姜雪寧旁邊。

這倒讓姜雪寧有些摸不著頭腦。

不過轉念一想，說是燕臨已經執掌了兵權，可畢竟時日尚短，這種時候誰知道出不出什麼意外，小心駛得萬年船，派個人跟著她總沒錯。

她也就沒說什麼，轉身跟著管家去了。

燕臨看著她身後跟著的劍書，卻是不知為何忽然皺了皺眉，又感覺到了那種隱約的異樣。

他調轉視線看向謝危。

謝危卻沒什麼反應，只道一聲「我們也走吧」，便過了穿堂，往議事廳而去。

邊關駐軍十萬，有名有姓的將領也有好幾十號人，且還要算上忻州本地的州府官員，所以謝危去見時倒是頗為熱鬧。

他鎮定自若，這些人卻多少有些忐忑。

畢竟眼見著就要冬日，從來沒聽說誰冬天主動挑起戰役的先例，他們各有各的擔心。

燕臨是月前到的忻州。

單槍匹馬。

那時他身上既無調令，也無聖旨，甚至還是個擅自離開流徙之地的「罪臣」，不過好在邊關上認識他的人不多，正好趁此機會將邊關的情況摸透了。

勇毅侯府原本便領兵作戰。

邊關將領中有不少都是他父親燕牧的舊部。

這本來是一件好事。

可偏偏侯府出事後，許多人也因此受了牽累，要麼在軍中不得更進一步，要麼被撤職貶職，掌管忻州十萬駐軍的自然屬於蕭氏那一派。

所以剛掌權的那一日，為了日後調令能行，如臂使指，燕臨做了一件事。

「斬了？」

姜雪寧隨管家往客房的方向走，路上不免也打聽點邊城的事情，可卻聽了點方才在街上時燕臨自己沒有講的事，一時愕然。

「臨陣斬將……」

老管家上了年紀，腰背傴僂，卻是半點不為那掉了腦袋的倒楣鬼可惜，甕聲甕氣地道：「燕將軍才到忻州，這可不為百姓們做了件大好事麼？這些年邊關沒仗打，可不知養出多少廢物，趴在咱們這些平頭百姓身上吸血。那殺得叫個痛快，活該！」

姜雪寧忽地靜默。

老管家卻還絮叨：「眼見著人家韃靼都要打過來了，一幫飯桶還想避戰。昨兒個是長公主去和親，明兒個那些狗東西就能來擄掠城裡的閨女！不想打仗的將軍是好將軍，可不敢打仗的將軍，就要這樣拖出去砍了。您來的時候都晚了，要早上幾天，城外頭點將臺上流的血還沒乾呢，可好看。」

劍書悄悄向姜雪寧看了一眼。

姜雪寧若有所思。

老管家已經到了客房前頭，說了半晌這才反應過來，連忙躬身道：「瞧我，年紀大了話也多，都不知道這些話在貴人面前是不是該說，您可別怪罪。」

姜雪寧不過是有些意外罷了。

可其實沒什麼值得驚訝的。

要想在這樣一個地方站穩腳跟，真正地執掌兵權，殺伐果斷的手段少不了。也唯有殺雞儆猴，才能讓剩下那些人心有戚戚，才能讓軍中那些侯府舊部真正地心服。

她只是有些憐惜舊日的少年——

單槍匹馬在這樣的地方，孤立無援時還要做出種種決策，箇中不知遇到了多少艱險，遇著她時卻一句也不曾提，好像一切都順心如意模樣。

姜雪寧謝過了老管家，自己進了屋，發現這間屋子已經是精心布置過的，並無外頭看著的那般粗獷，妝奩上甚至還擺上了新買的胭脂。

她不由笑了一笑。

轉頭卻對劍書道：「我就在屋裡也不出去，你先回去跟著你家先生吧，萬一有點什麼吩咐也好照應。」

劍書猶豫了一下，大約也是覺得忻州這樣陌生的環境讓人擔心，躬身向她拜了一拜，也沒多說什麼，便告了辭，回頭往議事廳的方向去。

謝危來前自然先瞭解一番城中情況。

這些將領最擔心的莫過於糧草情況。

朝廷派謝危來說是督軍，實則是為了防止邊關譁變，自然不會準備什麼糧草的事，可以說甚至連半點風聲都沒有。可謝危燕臨都另有打算，韃靼是一定要打，沈芷衣也一定要救，是以回應有關糧草的質疑時並無半點慌亂，只說糧草輜重都已經在路上，請眾人不必擔心。

他這樣來自京城的大官都說了，眾人也就稍稍放心了一些。

議事畢，只說晚上設宴為謝危接風洗塵，便都告退。

廳內只留下謝危與燕臨。

茶盞中的茶水，已只餘下一點溫度。

謝危端起來喝了一口。

燕臨卻注視著他，眼底少見地出現了幾分猶豫，甚至含了一種別樣的打量。他試圖從他眉眼裡分辨出什麼來，試圖與父親這兩年來的企盼與守望對出些許端倪。

當初勇毅侯府幾蒙抄家滅族之難，幸而背後有人出手相助。

這個人便是謝危。

可他與侯府有什麼關係呢？明面上一點也沒有，只不過是他入宮讀書時的先生罷了。

當初，父親病中時，燕臨曾有過自己的猜測，向他問：「謝先生到底是誰？」

父親咳嗽得厲害，卻不肯吐露更多。

只是眼底含著淚，同他說：「是你要完全相信的人。」

那時候，他心底便有了冥冥中的答案。

燕臨沉默了半晌，才道：「這些年，多謝先生照應。」

謝危搭著眼簾：「侯爺可還好？」

燕臨道：「往年在京城總有些事情壓身，病根是早落下的，去黃州的路上嚴重了些。不過到那邊之後，日子清苦下來，後來又清閒下來，更好似打開了什麼心結似的，反而養好了。我離開黃州時，呂老闆前來照應，人已經安頓妥當。」

謝危便點了點頭，不說話了。

他從來不是容易親近的人。

燕臨也很難想，舊日的先生竟是自己的長兄，眨了眨眼，到底改不了稱呼，又問：「先生此來，朝廷那邊怎麼辦？」

謝危道：「邊關離京城尚有一段時日，打仗這麼大的事，就算忻州在掌控之中，也不可能切斷消息往來。所以戰事要速戰速決，否則等朝廷反應過來，說不準要腹背受敵。可若能在朝廷反應過來之前，拿下韃靼，救出公主，就算搶贏了一步棋。屆時我只稱到得忻州時，邊關駐軍已經落入你掌控，實在非我力所能改，只好隨波逐流。你既掌兵權，又得民心，朝廷反倒不敢跟你撕破臉，會想方設法招安於你，封你個公侯伯爵。」

燕臨頓時皺了眉：「公侯伯爵？」

謝危似笑非笑看向他：「不想要？」

燕臨坦然：「不想。」

謝危便輕輕擱下茶盞，唇邊那彎下的一點弧度便多了幾分高深莫測，只道：「不想要也簡單。」

兩人並未談上多久。

謝危也是一路車馬勞頓的來的，晚間尚有宴席應酬，與燕臨說了幾句後，從議事廳出來，到得自己客房，問過姜雪寧那邊的情況後，便略作洗漱先休憩了兩個時辰。待得天色漸晚，外面來人請，才又出門。

接風洗塵的宴席就設在將軍府裡。

上上下下都知道京中來了貴人。

除了那位神仙似的謝先生之外，最引人關注的莫過於那位「寧二姑娘」。眾人倒是不知她身分名姓，只是聽得隨同她一道來的人都這般稱呼她，便也跟著這般稱呼，都以為她姓「寧」，在家中行二。

燕將軍待她是如何特殊，只一下午時間，早都傳遍了忻州城。府裡無人敢慢待。

加之燕臨本有吩咐，夜裡接風，自然也請了她列席。

外頭庭院早換了一番布置，原本的議事廳裡桌案擺放一新，難得的好酒好菜都端了出來。

姜雪寧來時，人都到得差不多了。

謝危落坐上首。

燕臨在他對面。

她琢磨自己只是來吃吃喝喝的，也沒去湊熱鬧，只同其餘一些官員將領們帶來的女眷坐得近些，聽她們說些邊關的趣事。

毫無疑問，姜雪寧在這幫夫人小姐中絕對是引人矚目的焦點。

人們不免好奇她身分。

她也不報自己家門，只說自己是謝危的學生，燕臨的朋友，眾人一聽便都發出聲聲驚嘆，還來敬她酒吃。

姜雪寧實在沒什麼酒量。

可這一路艱難，總算到得邊關，等尤芳吟、呂顯隨後安排好糧草輜重，便可攻打韃靼，救出公主，她心裡到底有些期許，有些高興，半推半就喝了兩盞，便有些暈暈乎乎了。

邊關的女子，實在豪爽。

便是已經入了內宅的婦人，也不似軍中那般循規蹈矩，頗為放得開，眼見她並不真的推辭，反倒越發起勁兒地勸起酒來。

姜雪寧又喝了兩盞後，頓生警兆。

她可不敢在這種場合太過放肆，且畢竟不是北地長大的姑娘，實在招架不住，忙找了個吹風醒酒的藉口，便先溜了出去。

將帥們那邊，也是酒過三巡。

燕臨遠遠看見姜雪寧出去，不免有些擔心，便向邊上人還有對面謝危道一聲「失陪」，也跟著放下酒盞，從廳裡出去了。

身後頓時起了一片善意的笑聲。

今日城裡的傳聞誰沒聽說？

雖不知那寧二姑娘的身分，可猜也知道該是燕臨心上人。

眼看著人走出去，還能不知道他是幹什麼去嗎？

席間於是有人調侃：「英雄難過美人關啊。」

旁人自是附和。

唯獨謝危冷眼看著，端起了酒盞。

在座的可都知道這位乃是當朝帝師，半點不敢怠慢，極有眼色，一見他端起酒盞來，立刻帶著笑湊上來敬酒。

謝危執著酒盞，也不推拒。

他手指修長如玉竹，飲酒的姿態也甚是文雅，只是面上神情略顯寡淡，對人並不熱絡。眾將領也不太敢放肆，反倒對他心生忌憚，越發謹慎。

走廊上掛著一盞盞的燈籠，還有添酒端菜聽候差遣的下人在裡外往來。

姜雪寧從廳中出來，便坐在拐角處的美人靠上吹風。

北地風冷，一刮面就讓人清醒了。

燕臨出了廳來，一眼就辨認出了她昏暗處並不大分明的背影，正要往前頭走，轉眸時卻看見廊邊開著的那叢小小的石竹。

外頭一圈白，裡面一團紫。

花雖只比銅錢大些，可在北地這般的寒天裡也算嬌俏可愛，分外罕見。

他駐足看了片刻，想起什麼來，不由一笑，倒彎下腰去摘了一朵，連著大約手指長的細細一根莖，生著不大的一小片葉。

在指間轉了一圈，便負手向姜雪寧那邊去。

待得近了，才咳嗽一聲。

姜雪寧回頭看見他，不由有些訝異地挑眉，站起身來笑道：「你怎麼也出來了？」

燕臨說：「看妳出來了。」

姜雪寧抬眸，得微微仰著頭看他了，咕噥道：「這兒可是忻州，你是三軍統帥，哪兒有隨便就離席的道理，這樣任性，當心先生回頭罵。」

燕臨想，有什麼好擔心呢？

明明來了也有快一日，可一時是議事，一時是布置，除了來時的路上說了會兒不著邊際的話，實則沒有詳談的機會。

他望著她：「這兩年還好嗎？」

遠處廳中觥籌交錯之聲傳來。

近處卻安靜極了。

燈籠在微冷的風中輕輕搖晃，也在姜雪寧的視線中輕輕搖晃。

她彎唇笑：「我怎會不好？」

沉默半晌，又問：「你呢？」

燕臨一雙深黑的眼眸被微暈的光芒照著，有點暖融融的味道，只慢慢道：「沒有想的那樣差。」

一時，竟然相對無言。

深藍如墨的夜空裡，明月高懸。

那素練似的光亮，皎潔似寒霜。

燕臨又走得近了一步，才問：「怎麼會和謝先生一道來？」

姜雪寧想起謝危，沒說話。

燕臨卻看她許久，竟問：「張遮呢？」

這一刻，姜雪寧像是被什麼擊中。

她已經有一陣沒想起這個人了。

乍然聽得這名字，有一種已然生疏的鈍痛翻湧上來，使她眼底潤濕了幾分，卻不知該說些什麼，有些黯淡地垂下了眸光。

其實也不必言語。

燕臨到底陪她走過那些街頭巷尾胡鬧的日子，對她不算瞭若指掌，卻也能分辨她情緒，猜出大約沒什麼好結果來。

猶豫片刻，還是將那朵石竹翻出來，遞向她。

他只笑：「多大點事。喏，剛才瞧見給妳摘的，別不開心了。」

靜夜裡，小小的花瓣顫巍巍。

姜雪寧的視線從他面上，落到花上，便想起了許久前的雨夜，那一串冬日的茉莉，淚珠到底沾了眼睫滾落，卻只看著他，沒有伸手去接。

燕臨忽然好生氣。

氣她這樣。

有那麼一瞬想把她抱緊了揉進懷裡，可他到底不是輕狂恣意的年少時，只道：「即便沒有張遮，也並非我，是麼？」

姜雪寧不敢回答。

燕臨便陡地一笑。

他看了那支石竹片刻，終究抬手將頂端的花朵掐了，只將那細細一節連著片葉的花枝遞出去，又是寵溺，又是無奈，還有種淺淺的傷懷：「到底算我一片心意，別辜負了。」

姜雪寧這才接了過來。

她鼻尖發酸，眼底發澀，幾乎是哽咽著應了一聲：「嗯。」

燕臨卻笑著揉她腦袋：「兩年不見，怎麼還這樣？難怪人家不要妳。」

姜雪寧想，我和張遮那是要不要的事兒嗎？

只是雖有滿懷的傷心，也被他按在自己腦袋上的一通亂揉給攪和了，一時破涕而笑，嗔他：「張大人若聽你這樣滿嘴胡唚，再好的脾氣也得揍你。」

燕臨望著她，也不反駁，只道：「外頭風冷，回去吧。」

姜雪寧琢磨也累了，不想回席間，便點點頭，想回客房睡下。

只是她往前走得兩步又停下。

轉過身來，手裡拿著那細細的花枝，隔了幾步看著身量已越發成熟的燕臨，分外認真地道：「燕臨，我沒有不開心，我真的很高興。」

很高興，你還是那個肯為我摘花的少年。

雖然……

我已不再是那個能心安理得收下你花的姑娘。

她走得遠了。

廊上燈火如舊。

燕臨長身而立，身影被拉長在地面，他的手指因常年握劍，而長了薄薄一層繭，那朵小小的紫白石竹便低垂在指間，寂然不語。

過了好久，才慢慢一笑。

# 第二〇七章　酸

姜雪寧回到屋裡就昏昏欲睡了，勉強洗了把臉，趁著天冷就窩到床上去睡覺。

等第二天一早醒時，天色早就大亮。

整座將軍府裡安安靜靜的，也聽不見昨晚觥籌交錯的聲音了，料想那接風洗塵的宴席已經結束，她打著呵欠起身來，總歸也錯過了吃早點的時間，便叫人為自己打了水沐浴，只慢吞吞地收拾，準備中午再吃飯。

只不過她沒想到，才把頭髮擦乾呢，外頭劍書就來了。

姜雪寧不知怎的，精神一震。

還沒等劍書開口呢，她眼睛就亮了幾分：「先生找我？」

劍書反倒被她搞得一愣，停了一下，才回道：「是。」

姜雪寧又壓低了聲音續問：「你們先生做吃的了？」

劍書幽幽地看了她一眼，也不知該不該對她吐露實情，可回想一下方才自家先生盯著那桌菜的眼神，背脊都在發寒，到底沒敢多說，只點了點頭道：「做了。」

姜雪寧聞言，頓時跳起來，拍手道：「我就知道先生是神仙下凡，聖人降世，觀世音菩薩都沒有他這樣好的心腸。這一路上也沒什麼好吃的，桃片糕都叫我吃膩味了。昨兒晚上宴席上我還想，燕臨這府邸的廚子不怎麼樣呢。沒想到今日先生就做了吃的，你等我一下，我這就來。」

劍書：「……」

您心可真是一點兒不小呢。

劍書應了聲「是」，在外頭立著，等她收拾停當，才帶著人一路穿過庭院中堂，到得謝危屋前。

幾片灰黑的磚砌在屋簷下，裡頭種著棵萬年青。

屋舍也平平無奇模樣。

只是這地方來的人少，格外安靜，約莫也是燕臨特意為謝危挑好的屋子。

這會兒靠窗的炕桌上，已經擺上了好幾盤菜。

謝危坐在左側，手邊上一盞酒。

才聽得外頭有腳步聲，人都沒進來呢，姜雪寧打招呼的聲音就已經傳了進來：「先生，學生給您請安來了！」

姜雪寧扒在門口，先朝裡面望了一眼。

果見謝危坐在那邊。

這與他們在濟南府的廚房裡悄悄碰頭時，一般無二，更別提那好菜已經擺上桌，都不用她再打雜燒火，姜雪寧眼底都冒出點喜色來。

謝危眼底雲淡風輕、飄飄渺渺的，抬眸瞧她，笑笑道：「進來吧。」

姜雪寧從善如流，進來了。

非但進來了，她還十分自覺地坐在了謝危對面，把擱在桌案右邊的那雙象牙箸拿了起來，低頭看著這一桌菜，喜上眉梢。

足足有五六樣。

熏乳鴿色澤深紅，白玉豆腐幼嫩多汁，雞絲銀耳湯色鮮亮，白花鴨舌片片精緻，更絕的是中間竟然放了一盤羊羔肉，也不知用了何法刷的醬料，每一片表面都浸著油油的光澤，邊上搭了一些小蔥段。

只飄出些味兒來，便讓人忍不住流口水。

姜雪寧差點就要伸出筷子去了，可一抬頭只看見謝危坐在她對面飲酒，不由一怔，朝他面前仔細看了看，又看了看自己的筷子，納悶道：「先生那邊怎麼沒筷子呢？」

謝危看著她說：「昨個兒飽了。」

姜雪寧琢磨這意思是「不餓」，舉箸轉了一圈，試探著道：「那都是給我做的？」

謝危喝了一小口酒，笑：「妳是我學生麼。」

莫名地，姜雪寧覺得背後寒了一下。

可美味佳餚當前，謝危這模樣與平時相比其實也沒什麼變化，且最近一段時間他待她這樣好，倒使他對此人原本的警惕都消失一空，此刻更是沒有深想。
她高高興興，舉筷便夾了片羊肉送進嘴裡。
肉質果然細嫩鮮美。
只不過……
這味道似乎稍有一點的酸？
姜雪寧品了品，以為是刷的醬料比較獨特的緣故，說不準是什麼新口味，得多試試才知道。
於是趕緊又夾了一片。
然而當她一口咬下去嚼進嘴裡時，好幾股酸水混在筋肉的油脂中，一下全被擠出來，充斥了她整個口腔。
「嘔！」
不知擱了多少年的老陳醋，酸味兒刺激得她一張臉都皺了起來，幾乎立時就把嘴捂住了，朝著一旁的碗碟，將那片肉吐了出來！
然而酸味卻還在嘴裡。
她狼狽得連話都說不出來，連忙伸手要去端水：「什麼味兒！」
謝危順手便把自己喝了兩口的酒盞遞過去。
姜雪寧看都沒看便接過來仰頭一口喝下。

然後……

那本就已經皺成一團的巴掌臉，瞬間變得鐵青，她嗆得丟了酒盞，捂住自己的喉嚨便劇烈地咳嗽起來：「咳，咳咳！謝、咳咳咳！謝居安你——咳咳！」

簡直像是得了癆病。

她一張臉都漲得通紅，極端的酸與極端的辣，全在一張嘴裡，跟團火似的竄上她頭頂，想吐都吐不出來！

恨不能就地去世！

謝危半點也不驚訝地瞧著她：「怎麼，很酸？」

想要謀財害命嗎？

姜雪寧兩輩子都沒吃過這麼酸的東西！

聽得對方這話，哪兒還能不明白？

這根本就是故意治她啊！

只恨自己一沒留神著了道——姓謝的心狠手黑，分明是惡獄魔鬼，她是迷了哪門子的心竅敢覺著他是神仙聖人生得一副好心腸？

那味道一時難以形容。

姜雪寧差點昏過去。

她哪裡還有什麼功夫回答謝危的話，只滿屋子找茶水，可愣是連茶壺都沒找見一個，便按住自己的喉嚨，一面用力地咳嗽，一面扶了把門框，跑到外頭去。

謝危看她一眼，也不攔。

刀琴劍書都在庭院裡。

屋裡那翻箱倒櫃的動靜兩人都聽見了。

然而瞧見姜雪寧這一副被人下了毒的樣子出來，都不由心中一凜。

姜雪寧跟劍書熟些，幾聲咳嗽已經讓她嗓音嘶啞，此刻更怕被屋裡那心眼比針小的謝某人聽見，一把揪住劍書，壓低了聲音道：「快，端杯水！」

話說著她又想乾嘔。

劍書眼皮直跳，可不敢被她揪住太久，忙去端水。

好大一只茶盞。

姜雪寧接過來咕嘟嘟就灌了大半盞，才覺得好了一些，可那酸嗆衝辣的味道，仍舊有不少留在喉間，無論如何也去不掉！

姓謝的是要死！

劍書打量她神情，眼皮直跳，小聲道：「先生心裡不痛快，做東西不好吃，也是有的。」

姜雪寧險些出離憤怒。

那是不好吃能形容的？

簡直是用最烈的燒刀子給她兌了一杯醋！那喝下去要人半條命！

她仰頭把剩下的那半盞茶水喝了乾淨，就遞回劍書手裡，擺擺手便往外頭走。

劍書問：「先生那邊？」

姜雪寧回頭看一眼謝危那屋，只覺得整間屋子都在朝外頭冒黑氣，哪裡還敢往裡走半步？打了個寒噤道：「別，可別再找我了！你家先生腦子，咳，有毛病……」

話說著，她聲音都飄了幾分。

整個人好像踩在雲端上，身形發軟，腳下發虛，晃悠悠只剩下最後一口氣似的，從走廊那頭繞出去了。

刀琴劍書面面相覷。

過不一會兒，就聽屋裡平靜的一聲喚：「劍書。」

劍書打了個激靈，進去了。

滿桌菜幾乎沒動過。

謝危一身清雋地立在邊上，輕描淡寫揭過一邊的雪白錦帕擦拭著方才沾在指頭上的幾滴醋酒，彷彿剛才什麼也沒做似的，淡聲道：「都端了去喂狗。」

劍書頭皮發麻，道：「是。」

他把桌上的都收拾了，端了出去。

刀琴瞅了一眼，搖頭。

劍書心有餘悸，壓低聲音道：「因為寧二姑娘和世子？」

刀琴道：「差不離。」

劍書納悶：「可先前不聲不響的……」

刀琴道：「要能成早成了，哪兒用等到現在？先生犯不著費心。」

劍書示意他看自己手上：「那這？」

刀琴一看，也不說話了。

兩人又對望一眼。

到底還是劍書先認命，從邊上走過去，要去處理這些花了一早上心思做出來的東西。只是走沒兩步，他又停下來，猶豫了一下，轉過頭問：「刀琴，你說，狗要不吃，怎麼辦？」

「……」

顯然，這是一個極其可能的問題。

刀琴靜默，認真地想了一會兒，道：「要麼狗死，要麼你死。」

劍書：「……」

## 第二〇八章　自欺欺人

姜雪寧回去路上，正巧撞見燕臨。

看方向是要去謝危那邊。

瞧見她這服了毒似的臉發綠、腳踩雲的架勢，他不由一怔，先向她身後望了一眼，才問：「怎麼了，剛從謝先生那邊回來？」

姜雪寧嘴裡喉嚨裡甚至整個肚子裡都在冒酸氣，實在不想多說一句話，擺擺手道：「謝先生今兒個好像不痛快，你要去找他可得小心點。」

燕臨一頭霧水。

姜雪寧卻是說話間險些沒控制住又乾嘔一聲，連忙別了燕臨往自己屋裡去。

這倒讓燕臨有些納罕。

他看了她背影有片刻，若有所思。

不過照舊去找謝危。

道中不免又遇到劍書，他也問劍書端著菜幹什麼去。

劍書笑得不大好看，說去喂狗。

燕臨又覺稀奇。

很快到得謝危屋外，只見刀琴立在外頭，向微微彎身道禮，他則上前在屋外向著門躬身一拜，道：「燕臨來見先生。」

謝危人在裡面，叫他進來。

他進去之後打量謝危神情，分明雲淡風輕，與尋常時候無異，半點看不出姜雪寧方才說的什麼「不痛快」。

兩人聊的是糧草的事。

眼見著已經入冬。

北方天氣越來越冷。

既然要開戰，糧草一天不到，眾人心裡就一天沒底。而按他們原定的計畫，本該今日就到的呂顯遲遲沒有音信，實在讓人有些憂慮。

謝危這邊也時刻關注著糧草輜重的消息，對此倒是瞭若指掌，只道：「呂顯在前什麼也沒帶，任氏鹽場的人壓後幾天，負責的才是真正的糧草輜重。呂顯沒有準日到並無什麼要緊，後面任氏鹽場的人準日到就行。呂顯此人心中有些成算，無須為他擔心。」

話裡的意思明白得很——

反正呂顯不負責運送糧草輜重，便出了什麼意外死在路上，也沒什麼可惜。

還好呂顯本人不在此處，否則聽了他這話，非得氣得七竅生煙。

燕臨終於從這話裡隱約聽出了點「不痛快」的味道。

謝危略有覺察，問：「有話？」

燕臨抬眸，道：「方才來時遇到寧寧，見著她不大舒服的樣子，跟我說先生今日似乎心情不好。」

寧寧。

謝危長指翻過手底下的一頁道經，遠山淡墨似的眉挑了一挑，渾不在意似的含了笑，輕輕道：「小姑娘不大聽話，治治就好，我倒沒什麼不好。」

燕臨看著他沒說話。

謝危轉眸也看他一眼，卻似乎不覺自己說了什麼不對的話，仍舊淡泊得很，若無其事把這話茬兒揭過，去談軍中諸般事宜了。

❀

姓謝的到底什麼毛病？

姜雪寧回屋後，連著漱了好幾遍口，又往嘴裡含了幾顆甜蜜餞，才勉強將那一股酸氣壓下去。可酸氣壓下去了，疑惑卻慢慢冒出來。

她半點沒有猜測？也不儘然。

有時候謝危這人把事兒做得挺明顯。

若說她猜不著半點端倪，那實在太假。

可若猜得太明白，又未免給自己添堵。

倒不如裝著點糊塗。

總歸謝居安也是個知道分寸的人，只做不說，約莫也是知道有些窗戶紙不能戳破。真戳破了，大家都尷尬。

所以她琢磨這人就算心裡膈應，不高興，該也不會折騰她太久。再說了，便是他想折騰，她難道還跟這一回似的，傻傻送上門去讓他整？

姜雪寧覺得，這種事有一回不會有二回。於是她放心不少。

半個時辰前，才在謝危那邊吃夠了醋；半個時辰後，已經跟個沒事兒人似的，讓廚房那邊給自己張羅幾道好菜，壓壓驚。

第二天，謝危果真沒使喚人來找，姜雪寧到城裡溜達了一圈，還買了只小陀螺；第三天，謝危與燕臨出城巡視屯兵的駐地，姜雪寧帶丫鬟打了一晚上的葉子牌；第四天，謝危召軍中將領們議事，姜雪寧找了城中最好的酒樓，還小酌了兩杯；第五天……

第五天，謝危終於得閒了。

當天一大早，姜雪寧才睜開眼，劍書的聲音便在外頭催魂似的請她。

她一個激靈就嚇清醒了。

儘管百般推辭、萬般藉口，心裡打定主意不在同一個坑裡跌倒兩回，拒絕的意志十分堅決，可到底沒架住劍書幽幽的一句：「先生說，您若不想體面地去，那捆了去也是行的。」

「……」

姜雪寧屈服了。

她萬萬沒想到，除了給人挖坑讓人跳之外，還有這種無恥強迫的手段，簡直卑鄙下賤！

到得謝危屋裡時，自然又見一桌好菜。

姜雪寧吃得跟試毒似的心驚膽寒。

然而出乎意料的是，這一回竟真就是乾乾脆脆一桌好菜，酸是令人食指大動的酸，辣是令人口齒生津的辣，油裡滾過的酥肉浸著飄了綠菜的白湯，一口下去從喉嚨暖到胃裡，麻椒裡蘸過的雞丁和著圓滾滾、嫩青青的豌豆炒一盤，拌個飯吃得幾勺便從嘴唇顫到舌尖……

頭先她看謝危像隻不折不扣的惡鬼，吃完再看他又覺像是那救苦救難的聖人了。

這頓過後，謝危好像清閒下來，反倒燕臨忙得腳不沾地，總不在府裡。

想也知道，開戰在即。他這當將軍的，不可能閒得下來。

於是接下來的幾天，姜雪寧頓頓有飯吃，每一回都吃得高高興興，好像謝危氣兒已經消了，她琢磨著自己大人大量乾脆也把先前那噩夢似的一頓給忘了算了。

豈料，這一天謝危忽然問她：「現在又敢放開膽子吃了？」

姜雪寧一哆嗦，差點沒被喉嚨裡的丸子噎死。

謝危遞了杯水給她。

她喝完咳嗽兩聲，才掛上笑：「先生聖人心腸，本也不一定要做飯給別人吃的。倘若這人吃到了，該她千恩萬謝才是。就是有錯，那也一定是她的錯。」

這話說得討好。

謝危聽得心裡不暢。

他彎唇笑：「妳可真是記吃不記打。」

姜雪寧心道：那不是你打一棒之後給一窩甜棗想看到的結果嗎？怎麼還彎酸起我來了？她假裝沒聽懂。

只似糊裡糊塗地道：「誰讓先生做得這一手好菜？實在太好，想記得也不能記得了。」

謝危看了她這假笑就討厭，把酒盞在手裡轉了一圈，挑眉：「哦？」

姜雪寧握拳：「肯為先生赴湯蹈火。」

謝危一聲嗤：「怕不是為先生，只為這口吃的吧？」

姜雪寧眼珠一轉，卻跟頭小狐狸似的，瞇著眼靦腆笑：「世間若只先生做得如此至味，那為先生還是為這口吃的，不都一樣嗎？」

謝危久久看著她，沒說話。

姜雪寧卻覺手心開始冒汗，縱然她警告自己要鎮定，眼角眉梢眸光閃爍時，到底也還是洩露出了些許不安。

謝危盯了她許久，才收回目光，瞧著自己手裡的酒盞，卻忽然道：「妳說，妳和張遮兩情相悅，怎麼沒能在一起呢？」

姜雪寧瞳孔驟然緊縮。

與張遮的舊事乃是長在她身上的一道疤，謝危這話卻是一柄刀，毫不留情將其挑開！

他是故意的。

甚至惡意的。

目光都冷了下來，她道：「有情人並非總能在一起。世事難料，白瓷有隙難彌合，又與您有何干係？」

謝危真不是什麼良善之輩，見得她這渾身豎起尖刺的架勢，心裡反倒痛快不少，只是注視著她的目光，又不免多了三分嘲諷：「白瓷有隙？」

姜雪寧攥緊了手。

謝危只一聲冷笑，隨意把酒盞擲在桌上，砸地「咚」一聲響：「也是。倘若妳能想明白妳跟他為何沒能在一起，也就不叫姜雪寧，今時今日更不會坐在這兒了。」

這怕疼怕苦自欺欺人的懦弱樣。

合該叫他攤上。

他懶得再同這榆木疙瘩多說半句有用的話，拂了袖，起身就朝外頭走，只道：「吃得越多，腦子越笨。呂顯與尤芳吟已在城外，甭吃了，一道來吧。」

# 第二〇九章　呂顯的敵意

有些人說話，處處體貼，叫人如沐春風；有些人說話，卻是無一處不刻薄，字字句句挑著人逆鱗，偏生要人不舒服，不痛快。

往日的謝危是前者。

畢竟朝堂內外謙謹有度、周密妥帖的古聖人之遺風，博得美名一片。然而當著她面，相互知道根底，面具一拆，話卻一句比一句狠，一句比一句刻薄，渾然無遮無掩了。

有那麼一刻，她的憤怒就要沒頂將她掩埋，讓她有一種大聲向他質問的衝動——

你知道什麼？

你這樣冷血狠毒的人知道什麼？

你什麼也不知道。

可方才謝危望著她時那近乎洞徹的眼神，又莫名消解了她這突然上湧的勇氣。

她竟然不敢。

姜雪寧在桌前足足坐了有好半晌，才起身來，跟著走出去。

謝危就立在外頭屋簷下看天。

邊塞的大風從北面吹捲而來，將浮雲陰霾驅散，澄澈碧空如水洗淨，藍得令人心醉，竟是個難得的好天氣。

刀琴劍書先看見她。

謝危隨後轉過頭來，看出她眼眶似乎有些微紅，可也並不說什麼，只是等她跟上來後，才順著回廊，走出府去。

大街上早已是一片歡騰。

遠近駐地的兵士們都在城中往來，有的只著勁裝，有的身披輕鎧，可面上神情都是一般無二的興奮。

若靜下來仔細聽聽，便知談的都是城外來的糧草輜重。

路上還有許多城中的百姓與他們一般，都朝著東城門的方向去，儼然是都聚集過去看個熱鬧。

直到這時候，姜雪寧才從這樣的熱烈裡，感知到了一種戰事在即的緊迫。

道中甚至有些兵士停下來給謝危行禮。

很顯然這些日與燕臨一道在屯兵的駐地巡查，他們是切切實實做了點事情的。

燕臨剛到忻州，便斬了原本執掌大軍的將軍，叫王成。

要知道，這人可是蕭氏的人。

別管燕臨是不是帶著聖旨來的，蕭氏樹大根深，邊關的人員變動更是牽涉著至關重要的兵權，調任不要緊，才調任來就直接把人砍了，若叫蕭氏知道豈能饒過？

多半吃不了兜著走。

尋常將領當然是既不敢惹氣勢正盛的燕臨，可也忌憚著原本執掌兵權的蕭氏，哪邊都吃罪不起。有些人是作壁上觀，望望風，暫不摻和；有些人則是利益相關，只等著朝廷派的督軍到了之後，給燕臨好看。

可誰能料到，來了個謝危？

一場幻想頓時成空。

人家非但是燕臨往日的先生，到得忻州後，半點沒有制衡的意思，光從前些日的議事與宴飲就能一窺端倪。有人在宴席上假作無意提起燕臨到任便斬首王成將軍的事，謝危也毫無反應，半點沒有多追究、多過問的意思，沒過兩日還與燕臨一道巡視軍營，倒把全力支持燕臨的架勢擺了個足。

暗地裡等著看戲、等著燕臨倒楣的那些人，全吃了個大癟。

正道是「識時務者為俊傑」，誰要還看不清這形勢，那就是瞎。

所以雖然才過去沒兩日，軍中風氣簡直煥然一新。

收心的收心，練兵的練兵。更有甚者，已經有人悄悄猜測蕭氏一族是否失勢，連宮裡那位寵妃娘娘都兜不住了，否則怎麼偏派謝危前來督軍？

他們哪裡知道，其實從頭到尾壓根兒就沒什麼讓燕臨接掌兵權的聖旨，甚至派謝居安來督軍的本意也不是扶持燕臨，而是防止譁變？

只是這計謀太大膽了。

大膽到讓人連去懷疑聖旨是假的想法都沒有，更何況還有一位當朝帝師親至，加深了可信度？

姜雪寧一路走一路看，說不佩服是假的。

只是佩服之餘，也不免心悸。

眼見著要到城門外了，她才想起來問了一句：「原本不是說呂顯先行開道，芳吟晚幾日才到嗎？可呂顯前陣子沒到，芳吟今日到也比原定的早了幾日。」

謝危道：「天教作亂，官道不好走，一應事宜都要打點，興許是中間出了什麼變故吧。」

糧草到了就行。到底出了什麼變故，他卻不是很關心。

城門處已經是人挨著人，人擠著人，圍了個水泄不通。

不過謝危帶著姜雪寧到時，城門樓上便有兵士眼尖看見了，立時有一隊兵士下來，為他們前面開道。

走過城門洞，外頭的景象便一清二楚。

運送糧草的隊伍從目之所及的官道盡頭，一路綿延過來，一眼就看出來自不同的地方。

姜雪寧甚至看見了山西大同一些商號的徽記。

軍中專門調撥了一批兵士來，等那頭手裡拿著帳本一一點數核對的主簿點頭之後，再將這些車都拉進城中專為軍中屯糧的糧倉。

尤芳吟與呂顯都在那記帳的主簿邊上站著，一人手裡拿本帳冊，似乎正低著頭說什麼。那主簿已經上了年紀，被這樣兩個人盯著，握筆的手都在哆嗦。

呂顯幾乎是冷眼瞅著。

尤芳吟卻是輕蹙著眉，手指飛速地從帳冊的字跡上一行行劃過，神情裡有種說不出的認真與嚴肅。

姜雪寧遠遠看見她一襲孔雀藍的百褶裙底下一圈已經濺滿了泥水，走近了更發現她正翻查著帳冊的手指凍得通紅，甚至有些傷痕。

她皺眉喚了一聲：「芳吟。」

尤芳吟聽見這熟悉的聲音，一轉頭看見她，眉目一下舒展開了，連帳本都沒放就快步走了過去：「二姑娘！」

姜雪寧拉了她的手看，又抬起頭打量她面頰，只覺她整個人都瘦了一圈，心裡不知怎的就冒出一股火氣來，有些不快：「在江南待得好好的，押送糧草這種事，叫任為志來就是了，妳親自湊什麼熱鬧？」

尤芳吟頓時訥訥。

她期期艾艾地望著她，道：「同呂老闆商議後，好些糧草輜重還是要在鄰近州府調撥，光有印信我怕各家商號不肯賣這薄面，便想親自跑一趟。前些日大同下了一場雨，道中濕滑不好走，來的路上才搞得這般狼狽，並沒真遇上什麼事情，您別擔心。」

真是慣來的一根筋，押送糧草便意味著危險，比她與謝危同路到邊關來安全不了多少，也是手底下有那麼大一筆生意的人了，怎麼連這點都不為自己打算？

姜雪寧生她氣，可看她這樣又說不出什麼重話。

末了只能埋頭替她擦去手上的汙跡，道：「不是說過幾日才到嗎，怎麼今天就到了？」

尤芳吟眼睛亮晶晶地看著她：「長公主殿下被困韃靼，只怕境況一日壞過一日，我知您心底擔憂，若後方一應事宜能今早就緒，想必也能儘快開戰，所以路上趕了些。而且聽說您去邊關道中遇襲，我也擔心您，想早一日來看看。」

姜雪寧笑她傻氣，心底卻暖融融的。

只是那頭站得不遠的呂顯將二人這一番話聽在耳中，也不知戳中了哪根不對勁的筋，嗤地冷笑了一聲。

姜雪寧聽見，這才看過去。

往昔京中幽篁館的奸商呂老闆，如今瞧著竟也一身狼狽，長衫上泥水點點倒也罷了，還被不知哪裡橫斜出來的枝椏劃破了幾道口子。

見了姜雪寧看過來，他也還是一張冷臉。

甚至還翻了個白眼，原本拿在手裡的帳冊朝那戰戰兢兢的主簿桌上一扔，轉身就走了。

姜雪寧竟不好形容那一刻的感覺，是……

敵意？呂顯對她有什麼敵意？

那頭謝危卻沒走過來，只立在邊上看著。

呂顯走近了就冷笑：「好心當做驢肝肺，為他人做一身嫁衣裳！」

謝危瞅他。

呂顯越發不耐煩，罵道：「忻州管軍中糧草輜重的帳冊根本對不上數，以前每一年都是壞帳，原本那王成就是個搜刮民脂民膏的老王八，他留下來的人一個也不中用，手腳做了不知多少。我手底下帶了不少人來，正好全抽掉，換個乾淨！」

說完他好像更生氣了，轉身要往城裡走。

謝危在他背後挑眉：「你手腳就很乾淨？」

呂顯差點跳腳。

轉過頭來，他聲音都高了：「謝居安！」

謝危也不知是看出了什麼端倪，一下笑起來，趕在他說出「割袍斷義」這四個字之前，一擺手道：「好，聽你的，換。」

沒出口的咒罵一下全被堵了回去。

呂顯差點沒被他這幾個字憋死，好半晌，才用力一甩袖子：「以前我怎麼沒發現，你還是個賤人！」

# 第二一〇章　跳下去

姜雪寧著實納悶了半晌，眼瞧著呂顯陰陽怪氣地走了，不由若有所思，回轉頭來看向尤芳吟，忽然問：「路上出什麼事了？」

尤芳吟搖搖頭。

姜雪寧打量她：「那你們怎麼同路來？」

尤芳吟看了看她，目光閃爍了一下，才微微垂了眸道：「剛進山西地界時，到處都亂得很，百姓們還在抓什麼『叫魂』的妖道、妖僧，便是手裡有銀子想要籌集糧草也困難得很，遠比預計的進展要慢。呂老闆本是要先去前面開路的，不過半道上折回來幫忙協調。聽聞他曾是進士，入過翰林院，如今山西省的官員有一些是他舊識，憑著他的面子也能幫襯一二。所以才一起來的。」

這倒是了。

呂照隱功勞要不大，用處要不廣，謝居安也不能瞧得上他，上一世事成之後也不可能直接就坐到了戶部尚書的位置上的。

城外頭到底人多眼雜，說話不便。

姜雪寧也沒往深了問，瞧見尤芳吟安安全全地來了，就放心下來不少。戰事籌備越發緊鑼密鼓。

她自問沒什麼謀略本事，無非是這兩年積攢下了不少本錢，可來忻州之前也幾乎都交到了謝危的手裡，如今這城裡聰明人更是一抓一大把，她覺著自己幫不上太大忙，能不添亂就是最好不過。所以在邊上看他們忙碌了一會兒，也就回去了。

倒是謝危在城外留得久一些，一直等到燕臨從屯兵的駐地過來，一道安排了一應糧草的後續事宜，以及讓呂顯的人手接管軍中帳目的安排，這才返回將軍府。

傍晚便舉行了一場簡單的洗塵宴。

席間呂顯冷眼打量這邊關局勢，喝了好幾杯，結束後同謝危一道從廳中出來，便忍不住搖頭嘆了一聲：「對聰明人來說，果真沒有無用的閒筆。便是原本的一步壞棋，也能被你走成環環相扣的狠計。到底是我呂某人眼皮子淺，還當你真是色令智昏沒得救，沒料想，瘋歸瘋，病歸病，竟然沒誤了大局。」

謝危道：「你又胡說什麼？」

呂顯哼一聲，也不解釋。

他話說得含混，卻不相信謝危聽不明白。

千里迢迢到這邊關，來救什麼勞什子的樂陽長公主沈芷衣，原本是一步壞棋，幾乎找不到什麼好處。

呂顯毫不懷疑——倘若世上沒有姜雪寧這麼個人，謝危不可能做出這麼昏聵的決定。

然而偏偏就有。

只不過選了這條路，也並不意味著他就放棄了原本的計畫。

誰說魚與熊掌不可兼得？

從金陵到忻州，謝居安做了三件事：第一，四處散布原本絕密的沈芷衣被困韃靼的消息，引得百姓非議，連軍中兵士都知道得一清二楚；第二，矯詔調遣燕臨到邊關，一封假聖旨就讓燕臨奪得了兵權；第三，自己將計就計，因燕臨離開被流徙的黃州而得了真的聖旨，名正言順來到邊關督軍，非但支持了燕臨，還穩固了軍心，加速了攻打韃靼的計畫。

倘若最終事成，謝居安一得了民心，反使朝廷陷入不義之地；二將兵權牢牢掌握在手中，燕臨矯詔，全軍攻打韃靼，無論知不知情，名義上都是頭等欺君謀逆的大罪，伸頭是一刀縮頭也一刀的情況下，眾人便都被捆綁在了一條船上，極有可能索性豁出去隨他們反了；三則邊關若起戰事，中原天教勢必趁機揭竿而起，屆時朝廷內憂外患，不垮都難！

「鷸蚌相爭，你這漁翁穩坐邊關，撈得好名好利，等他們搞得精疲力竭了，再揮兵中原，攻破京城，則大局定矣。只不過……」

呂顯忍不住瞅他。

「這麼謀大事，自沒毛病；可就是不討姑娘家歡心。」

謝危聽了卻不說話。

呂顯想想自己還沒琢磨明白呢，說不準謝居安心裡比自己還清楚，他這一番話未必不是班門弄斧、丟人現眼，索性把嘴巴閉上，到得庭院前岔路就告了辭。

將軍府占地著實不小。

他住的地方還在西邊，便一路順著回廊過去。

只是到得院落前面時，竟聽見有細碎的交談聲。

「邊關也不太平，我看妳還是不要在這裡待太久，無論戰事怎樣起，總歸打不到江南去。妳啊就聽我的，老老實實忙完這一遭回江南或者蜀中去，這邊的事情總歸有呂照隱，他是謝危的人，該他勞心勞力賣苦賣命，妳就別摻和了。」

「那姑娘呢？」

「我？等把殿下從韃靼救回來，我自然也腳底抹油溜了，懶得摻和他們這爛攤子。」

這是姜雪寧和尤芳吟的聲音。

呂顯聽著還提起了自己，心裡老不痛快了。他本該在暗處，等這倆人把話說完了再走出去，免得大家都尷尬。可莫名一股氣竄上來，他偏偏不願。於是就往前走了兩步。

姜雪寧背對著他，尤芳吟卻是正對著，一眼看見。

呂顯道：「寧二姑娘說得可太對了，合該我勞心勞力賣苦賣命。」

姜雪寧這才看見他。

不過想想自己說的話，沒什麼見不得人的，反倒看見呂顯，讓她想起白天的一些事來，便先沒搭理他，而是對尤芳吟道：「妳先回屋去吧，我同呂老闆有些話講。」

尤芳吟一雙眼朝呂顯看了看，似乎有片刻的猶豫，但還是聽了姜雪寧的話，點了點頭，轉身離去。

原地就剩下姜雪寧打量著呂顯。

呂顯的目光從尤芳吟離去的背影上收回來，卻對姜雪寧笑起來：「二姑娘有何指教？」

「指教不敢當。」

姜雪寧也展顏一笑，同時也饒有興味地繞著他來回走了兩個半圈，一面看一面搖頭，幾分促狹裡還帶著點幸災樂禍的奚落。

「自古奸商都打得一副好算盤，怎的呂老闆這臉色看著，像是沒掙著夫人還折了兵？」

呂顯面色一變。

姜雪寧卻背著手踱步，越琢磨呂顯這反應越覺得有意思，半晌後停下腳步來，靠近他，忽然壓低聲音問了一句：「鬧半天，你對我們家芳吟有意思呀？」

呂顯冷了臉冷笑：「妳開什麼玩笑！」

姜雪寧一挑眉。

呂顯冷冰冰補道：「有夫之婦！呂某人還沒下作到那地步。」

他這話一說，姜雪寧那原本輕鬆的神情便隱沒了，眼簾底下遮掩著的沉靜通透的光亮，只道：「原來你也知道。芳吟同任公子一路走過來並不容易，眼見著人家要好，我想呂老闆這樣的精明人，自然也掂得出輕重，就別橫插一腳進來了。」
呂顯嗤道：「假夫妻也算麼？」
這下倒輪到姜雪寧驚訝了，他竟然知道？
呂顯卻懶得解釋什麼。
他拂袖要走。
姜雪寧靜默半晌後，盯著他，卻突地靈光一現，笑起來：「誒，白日你對我那般敵意，難不成是因為芳吟更在意我，你嫉妒？」
她看見呂顯腳步一停，整個人身形都彷彿為她這一句話繃緊了。
然而到底是能忍，沒有轉過身來。
他好像真要證明自己不在意似的，頭都沒有回一下，徑直往院中去了。
姜雪寧在後頭，撫掌而笑，差點笑彎了腰。
上一世，嫉妒她的多了去，可她渾不在意。
畢竟那些都是女人。
可這一世，竟然連男人都嫉妒起她來了，太好玩兒！
不過芳吟心思淳厚，認準了人就是一根筋，她雖不知她與任為志走到哪一步，可倘若有呂顯這樣黑心的人暗中使壞，好事都能變成壞事。往後得防著他點。
也不是說芳吟就非任為志不可，本來全看她高興，姜雪寧只是不希望她不高興。

有那麼一刻，她甚至想去謝危那邊，給呂顯上點眼藥。

可這念頭也只是一閃就放棄了。

謝居安是個要成大事的人，可她只想過點簡單的小日子。如今虛與委蛇地聽著話、不惹惱他、順著他心意，說到底是為了沈芷衣，不想和他撕破臉。可眼下幾乎就是界線的極致了，她若不知進退，自己將這條界線往下壓，無異於把自己陷進去。屆時事了，只怕想從謝危手裡脫身都不能夠。

無論如何，被個男人嫉妒，姜雪寧還挺高興。

只不過晚上躺下，偏偏做了噩夢。

這噩夢一做，就是好幾夜。

她夢見自己立在高高的懸崖上，山壁陡峭，幾乎平直，連枯松老樹都無法在岩壁上扎下半點根。

前方就是深淵。

只朝著前面看一眼，便是一片伸手不見五指、濃墨似的黑暗。

深淵下面有狂風，似從鬼蜮而來，呼嘯不絕。

她想要往裡面張望，可站立不穩，幾塊碎石從她腳邊跌墜懸崖，落入深淵裡好久，都沒聽見半點回蕩的聲響。於是一種恐懼將她攫住。好像怕那深淵裡冒出什麼怪物將人吞噬似的，她抬了步便要往身後退去，想要離這深淵遠遠的。

然而一隻手卻從身後伸出來，竟然按在了她的肩膀上，另一手則搭在了她的腰間。

那個人的氣息傾吐在她耳畔，緊貼於她面頰。

是謝危截斷了她的退路，附在她耳旁：「這樣深，妳不跳下去，怎麼知道是生還是死？」

不——

那股力量從他雙手傳遞出來，竟然猛地將她往前面深淵裡一推！

她瞬間失聲尖叫。

深淵撲面而來，人被失重感包裹，所有的恐懼都放大到了極限，使她冒出一身的冷汗，再一次從這反復的夢中驚醒過來。

耳旁迴響的卻不是夢裡那句話，而是前不久謝危那不無嘲諷的一句：「倘若妳能想明白妳跟他為何沒能在一起，也就不叫姜雪寧，今時今日也不會坐在這兒了。」

姜雪寧整個人跟從水裡撈出來似的。

她有些脫力地捂住了自己臉。

過了好半晌，才慢慢將那股發自身心的恐懼驅逐。

黑暗如絲如縷，浸入屋內，帶著些許寒氣。

床榻邊的紗帳被風吹開了一角。

有少許的光從窗紙裡透進來，模模糊糊地映照出坐在她床榻邊的那道身影。

他靜逸的聲音，彷彿與這黑暗融為了一體，縹緲如霧：「妳夢見我了？」

姜雪寧悚然一驚！

她聽著這熟悉的聲音，放下手掌，視線仔細分辨，才從黑暗中瞧出了這道身影，一時只覺連心臟都被人攫住，駭得說不出話來。

謝危也不知何時來的，只注視著她，仍舊問：「妳夢見我了？」

方才的噩夢尚留有一絲餘悸。

姜雪寧簡直不敢相信這人大半夜坐在自己床邊上：「謝居安，你怎麼——」

謝危的手掌卻輕輕撫上她臉頰，搭在她眉尖上，道：「寧二，沈芷衣一個皇室的人，死就死了，與我有什麼相干呢？我有點後悔了。」

那手指透著點涼意。

姜雪寧頓時打了個寒噤。

可他卻沒有再說什麼，良久後，慢慢收回手來，起身走了出去。

風吹進來，紗帳輕輕晃動。

外頭冷月如銀霜。

有一聲低沉恢弘的號角從遠處遞來，傳遍四野，為這靜寂的寒夜添上一抹金戈鐵馬的肅殺錚鳴！

姜雪寧擁著錦被，這時才想起——今夜，開戰了。

# 第二一一章 戰起

冬夜朔氣傳金柝，冷月寒光照鐵衣。

忻州城外屯兵的大營外，諸般兵士已經陣列於前。

步兵居中，騎兵分列兩翼，弓箭兵則隱於前列步兵之後。步兵之中有一小部分為重步兵，一手持盾牌一手執刀劍，乃是專設克制韃靼遊牧善射之兵，既可攻殺，也可防禦對方弓箭。只不過更多的是輕步兵與輕騎軍，負重少，行動快，易於調整。如果指揮得當，在這昏暗的夜色中，完全可以如一片羽葉，悄無聲息完成一場見血的拚殺突襲！

城樓上，戰鼓聲漸壯。黑夜裡點燃的火把與迎風的旌旗一齊飄飛舞動。

三萬兵士的臉，都被光影模糊成一般形貌。

點將臺上，舊日的血跡已然清洗乾淨，只在鐵縫木隙留下血跡乾涸的斑駁，燕臨那一張輪廓清晰且堅忍的臉，卻因立在高處，而顯得無比明亮。

紅日未出，他便是黑夜裡的太陽。灼灼的火光燃燒在他瞳孔的深處，使得這兩年來壓抑的抱負、復仇的野望，都在這一刻隨著滾沸的心升騰而上，化作一股連天席捲的氣魄，讓他拔劍出鞘，將三尺青峰高舉！

一時間，四野盡是山呼海嘯！

「踏雁門，衛國土！」

「滅韃虜，救公主！」

「死生拋，莫相負！」

……

忻州屯兵本有十萬之巨，只是落在蕭氏治下，一則軍務混亂，二則疏於練兵，真正能在短時間選出來上戰場的人不到一半。值此冬日攻打韃靼又非兵家常勝之招，當以奇勝，以速勝，以險勝，韃靼雖為一國，可與大乾相比不過三省之地，三萬兵足夠打得對方措手不及，灰頭土臉。

「世子這般倒有些英雄出少年的感覺了……」

高高的城樓上，呂顯站在燃燒的火把一旁，感受著刮面來的凜冽寒風，望著遠處大軍出擊的場面，不由深深感慨了一句，然而接著又有些沉默。

「興亡百姓苦，這一戰不知又要死多少人？」

謝危就在旁邊不遠處。城樓上這塊平地上立了座箭靶。

他蒼青的道袍被獵獵的寒風吹起，冰冷的、浸透了涼意的手指卻搭在長弓之上，拽了一支雕翎箭，對準那箭靶的中心，只道：「又怎樣？」

呂顯無言。

他雖向來不是什麼憫恤眾生的聖人，可若眼見得蒼生疾苦、人間罹難，也難免起幾分戚戚之心。可謝居安，貌似謙和忍讓，仁善心腸，真到了這種血染千里、兵災戰禍時，卻隱約展現出一種驚人的冷酷。

人命當草芥，眾生作棋子。

然而不可否認，這種驚人的冷酷中，又有一種近乎遺世獨立的燭照與洞徹。

「天本無道，人而主之。然世本庸常，民無其智。不破如何立，不亡如何生？這世間除卻一個『死』字，本無道理可講。若不知死，又怎知生？」

「嗖」地一聲震響。

雕翎箭離弦而去，轟然撞上箭靶，力道之狠，竟將那木質的箭靶射裂，「呼嚓」一聲，朝著後方倒下，冷肅的夜裡，發出一聲巨響。

謝危沒有表情的臉，平靜若深流。

「我讓他們知道自己還活著，他們該謝我。」

呂顯為之屏息，許久才慢慢吐出一口氣來，倒是比前兩日更為肯定：謝居安的心情，真的很壞。

越往北，天亮得越晚。

卯正已末，韃靼邊境營帳裡還籠罩在一片昏暗的墨藍當中，安靜極了。巡查的兵士正值交接，要麼熬了一夜，要麼才剛睡醒，大多有些睏頓，正是警惕最低的時候。

可也就在這時候，一聲尖嘯打破靜寂！

「敵襲！敵襲！大乾的軍隊打過來了，敵襲——」

有些人甚至第一時間都沒聽清，渾然以為自己是在夢中，走了好幾步才反應過來，目瞪口呆，駭然無比。所有營帳頓時人聲鼎沸。

睡夢之中的兵卒匆匆披甲上陣，通傳的哨兵則是快步躍上馬背，奔向王庭！

誰能想得到，這一場不同尋常的奇襲？既不在春暖花開的時節，也不在陽光普照的白日，偏偏是他們認為絕對不可能的冬日，絕對不可能的寒夜！

攻其不備，以有備打無患。正所謂，「兵者，詭道也」。

韃靼王延達正當壯年，昨夜與幾名侍妾一場酣暢淋漓的大戰，實則是才歇下不久，驟聞外頭傳來警訊，只覺頭疼欲裂，宣傳訊兵入帳問詢後，一時暴跳如雷，一腳便將鋪在羊皮絨毯上的几案踹翻了去。

「好端端的大乾怎會攻打進來，難道是走漏了風聲？」

他滿臉髭鬚，眉目雖頗為英武，卻失之陰鷙。

「那個女人，那個女人呢？」

左右伺候的婢女全都瑟瑟發抖，跪伏在地，這兩年下來早已經清楚知道大王口中的「那個女人」，便是當年來韃靼和親的那位公主，連忙顫聲道：「依大王吩咐，看管在帳內，這些天沒有再讓她出去過。」

延達胸膛起伏，提著刀便出了王帳。一路上立刻安排應對奇襲的事宜，腳下卻不停，一直走到王庭東面盡頭處一座三丈方圓的帳篷裡。

此時天色已經微明。帳內亮起了燈光。

一道窈窕細瘦的身影投落在雪白的帳幕之上，沈芷衣已經聽見了外面喧嚣混亂的動靜，起了身。

延達粗暴地掀開帳簾進去時，她背對著外面，髮髻高高地綰起，露出一段修長白皙的脖頸，不知何時已換下了韃靼那多彩的服飾，只著自己當年的舊衣，打開了塵封已久的箱篋。

那裡頭裝著帝國公主的冕服。

上好的蠶絲織就的宮裝，在不夠明亮的光下，也流淌著熠熠的光彩，金銀繡線飛鶴轉鳳，仍舊簇新一般，冰冷而華美。

延達徑直拔了刀來架在她脖子上，狠厲地咬牙問：「是不是妳！」

沈芷衣側轉臉龐看向他。她眼角下那一道淡淡的疤猶如一抹胭脂似的舊痕，烙印著她的出身與遭逢，也使她對這架在她脖子上的刀鋒毫無感覺，只是輕輕地彎起唇角，平靜而森冷：「殺了我，你們都得死。」

# 第二一二章　囂張

戰事一起，便如荒原上的野草，略著一點火星，被風一吹便鋪天蓋地而去，呈現出燎原之勢。

冬日寒夜的戰鼓，悍然若雷霆！

驚了韃靼備戰之中的美夢，長槍利刃，刀劍將鮮血浸入冰冷的凍土，在那慘淡淡的朝陽將光芒灑遍大地時，便輝映出一片又一片凜冽的胭脂色。

輕騎兵行進最為迅疾，弩兵隱藏在輕步兵之中，為兩翼所掩護，漫天箭雨早在韃靼的兵卒靠近之前便一波飛去，射落陣中無數戰馬騎兵。

人從馬上跌落，馬又嘶嚎倒地。

後來者或為其牽絆，避之不及，撞個正著；或者反應迅速，朝著兩側調整陣型，可也不免如蟻群一般，被就此打散。原本整肅的陣型，幾乎立刻被從中間撕開了一道口子。

燕臨立在戰車的高處瞭望，當機立斷，命鼓手變化鼓點，改了行軍令。騎兵從兩翼出發，即刻包抄對方出擊之陣營；舉刀持盾的重步兵則如一杆長槍從對方已然撕裂的薄弱處突入，弓弩手的箭不再漫天飛射，而是同時掩護向對方陣中突入的重步兵行進！

此次攻打韃靼，所挑選的兵種大部分都是行進迅速的兵種，又兼之燕臨下令果斷，毫不猶豫，其變化猝起不意，著實令韃靼一方始料未及。

等對方將領意識到，已為時太晚——

韃靼軍陣的右翼一片四五千人，眼睜睜看著就在輕騎兵的包抄與重步兵的突進之中，硬生生被切割出來，與大軍主力脫離！

而大乾這一方的輕步兵，早已經等著他們！

喊殺之聲頓起！

區區四五千人落入重圍，縱使用力掙扎，拚殺不休，又如何能抵擋大乾這邊人數和兵種的優勢？且落入敵手的包圍之中，本就有恐慌之處，猛烈的攻勢襲來，更使得眾人潰不成軍！

所有戰爭的勝局，都是從最初的一點小優勢開始，抓住機會，滾雪球似的往下推進。

一分一毫，一尺一丈。

在以有備攻不備的情況下，年輕的將軍竟展現出了驚人的沉穩與果決，半點不因本身就有的優勢而有半分懈怠，甚至沒有貪功冒進。

初次交鋒折損四五千人，對於韃靼來說，已經是巨大的損失。

其後陣型幾番變換，也始終不能重創對手。

倘若這時還要與大乾做一時血勇之鬥，無疑是打得上了頭，不顧大局了。所以韃靼一方在發起一波迅猛的衝鋒之後，便直接鳴金收兵，著令所有兵士退守己方邊城堡壘。

大乾這方將領不少都興奮不已，幾乎能看見軍功就在眼前，想像起踏平韃靼之後又該如何加官進爵，當即力薦燕臨趁勝追擊，痛打落水狗，一鼓作氣將韃靼的氣焰鏟滅，好叫他們知道知道大乾還是那個大乾，大乾的鐵蹄才是他們應當懼怕的。

豈料燕臨竟置之不理。

幾道號令下去，沒有絲毫戀戰，徑直下令收兵回營！

軍中難免有人有所非議。

然而勝績在前，便是他們有非議，也無法阻擋燕臨在軍中忽然高漲起來的威信與聲勢，更不用說軍中糧草調撥早已經換上了呂顯的人，對燕臨乃是言聽計從，其他人根本沒有說話調遣的權力。

糧草都沒有，拿什麼打仗？

便你肚子裡有一千一萬的不滿，也只好忍耐著咬牙咽進去，營中議事時還要對這位年輕的將領俯首貼耳！

初戰一場奇襲，快得猶如一場閃電。

接下來的幾日更將這種戰術發揮到了極致，不斷出兵滋擾，卻又不以大軍強行壓陣，只如老鷹捕食一般一點一點啄食對方血肉，一次又一次地削弱對方力量。

同時還在加緊敦促營中剩餘兵力的整訓。

最疼的就是鈍刀割肉。

韃鞑一方不過三次之後就已經看清了對方的意圖，到得第四次時，王庭來兵增援，整整四萬兵士齊聚邊關，打算等大乾一方的輕騎故技重施再次來襲時，迎頭痛擊，讓對方有來無回！

然而真等到這一日交戰時，出現在他們面前的卻是狂潮一般的五萬大軍！

這五萬人裡，輕騎兵只占了少數，更多的是重騎兵、重弩兵、重步兵！

金戈鐵馬，堅不可摧！

方一交戰，便如同一輛龐大的黑鐵戰車，以碾壓的威勢，絞肉一般蓋過韃鞑的軍陣，將他們精心的籌謀摧毀！

韃鞑一方簡直不敢相信，那忻州的將領王成領兵作戰，何時這般厲害了？

前後派了三撥哨探前去打聽。

前兩撥都折戟沉沙，直到第三撥人才僥倖帶回了消息——

忻州軍中，哪裡還有什麼王成？

此次將他們打得落花流水、節節敗退的將領，姓燕名臨，單字為「回」！

早在一個月前就已然到任，並且刀斬王成，用舊將領的鮮血完成了自己對兵權的控制，繼而用最快的速度推進了今日這一場令人膽寒的戰事！

戰事才不過進行了十日，韃鞑一方已經深感吃不消。

縱使延達暴跳如雷，也無法以一己之力扭轉這一場從一開始就處於劣勢的敗局，在第十一日派去使臣，向燕臨送了和書，且言語之間還提及公主身懷有孕，將誕下兩國血脈之事，責戰事之不該。

燕臨劍斬來使，將人頭送回韃靼王帳。

所謂狼子野心，非一日可磨滅。

若要使心懷不軌之人不再作祟，光憑口舌與一紙和書，實在不足為信。唯斷其爪牙，抽其筋骨，打得對方恨了、怕了、再無還手之力了，方能得一日安生！

所以接下來，他照打不誤！

非但繼續打，且打得比先前還狠！

軍中士氣，都是打出來的。

一路浴血，一路征戰，氣勢如虹，簡直一掃往日頹敗之態！

十一月廿二，大乾大軍勢如黃龍，直搗韃靼王庭，兵臨城下，燕臨的戰馬停在王帳前，三尺青峰映照著他年輕的臉，只對著滿地瑟瑟發抖的韃靼王族，說了一句話：「燕某此來，只為迎公主還朝。待迎回公主，我軍自去，還請諸位不必驚慌。」

好一個「只為迎公主還朝」！

聽在韃靼耳中，簡直像是笑著扇巴掌在他們臉上！

對方的大軍可是從雁門關內一路殺過來，拔了他們的城池，殺了他們的兵士，甚至連倒伏下去的王旗，都被沾了血的鐵蹄踐踏！

一巴掌一巴掌拍腫了你的臉，再笑著同你說——

我們就想來接個人。

真是好不舉重若輕，好不冷酷囂張！

邊關戰事如火如荼，兵起破竹之事，這樣大的動靜，消息自然不可能蓋得住。就在燕臨率軍踏平韃靼王庭的這一日，邊關的消息歷經重重阻礙，終於還是在萬般的驚慌中，抵達了京城，穿過紫禁重重宮門，到得皇帝寢殿。

此時尚在長夜。

銅漏聲聲，紫檀香濃。

蕭姝睡得不深，服侍完沈琅用過五石散後，雖也在龍榻上躺下，可外頭稍微有些動靜，她便醒了。

宮裡燒了地龍，暖烘烘的。

她披了輕紗似的薄衫起身，拂開華美的珠簾，遠山黛眉輕輕顰蹙著，於昔年的明豔雍容之外，又多了幾分寵妃方能有的威儀。縱然此刻一副慵懶神態，可六宮上下誰人不知她手段？見者無不低下頭去。

外頭侍立的是鄭保。

王新義這些年來漸漸老了，許多事情便都交給了這個徒弟，手腳伶俐，心思細敏，也算得了王新義真傳，深知皇帝喜好，是以慢慢也得了聖心。

不過蕭姝對這一群閹人向來不大在乎。

她怕吵著沈琅，走出來才問：「外頭什麼事？」

鄭保躬身道：「回稟娘娘，邊關急報。」

蕭姝陡地挑眉：「急報？」

鄭保低聲將外頭來的消息一說，她整個人便面色一變，豁然回轉身去，將龍榻上的沈琅喚醒。

不出一刻，宮中急詔便傳到各大臣府中。

靜夜中的京城，一時都是雞鳴狗叫之聲，富家大戶、公侯伯府，燈火通明，一頂頂官轎、一輛輛馬車，從各個方向朝著宮中匯聚。

沈琅甚至有些不相信自己聽見了什麼：「燕臨起兵了，那謝先生何在？」

傳訊者戰戰兢兢：「聽人傳，謝先生到得忻州時，那賊子已然矯詔掌控了兵權，派人將少師大人控制，嚴加看管。不過、不過……」

沈琅面上戾氣一浮：「不過什麼？」

傳訊並立刻使勁磕頭：「不過坊間也有傳聞，說謝少師心懷不軌，到得忻州後，竟幫助賊子整頓軍務，也生了反心！」

「放肆！」

沈琅服食五石散已有近兩年的時間，方才一帖的藥力正盛，正在躁意湧動之時，聽得此言，只覺一股氣血往腦門頂上衝，讓他瞬間紅了眼，抄起案上的硯臺便砸了下去！

上好的端硯沉重極了。

那傳訊者被砸到腦門上，血流如注，痛得幾乎要昏厥過去，卻連擦都不敢擦一下，一個勁兒跪地求饒。

不少接了急詔趕來的朝廷命官，見得這場面簡直不敢踏入殿中。

一個個全在殿外跪了下來。

沈琅陰沉的聲音帶著雷霆般的盛怒，從陰暗的殿內滾了出來：「國庫未行，戶部未動。自古三軍作戰，重在兵馬糧草！便是他狼子野心，手握兵權，任何一場征戰也要傾舉國之力以備，他一時半刻，從何處去籌措出足夠的錢糧攻打韃靼！難不成戶部的人都死了，能在朕眼皮子底下瞞天過海了！」

眾臣都是初聞邊關亂了的消息，連頭緒都沒有整理清楚呢。

本來所有人都覺得謝危去了，一切自然妥當。

誰能想到，連這位當朝帝師，如今都有可能為虎作倀，說不準還是背後真正的罪魁禍首！

此刻聽得皇帝質問，他們哪兒敢出聲？

大殿內外，一瞬間鴉雀無聲。

沈琅當真是越看越怒，恨不能一道命令下去將這些酒囊飯袋都拖出去斬了！

蕭姝已經披上了宮裝。

她靜立在邊上看了許久，眼見眾臣無有聲息，眼底卻不由寒光閃爍，考慮片刻後，竟輕聲道：「聖上，燕氏賊子邊關舉兵，卻先去攻打韃靼，此舉頗有些奇異，不合常理。依嬪妾愚見，並非毫無轉圜的餘地。至於兵馬所需糧草一事，才是重中之重。」

沈琅聲音冰冷：「妳倒有想法了？」

蕭姝立刻跪伏在地，讓自己表現出一種絕對順從的姿態。

然而說出來的話，卻是罕見的清晰：「若無糧草，則大軍不行。若能查明賊子舉兵之錢糧從何而來，斷其根基，方能成釜底抽薪之計。嬪妾想起有一人，或恐知悉一二。」

眾臣都驚訝地看向她。

連沈琅都不由一震：「誰？」

蕭姝抬眸，斷然道：「錦衣衛副指揮使，周寅之！」

從燕臨率領大軍進攻韃靼的那一日起，姜雪寧便每日到城外去看上一遭，連日來聞得捷報頻傳，卻久久未有沈芷衣的消息，夜裡驚夢時便不免總是見到上一世兵士護送回來的那具棺槨。

那種煎熬的等待，就像是乞求命運的鍘刀不要落下。

重活一世，她救了尤芳吟，改變了燕臨的遭遇，甚至改變了自己的命跡，如今為什麼不能救回沈芷衣呢？

她有理由懷有足夠的希望。

日復一日，將那一只盛著當年故土的匣子打開，看過一遍又一遍。

終於，前線傳報的快馬在一個雪後的月夜飛奔而來，滿身疲憊卻難掩興奮的兵士越過大門，來到她屋前，用沙啞的嗓音向她報傳：「寧二姑娘，傳將軍令，韃靼王庭已破，公主殿下安然無虞，明晨將抵雁門關，請您往去相迎！」

那一刻，姜雪寧霍然起身，險些打翻了那只匣子。

邊城樓角，月照銀雪，通明如晝。

謝危的車駕靜候在城門外。

他人坐在車中，卻不知為何解了腕間那柄刀來細看，過了一會兒，才問：「她還沒來麼？」

# 第二一三章　公主還朝

姜雪寧沒想到謝危在等自己。

她抱著那只匣子走出府門，看見外邊候著她的那輛車還有旁側立著的劍書時，幾乎有種記憶倒流回兩年之前的錯覺。

待得掀開車簾入內，看見謝危，便越發恍惚起來。

他正低頭慢條斯理地整理衣袖上的衣褶，見她進來也只是抬頭看了一眼，便道：「走吧。」

神情寡淡，倒不似等了她許久。

眉眼的邊緣略掛著點淡淡的倦意，但並不明顯。這並非是因為他不大倦累，只不過是因為習慣了，連自己都覺得無所謂，旁人也就不覺得有什麼了。

除了他坐在她床榻邊的那不知是真還是夢的一晚，開戰這一段時間來，姜雪寧幾乎沒有再見過他。

前方戰線推進迅疾，後方若不能跟上便會脫節。呂顯厲害歸厲害，管的也不過就是「錢糧」二字，且無官職在身，也不敢說有完全的眼界和權威能將後方的事情料理妥當，謝危自然是要處處照應。甚至可以說，戰線的後方遠比前方要忙碌。

姜雪寧輕輕道了一聲「先生好」，便安靜坐到了謝危對面。

她手裡還抱著那匣子不鬆手。

謝危抬眸看了一眼，道：「此次迎回公主後，妳心願該了了。接著離開邊關，準備去哪兒？」

姜雪寧沒想他會如此直白，然而一轉念又覺實在正常：那晚呂顯都聽到了，謝危對她的打算有所瞭解也就不足為奇。何況他洞悉人心，倘若連她這麼點小心思也看不穿，哪兒還配當什麼當朝帝師？

只是……

她手指搭在木匣的邊緣，垂眸道：「不敢告訴先生。」

謝危道：「這時候又肯說真話了。只不過我若不讓妳走，妳又能逃到哪裡去？」

姜雪寧沉默下來不說話。

謝危看她這樣子也覺得萬般堵心，有那麼一刻是想不管什麼話兜頭給她罵過去，把她給罵清醒了。可又好怕，罵醒了她，她就義無反顧地跑去找張遮。

馬車出了城，朝著雁門關的方向駛去。

當年沈芷衣去和親時，是暮色四合；如今他們去迎她還朝，則晨光熹微。

車內好一陣的沉默。

謝危過了許久，又向她抱著的匣子看了一眼，想起當年那個泣不成聲、抱著膝蓋哭的少女來，於是問：「沈芷衣何德何能，值得妳為她這般傾盡所有、赴湯蹈火？」

這言語間未免有些諷刺。

姜雪寧只覺被這話扎了一下，抬眸望向他，瞳孔裡多了幾分冷淡，只道：「殿下對我很好。」

前世她對沈芷衣的印象，著實算不上好。

可這一世，她不過是在清遠伯府的重陽宴上為她描摹了一瓣櫻粉，說了那樣再明顯不過的一句討好的話，竟就真的被她以誠相待。

奉宸殿裡讀書，她就是她的靠山。

明知道她秉性也不好，可相信喜歡之後，就縱容她，庇佑她。無論旁人怎樣詆毀她，沈芷衣從始至終都沒有懷疑過，原先怎樣對她，後來便怎樣對她。

可這樣好的一個人，卻因為她公主的身分，在波雲詭譎的宮廷裡沉浮，竟不得不背井離鄉，遠赴韃靼和親，接受身不由己的未卜命運……

姜雪寧忘不了兩年前，幾乎已經被軟禁的沈芷衣，在鳴鳳宮中為自己慶賀生辰。還有子夜時分，那碗由宮人悄悄端來的長壽麵……

只記得哭了好厲害的一場。

麵湯裡都是眼淚珠子掉下去的鹹與澀，到底好吃不好吃，反倒沒有多少深刻的印象了。

姜雪寧眨了眨眼，慢慢道：「殿下這樣的人，先生做不了，我也做不了。」

她這話說得很認真。

然而謝危只冷冷扯開唇角：「身陷囹圄，受人掣肘，為人刀俎之下的魚肉，這樣的人，謝某的確做不了。」

姜雪寧被噎得無話可說。

索性不說了。

隨著外頭天色漸漸放亮，修建在兩山要扼處的雁門關，終於漸漸近了。

關外的風沙，將附近一片片夯土的城牆，吹刮出無數滄桑的痕跡。

城門樓上高插著飄飛的旌旗。

更有圍城隨著山勢連綿蜿蜒，其外修築著三道大石牆與二十餘道小石牆，幾乎將整座關城圍成一座堅固的堡壘。

關內是中原沃土，關外是荒野風沙。

沈芷衣還記得自己一路從京城遠道出關時所見到的種種景象。

物候變遷，從繁華到荒涼。

那時車過雁門，她回頭看，灰白發黃的城牆，在暮沉沉的黃昏裡染了血似的，有一種淒豔的壯美；向著未知的前路望去，則是落日沉沒，空闊的荒野上風聲嗚咽，一條蜿蜒模糊的道路一直往前伸展而去，卻彷彿連接到天邊，永無盡頭似的。

兩年的艱苦磨難，她沒想過，自己竟有活著回來的一天。

年少時的玩伴，已經成為統禦三軍的將帥，此刻便在車駕的前方，騎在一匹烏蹄駿馬的背上，漸漸明亮的天光都落在他的肩上。

沈芷衣只覺出了一種物是人非。甚至滿心蒼涼，並無太多喜悅。

她隆起的腹部，昭示著她即將為人的母的事實，也不免使她憂心自己很快就要面臨的窘境。這一切在馬車靠近雁門時，都漸漸變得清晰。

此時此刻，關城內外，所有兵士早已列陣，城牆上下，盔甲整齊，一張張面容之上或許還帶著血跡未乾的傷痕。可無論他們是青年還是少壯，無不朝著西北荒野的方向而立！

也不知是誰先遠遠看見了這一道蜿蜒如長龍的隊伍，還有隊伍前往的帥旗，頓時高聲大叫起來：「燕將軍的帥旗，是燕將軍的帥旗！公主回來了，公主殿下回來了——」

那一刻，姜雪寧渾身一振。

她到得雁門關後，便隨著謝危登上了高高的城牆遠眺，可東面升起的朝陽，光芒熾烈，卻不免使她不大能睜開眼，看得不很清晰。

直到那長長的車隊，終於走過了姜雪寧視線裡那幾點閃耀的光斑，她才終於真真正正地看了個清楚，是隊伍當中那輛搖晃著幔帳的車駕……

「殿下！」

她心跳陡然劇烈，竟然想也不想，拎了裙角，便如一隻振翅的鳥兒似的，一下轉過身，從謝危身旁跑開，順著城樓上那陡峭的臺階就朝著下方奔去。

謝危下意識伸手，卻只碰著了她的衣角。

錦緞袖袍滑如流風，在他指尖留下些許涼意。

再抬眼時，人已經在城樓下。

刮面風寒，姜雪寧跟感知不到似的，徑直從城樓下無數佇立的將士陣中跑過去。

周遭人不免都用吃驚的目光望著她。

她卻還一路穿過了大開的城門，朝著那漸漸向雁門關而來的隊伍而去，朝著隊伍中那最特殊的車架而去，仍舊大聲喊：「殿下——」

沈芷衣冷寂的心，突地為之一抖。那隱約帶著點熟悉的聲音，逆著風傳了過來。

她一下起身來，豁然將前面垂落的車簾掀開！

那個當初抬手便在自己面頰上描了一筆的姑娘，那個仗著她撐腰在仰止齋為所欲為的姑娘，那個御花園裡拽著她袖子說要帶她逃的姑娘，就這樣從那座被風沙侵蝕已久的城門樓內奔了出來，帶著一種久違的、熾烈的鮮活，闖入她的視線……

她懷疑自己是在夢中。

瞬間自眼底湧出的潮熱，幾乎將她冷寒的心，填得滿滿的。

什麼都變了。

那個姜雪寧沒有變。

隊伍停了下來。

燕臨靜默勒馬。

姜雪寧終於來到車駕前，本是腳步急促，可真的近了時，抬眼望見立在車轅上的沈芷衣。舊年華美的宮裝穿在她身上，竟顯得有些大了，在風中飄飄搖搖像頁紙般晃蕩。

於是一種驟來的愴然，忽然將她擊中。

她腳步停住，明豔的眸底也閃爍了淚光。

然而下一刻，偏又帶著點固執地彎唇。

那只木匣緊緊挨在心口。

在朝陽鋪滿的光輝裡，在邊塞疾吹的烈風中，姜雪寧在車轅下屈膝半跪，卻高高捧起那只木匣，凝望著佇立的公主，明媚地笑起來：「殿下，您的故土，故國，還有故都。」

待得他日，燕臨率大乾鐵蹄踏破雁門。

帶著這抔故土，來迎我——還於故國，歸於故都！

沈芷衣都快忘了，自己為了騙她安心，還曾許下過這般的豪言壯語，與她有過這樣的承諾約定……

可她竟未當做玩笑。

含在眼底已久的淚，終是在從她手中接過來打開那只木匣的時候，滾落下來。她彎身緊緊地將這年少時的伴讀擁住，堵住的喉嚨卻變得艱澀無比，發不出半點聲音。

關外曠野無垠。

雁門關內外大軍如潮，卻都在這一刻伏身，向著車駕上那一位他們並不大能看清的美麗公主拜倒，齊聲高呼：「恭迎殿下還朝！」

那聲音匯作了浪潮，捲入高空。又化作洪濤，在人耳邊震響。

風聲獵獵，旌旗彌望，在蒼茫的邊塞昭彰。

謝居安卻高立於城牆之上，未動一步。

他像是一座聳峙的山嶽峭壁，不因人間的悲喜而改，只這樣冷冰冰地俯視離合的塵世，然後勾出一抹帶著些淡淡戾氣的笑。

沈芷衣的目光越過虛空，不期然地落到那城樓之上，竟然正與他遠目而來的視線撞上。

是舊日那位奉宸殿講學的先生。

然而這一刻，她心中竟未生出多少久違的親切與熟稔，只有一股冰沁沁的寒意浸入骨髓，同時升起的還有一種難以言說的莫大諷刺與悲哀。

她到底是在宮裡長大的，這些年在韃靼也不是毫無成長，早在燕臨率軍踏破韃靼王庭之時，她就已經察覺出了一二異常。

問燕臨，燕臨也不說。

直到此刻，她在邊關看見本不該出現的姜雪寧，看見本不該出現的謝居安……

沈芷衣將姜雪寧摟得更緊，紅著眼、哽著聲地笑：「傻寧寧。」

## 第二一四章 杯酒

姜雪寧也不明白怎麼忽然說自己「傻」了。

她抬起頭來看沈芷衣。

只是沒料想，正自這時候，那緊挨著她肩膀的身軀，竟然晃了一晃，接著便壓在了她的身上，引得她驚呼一聲：「殿下！」

連日來的緊繃解除，疲乏湧上，沈芷衣腹中忽然出現了幾分隱隱的陣痛。冷汗一下從她額頭上冒了出來。

她眉頭鎖緊，眼前漸漸發黑，竟然連更多的話都沒說出一句，便昏了過去。

周圍人頓時一片驚慌。

連燕臨都立刻翻身下馬。

姜雪寧只覺得一顆心為之一沉，眼見著有些許的血跡在沈芷衣裙襬上暈開，一種不祥的預感於升騰而上，她慌了神，叫喊起來：「大夫，快，傳大夫！」

沈芷衣本就身懷有孕，在韃靼時因為大乾長公主的身分舉步維艱，內裡忍耐了多少苦楚，只有自己清楚。更何況戰起後，韃靼王延達對其頗有催逼，一則惦念故國，二則憂心戰事，心念幾乎已經繃到了極致。到了雁門關，得見故人，情緒更是大起大伏，豈有不出事的道理？

這一下昏倒，竟是早產之相。

燕臨幾乎立刻傳令全軍去找接生的穩婆。

可雁門關本是為了抵禦外族入侵修建，平日裡駐守的都是將士兵卒，眼下又是戰時，大男人一抓一大把，女人卻是瞧不見多少，更別說是為人接生的穩婆了。

還好有些隨軍醫治傷兵的大夫。

這些大夫平時基本都是在關內開設醫館為人看病的，花費了好一番功夫，總算問到幾個曾為孕婦安過胎，接過生，於是趕緊請了過來。

所有人幾乎都在院子裡等。

姜雪寧更是面無人色。

上一世沈芷衣是在韃靼就遭遇了不測，那個身具大乾、韃靼兩族血脈的孩子自然是沒能保住，所以她竟有些不敢去想，這一世究竟會是什麼結果。

明明人都已經救回來了。

倘若，倘若因為這個孩子……

她立在門簾外，聽著裡面嘈雜的聲音，只覺手指尖都是冰冷的，而沈芷衣從昏迷中蘇醒過來的哭叫，更使她心亂如麻。

幾乎是從早上折磨到下午。

經驗不夠豐富的大夫們，幾乎都要放棄了。

可就在昏沉沉的暮色終於降臨的時刻，房內忽然傳來了嬰兒的哭聲，雖然不夠嘹亮，不夠有力，像是虛弱的小貓叫聲似的，那到底響了起來。

這些個大夫險些熱淚盈眶。

跌跌撞撞跑出來說：「男孩兒，是個男孩兒，長公主殿下平安無恙！」

所有人這才徹底地鬆了一口氣。

姜雪寧僵立了一天，幾乎立刻跌坐在地。

過了好一會兒，才扶著旁邊燕臨遞過來的手，用力站起身來，掀開門簾進了屋。

畢竟是邊關荒涼地，這屋子也簡陋得只有桌椅床榻。

沈芷衣便仰躺在榻上。

婢女眼底含著淚，將那不足月的嬰孩兒抱了給她看，她只伸出自己虛弱無力的手指，輕輕從嬰孩兒的臉頰上撫過，然後看見了姜雪寧，嘶啞著嗓音喚了一聲：「寧寧。」

姜雪寧淚如雨下。

不敢想，沈芷衣這樣錦衣玉食、天潢貴冑的出身，在韃靼到底禁受了怎樣的苦楚與屈辱。可偏偏在方才目光轉向那嬰孩兒時，竟是無限的溫柔。

她走到床榻邊：「恭喜殿下，他也平平安安呢。」

繈褓中的嬰孩兒，還沒人巴掌大的臉紅紅的，還發皺，比一般足月出生的嬰孩兒看著小了很多，頭頂上還有這濕潤的胎髮，兩隻眼睛都閉得緊緊的，發出點不知到底是什麼意思的嘟囔。

沈芷衣實在沒了力氣，撫著孩子面頰的手指也垂落下來，看向姜雪寧，竟然道：「這麼久，我都沒有想到，要給他起什麼名字。我倒想是個貼心的女孩兒，沒想是個男孩兒。寧寧，幫我替他起個名字吧。」

姜雪寧頓時一怔。

過了好半晌，才道：「『嘉』字如何？望他往後快快樂樂、健健康康地長大。」

沈芷衣輕輕念了一遍，眨了眨眼，便微微笑起來：「那邊隨我姓，往後叫『沈嘉』吧。」

隨她姓沈？

姜雪寧忽然意識到了什麼，心內竟湧上一片酸澀，可她萬不敢露出半分悲色，反而還跟著笑，道：「沈嘉，念念還挺好聽的。」

既已接回了沈芷衣，邊關戰事便已告一段落。
韃靼在這連日的戰事中受創嚴重，沒個三五年恢復不了元氣。燕臨、謝危自不至於對普通百姓做出屠城這種事來，且中原文化與韃靼並不相通，即便是占了城池，治理也要花費一番心思，且還會有無窮的後患。
所以雖已直搗王庭，大軍還是在隨後一個月裡分批撤出。
韃靼自然也向忻州獻來了和書。
消息傳至關內，更是一片歡騰。
姜雪寧因為沈芷衣產後虛弱，在雁門關陪著待了有一個月，眼見著她身子漸漸好起來，才敢在臘月廿二啟程返回忻州。路途之上也不敢太過顛簸，所以原本不長的一段路，也走了有兩三天。
公主還朝的消息，當然也早已經傳到了忻州。
百姓們鮮少見到皇室的貴人，又是大軍勝利班師的時候，一得聞消息，紛紛出來瞻仰公主天容，一觀凱旋風姿，將街道內外堵了個水泄不通。
中午入城，傍晚才進將軍府。
府裡早已經準備好了乾淨舒適的房間，另有些更厲害的大夫來為沈芷衣和誕下尚不足一月的嬰孩兒請平安脈，還開了一些溫補調養的方子。

如此一番折騰，竟就抵近了年關。

往年滋擾不休的韃靼，被新掌兵權的將軍打了個落花流水，連王庭都沒保住；當年為國和親去的樂陽長公主沈芷衣也安然救回，甚至還平安誕下一子。邊關百姓歡欣鼓舞，軍營內外意氣風發，上下一同請命，各家出力，在城裡大擺流水宴席，一則酬饗凱旋班師，二則恭迎殿下還朝，三則祝願嬰孩滿月，四則喜慶除夕新年。

大年三十的晚上，將軍府裡，自然也免不了一片張燈結綵。

沈芷衣身子養得好了些，這些天已經能下地在院子裡走動。

姜雪寧親自為她描摹了妝容，也到得宴會廳中。

謝危、燕臨、呂顯、尤芳吟等人俱在，甚至連前陣子在後方押送另一批糧草來得晚一些的任為志也已經列在席間，其中更有軍中將領，管弦優伶。場面熱鬧非凡，一掃邊城往日的荒寂，竟有點火樹銀花、觥籌交錯的繁華，讓人覺著彷彿又回到了京城。

「我這輩子就沒打過這麼痛快的仗，要糧有糧，要錢有錢，別說是打一個月，就是再打上十年，老子也不慫！」

「是啊，哪回這麼舒坦過？」

「以往是末將小看燕將軍了，如今可真是英雄出少年，老了，老了！」

「走走走，去敬燕將軍一杯！」

……

席間有些人酒喝得上了臉，相互攙扶著，從座中起身，就端著酒盞來找燕臨，要敬他酒喝。

今夜的燕臨，已經換下了沉重的盔甲，只穿一身深黑的勁裝，寬肩窄腰，行止間不知引得周圍多少優伶酒婢頻頻向他望來，秋波暗送，眉目傳情。

只是他都跟看不見似的。

眼見眾人朝他來，雖然起了身，卻沒端酒，只道：「諸位將軍容諒，燕某不飲酒，怕要卻諸位盛意了。」

眾人頓時一愣。

其中年紀大些、留了把絡腮鬍的將領，更是伸出手來便搭上他肩膀，大大咧咧地道：「將軍這樣的英雄，怎麼能不喝酒？男子漢大丈夫，當醉就要醉！大傢伙兒都喝得這麼高興，您滴酒不沾，這像個什麼話？來人哪，為咱們燕將軍端酒來！」

邊上立刻有人應了聲。

今日畢竟是全城擺的流水席，軍民同樂，打成一片，將軍府裡原本的人手自然不足以應對這許多事，所以忻州城裡有些酒樓的小二甚至掌櫃都來幫忙。

邊城民風開放，甚至有些想要尋覓一樁好姻緣的妙齡女子都來了。

畢竟若能在軍中相中個好男兒，可不也是一門好親事？

那應聲的便是個穿著紅衣的漂亮姑娘，為著今日還仔細描摹過了妝容，在眉心貼了金色的花鈿，仔細分辨眼角眉梢還有點嫵媚之意。

不知多少人的目光都落在她身上。

她正在席間為人斟酒，聽見人喚，便拎著酒壺轉過身來。

燕臨倒沒怎麼注意，仍舊說自己的確不飲酒。

那姑娘目光向他身上一晃，兩頰竟暈紅些許，隱約有些羞澀之意，在這般熱鬧的場合看著，更增添了幾分動人姿態。

她返身將案上空著的酒盞斟上，再將酒奉給燕臨。

燕臨輕輕蹙了眉，沒有伸手去接，只對那些個起哄的將領道：「你們幾個喝得有些多了。」

姜雪寧便是這時候扶著沈芷衣進來的。

一看見這熱鬧的場面，她不免笑起來，對燕臨道：「戰場上一番生死作戰，命都交過了，一盞酒又算什麼？幾位將軍也是一番誠意，你倒不如順從地喝了。」

燕臨轉眸，突然靜默地望向她。

她心頭跳了一下。

記憶倒流，終於想到了什麼，有些怔忡起來。

那些個將領見著忽然有這樣俏生生的姑娘進來，便想起前些日裡傳聞的「寧二姑娘」，又聽她對燕臨說話這般熟稔，便都跟著笑起來：「是啊，寧二姑娘都說了，燕將軍就算不看我們的薄面，總要看一下姑娘的面子嘛！來，我們敬您一杯！」

燕臨只道：「我不喝酒。」

那絡腮鬍將軍不免納了悶：「您這又不是七老八十，有什麼不能喝的？」

燕臨收回瞭望著姜雪寧的目光，似乎有些不快，搭下眼簾道：「怕嚇著人。」

姜雪寧心底竟有些隱痛。

他卻跟沒說什麼似的，道：「諸位將軍的好意，在下心領了，不過好酒還是留待諸位喝吧。」

領兵打仗的大多都是大老粗，哪兒有這樣被人拂面子的時候？何況燕臨的年紀還不大，莫名其妙不喝酒，著實令人有些不快。

還好這時候謝危同呂顯在外面說完了話，走進來。

姜雪寧瞧見，便解圍道：「謝先生也來了。這回燕將軍前線作戰固然居功至偉，可若無糧草輜重的迅速補給，這一戰也斷不能打得如此痛快，不如大家一道敬先生一杯吧？」

謝危停步，看向她。

他雖不直接插手軍務，可這忻州城裡誰不知他地位？且他話少，又是京中來的高位文官，這些個大老粗武將同他相處，總覺得不如與燕臨說話自在，頗有幾分拘束之感，偶爾被他平靜的目光掃及時，甚至會有些莫名發怵。

姜雪寧此言一出，眾人玩笑之色也收斂了。

頓時是連聲道「是」，轉而端起酒盞來敬謝危。

謝危沒說話。

姜雪寧瞥見他兩手空空，往邊上一瞧，便看見那原先端了酒要給燕臨的姑娘，於是順手便將那酒盞從她手中取了，轉而想遞給謝危。

原本只是想為燕臨解圍。

然而在她抬眸觸到他目光時，心底竟生出一種難言的複雜來，無論如何，今次邊軍能直搗韃靼王庭，救出公主，她第一個該謝的人，便是謝危。

執著酒盞的手，略微一停，姜雪寧到底還是雙手奉盞，微微垂首，道：「先生請。」

瓊漿於盞中輕輕搖晃。

謝危看了酒盞一眼，又看她一眼，才將酒盞接了過來。指尖不免輕輕碰著她指尖，她手指像是被什麼燙了似的，往回縮了一縮。

眾將領這時便齊聲道：「末將等敬少師大人一杯！」

謝危也不說話，傾杯將酒飲盡。

周遭頓時一片叫好之聲，歡聲笑語，他也沒流露出多少高興的神態，隨手將空了的杯盞往邊上一遞，就有眼尖的侍者將杯盞收去退走。

眾人重新入席。

姜雪寧也鬆了一口氣。

誰也沒注意到，邊上那名先前為燕臨斟酒的紅衣姑娘，在瞧見那盞酒杯謝危飲盡時，面上便白了幾分，竟露出幾分不安又懊惱的神情。趁著眾人沒注意，咬了咬唇，悄悄混入熱鬧的人群中，不見了影蹤。

姜雪寧扶了沈芷衣坐下，自己也坐在了旁邊。

任為志和尤芳吟正低頭湊在邊上說話。

呂顯落坐時無意瞧見，也不知怎的便心裡膈應，索性轉過眼眸來不看，要同謝危燕臨說話。

只不過，他話還沒出口，外頭劍書竟然快步走了進來，附在謝危耳旁說了什麼。

謝危神情微有變化。

他側轉頭，竟朝著花廳門口的方向看去。

這時只聽得一聲拉長的奏報在將軍府門前響起：「錦衣衛副指揮使周寅之大人到——」

宴席之上驟然安靜。

姜雪寧更是陡地抬眉，驚詫之餘，立刻皺起了眉頭。

不一會兒，一身深藍便服的周寅之便從中庭穿過，到得廳前，笑著躬身道：「周寅之奉旨前來，恭祝邊關攻打韃靼大捷，見過長公主殿下，見過少師大人！」

## 第二一五章　始悟

兩年不見，原本的錦衣衛千戶，已經搖身一變，成了錦衣衛副都指揮使。近些年來，姜雪寧雖然遠離京城，可有關錦衣衛的傳聞卻還是聽說過一二的。

竟與上一世沒什麼區別。

皇帝的兵刃，權貴的走狗，手段狠辣，雷厲風行。不同的是，上一世他的靠山是姜雪寧，這一世卻似乎換了人。

深藍的錦緞常服上，刺繡著暗色的瑞獸雲雷紋，不大看得出來歷。但腰間配著的那柄繡春刀，已經很昭然地顯示了他的身分。

這些年來位置高了，人看著也越發沉穩。

已然有了點大權在握的威勢。

只是到得廳中時，卻是渾無半分的倨傲，將謙遜和恭喜的姿態擺了個足。

姜雪寧聽見他名字時已悚然暗驚。

此刻親眼見得此人入得廳中，更是心底一悸。然而廳堂就這麼大點地方，周寅之若是從京城一路趕來，進了忻州聽得一些風言風語，也該猜著她在這裡，避卻是避不開的，倒不如坦然一些。

謝危、呂顯等人驟然見了這「不速之客」，自知己方不是什麼為了家國天下攻打韃靼，靜默裡各懷心思；其餘將領對自己無意間參與了謀逆欺君之事卻是半分也不知曉，還當朝廷專門派欽差前來，是聖上那邊得了攻打韃靼大捷消息，要來犒賞他們，是以非但不驚訝，反而滿是驚喜，態度顯得尤為熱絡。

周寅之這人，邊關將領未必識得，謝危、燕臨並姜雪寧等一干人等卻都是識得的。

有片刻無人說話。

沈芷衣高坐上首，目光微微閃爍了一下，張口欲言，可看了旁側謝危一眼，又合上了嘴。

場中氣氛竟顯得有些微妙。

末了還是謝危先笑一聲，道：「周指揮使客氣，遠道從京城而來，倒正好趕上慶功宴。來人，請周大人入座。」

眾人於是與周寅之寒暄起來。

姜雪寧也在座中，且因為就坐在沈芷衣身旁，位置頗為顯眼。周寅之與燕臨道過禮後，幾乎一眼就看見了她，也不知是真是假，微微怔了一怔，竟也向她道：「沒想到二姑娘竟也在此地，兩年不見了。」

上一世，周寅之是她養的一條狗，不是什麼良善之輩，為了往上爬可以用盡一切手段。

燕氏抄家，便有他三分力氣。

後來幾易其主，又攀附上了她，轉而搭上了沈玠，專為朝廷幹那些必須要做又不大好聽的事情。

若說能力，絕對不差。

只可惜，在她與蕭姝的爭鬥之中，這條狗反過來咬了她一口，使得她落入萬劫不復之地，更牽累了張遮。

這一世，溫婕妤腹中的孩子保住，順利誕下了皇子。

沈琅也並未神祕暴斃。

所以沈玠還是臨淄王，並沒有被立為「皇太弟」，更沒有登上皇位。周寅之所效命之人，自然地換成了如今在位的沈琅。而沈琅性情陰鷙，政務平庸，倒好擺弄帝王權衡心術，可以說比起前世後來登基的沈玠，自然地要更信賴、更器重這個什麼髒活兒都能幹的心腹利刃。

姜雪寧已經離京兩年，本就不希望京城裡的人注意到自己行蹤，所以幾乎與那邊斷了往來，連姜府那邊也懶得捎回幾封信去。

這樣的她，於周寅之的仕途自然再無助益。

早些時候還聽聞他時常會去姜府走動，後來越得皇帝器重，在錦衣衛裡獨掌大權，姜伯游小小一個戶部侍郎，見了他還得放尊重些，便漸漸不曾聽說有什麼走動了。

對此人，她心中始終是存著戒備與警惕的，即便曾用他暗中提醒燕臨、整治清遠伯府甚至救出尤芳吟，可從不敢全然地信任。

此時已是兩年未見，身分殊異。

姜雪寧自然不會蠢得還以往日的態度相待，只是回以既不顯得熱絡也不顯得冷淡的一笑：「兩年不見，恭喜周大人青雲平步，高升許多。」

一圈人都見過了禮，這才真正落坐。

周寅之自稱是邊關捷報傳回京城，聖心大喜，龍顏大悅，特命他親來嘉獎，以示恩寵。還說什麼勇毅侯府終於又能重回京城，謝少師後方籌謀亦立有大功。

完全一副不知道真相的模樣！

好像燕臨不是擅自離開了流徙之地，好像他奪得兵權不是矯詔而真是皇帝的旨意，就連皇室原本對沈芷衣不聞不問、見死不救的態度，都彷彿從來不存在。

一切都是雷霆雨露，天恩浩蕩！

要知道明面以燕臨為首、暗中以謝危為首的這一干人等，實打實幹的是謀反勾當，周寅之坐下來卻和他們談笑風生……

這份膽氣，就是謝危也得讚嘆一聲。

只不過比起旁人深覺驚異詭譎的不安，他卻有一種出奇的鎮定與平靜。畢竟仗打完之後，朝廷的態度，本就在他意料之中。

姜雪寧初時也不免驚疑不定，待靜下來仔細一想，也就明白了其中關竅——

邊關之戰，已經塵埃落定，有了定局。

韃靼狼子野心，既對沈芷衣生了殺心，來年必定進犯大乾。如今一戰獲勝，舉國上下，一片沸騰。原勇毅侯府世子燕臨以戴罪之身執掌兵權，救回公主，踏平韃靼，更是名揚萬里，百姓稱頌。

連皇帝都得了許多讚譽。

反觀朝廷，天教作亂，暗中窺伺，可稱得上是「危機四伏」。

沈琅自然知道邊關這幫人是欺君謀逆。

可揭破這事實，對他全無好處。一則不免自己證實了皇家冷血的傳聞，有違孝悌的聖人教誨，失了民心；二則邊關屯兵十萬，真要治罪，只會倒逼燕臨即刻謀反。朝廷外患未除，又豈能為自己增添內憂？

倒不如虛與委蛇，順水推舟。

既然你等謀逆反賊敢自稱是領了聖旨，我這當皇帝的便敢真當自己發過這一道聖旨，將假作真，反而能得民心，緩和局面。

甚至還能派個周寅之來邊關邀買人心。

有了皇帝的關注，高官厚祿在望，誰願意冒著殺頭的風險去謀反呢？

姜雪寧想到這裡，抬眸再看座中人，觥籌交錯，言笑晏晏，可哪個不是揣著明白裝著糊途？

於是忽覺一股寒氣倒淌上來。

她也不插話，只聽著眾人講。

周寅之這兩年來越發長袖善舞，不但能與謝危、燕臨等人談笑，甚至連邊上坐著的尤芳吟和任為志都注意到了，還笑著說：「當年獄中一別，便再未見過尤姑娘了。現在嫁得一樁好姻緣，也富甲一方，實在是神仙眷侶了。」

任為志與周寅之不熟。

尤芳吟當年苦於尤月的折磨，還真是得過周寅之照拂的，連當年學算帳的算盤都是周寅之使人幫忙找來的，她是記恩的人，倒是誠心感激：「多賴周大人當年費心照拂，只是微賤商賈末流，未得機會一表謝意。這一杯，便敬周大人了。」

她當真端了一杯酒來敬。

眾人大多不知他們有何故舊，但看周寅之連尤芳吟都認識，不免又高看了幾分。

姜雪寧卻不知為何生出些不安。

周寅之從京城來，沈芷衣則是在韃靼兩年，路途遙遠，幾乎已經對宮裡的狀況一無所知，席間不免問起，周寅之也一一敘說。

姜雪寧這才知道京城裡又有許多變化。

那些故人們，也各有遭逢。

姜雪蕙嫁給沈玠做了側妃，自是端莊賢淑幫著打理臨淄王府裡諸般庶務，初時還挺得沈玠偏愛。而方妙雖然是正妃，與其相比卻不免算是小門小戶出身，又一身神棍做派，與沈玠性情不大相投，三天兩頭拌嘴吵架，把堂堂臨淄王氣得七竅生煙。

京裡都以為這王府後院該是姜雪蕙的了。

豈料這般折騰有一年，原本偏寵的憐愛漸漸寡淡無味，反倒是那時不時吵上一嘴的越發可人，妙趣橫生，漸漸琴瑟和諧、如膠似漆起來。

周寅之剛從京中動身出發時，方妙有喜的消息已經傳到了宮中，多少讓久居慈寧宮已經失勢的太后高興了一些，略展愁眉。

至於往日仰止齋中的伴讀，也大多有了去處。

除卻姚惜瘋在家中不幸夭亡之外，那刁鑽跋扈的尤月也許配了一科的進士，只是對方進了翰林院也沒多高的官職，更不受重視，庸庸碌碌；那總愛吃還喜好下棋的小姑娘周寶櫻，卻是覓得了如意郎君，與燕臨往日在京中的玩伴延平王定了親，聽說是情投意合的。

比較奇的是那姚蓉蓉，竟然進了宮。

皇帝酒後一夜寵幸，運氣極好，懷了身孕，經由蕭姝舉拔，封了個才人，住在她鐘粹宮偏殿。

沈芷衣久不曾聽聞夥伴消息，如今知悉，不免生出幾分物是人非之感。

聽得蕭姝名字時，唇邊更浮出一分冷笑。

她在宮中長大，怎能品不出蕭姝將姚蓉蓉放在自己宮中的深意和野心？只是已經不屑再問，反而抬眸道：「當年奉宸殿伴讀，回想起來倒是難得的韶光正好，如今大家都有了去處。不過，怎的沒有淑儀消息？」

陳淑儀是內閣大學士陳雲縉的掌上明珠，按年歲略略一算，也早已經到了談婚論嫁的年齡了。

周寅之聞言，端著酒杯，倒似有些躊躇，沒開口。

這不免更使人好奇。

只是邊上呂顯一聲笑，卻是輕而易舉道破其中的關竅，甚至有那麼點半真半假的調侃：「周大人如今乃是錦衣衛副指揮使，滿京城有什麼消息是他不知道的？只是事關自己終身大事，怕不好意思細說。殿下有所不知，早在今年九月，周大人與陳閣老千金的親事就已經定下，只等著年後完婚了。」

「啊……」

座中頓時一片驚嘆一聲。

沈芷衣怔了一下，似乎沒想到。

連姜雪寧都愣住了。

其餘人等卻是迅速反應過來，連連大笑著給周寅之敬酒，恭祝他來年就有如此好事，當真是「先立業，後成家」，抱得美人歸了。

宴席之上更為熱鬧，大多數人的目光都已經投落在周寅之的身上，顯然覺得這位錦衣衛副指揮使，自己有本事不說，還有這樣厲害的岳家支持，將來前途不可限量，都是說好話的說好話，趁此機會上來結交。

這種時候，卻沒人注意到謝危。

他執著酒盞的修長手指不知何時已經微微顫動起來，一股異樣的感覺自下遊走而上，漸漸變得明顯而強烈，使得他正襟危坐的身體繃得緊了一些。

周遭還無人看出不妥。

他瞳孔冷縮，今日宴席上所發生過的種種迅速從腦海掠過，又抬起頭來掃視周遭，在席間添酒的那些侍從婢女身上劃過，捏著酒盞的手指用力，卻悄無聲息放下了。

然後側轉頭，先喚刀琴來吩咐一句，眼底已有肅殺之意。

刀琴不免驚異，領命而去。

接著才喚來劍書，又做一番交代。

劍書更是一怔，反應了片刻，方才意識到什麼，向他端著的酒盞看了一眼，低聲道「是」，連忙從廳中出來，讓人去準備沐浴的冷水。

謝危則隨後從廳中走了出去。

只有坐得近的燕臨呂顯等人瞧見。

但他們也只當他是有什麼事，出去處理，或是酒意微醺，出去吹吹風，一會兒便回來，並未太過在意。

這一夜本是慶功宴，又逢除夕，是難得高興的好日子，百姓們各有心意獻上。

到得亥時末，便有熱騰騰的麵端了上來。

關中不產稻米，所以山西民間多用麵食。城裡有家麵館遠近聞名，老闆做得一手上好的龍鬚麵，今日就在後廚裡幫忙，特意使了自己拿手絕活兒，為眾人下了一碗好麵，請樂陽長公主沈芷衣一嘗忻州風物。

那麵用白瓷碗裝，漂在點了少許油的清湯裡，當真是細如絲縷般的一掛，邊上還浮了少許配的綠菜葉，又添了兩勺精選七分瘦三分肥的豬肉碎炒的肉臊子。

才端上來，便叫人聞見香氣。

沈芷衣知道是百姓們一番心意，特地起身來端過相謝。

姜雪寧也有一碗，拿筷子挑起一簇來吃了一口，又喝一口麵湯，竟吃出了少有的鮮香，只是她到底被謝居安養刁了嘴，沒有覺出十分的驚喜。

不過轉頭見沈芷衣安然坐在自己身邊，竟有種難言的平靜。

上一世罹難的那些人，這一世都好好的。

她不由微微彎唇，湊至沈芷衣耳畔，悄悄壓低了聲音，不無俏皮地道：「這麵一般，我生辰那晚殿下派人送來的麵，更好吃些。」

沈芷衣聞言，側轉頭來，目中卻浮出了幾分迷惑：「麵，什麼麵？」

「……」

姜雪寧忽然愣住了。

執著筷子的手指僵硬，她抬起頭來，注視著沈芷衣，面上鮮活的神態都有隱約的凝滯。

沈芷衣被她嚇著了：「寧寧？」

姜雪寧如在夢中，囈語般道：「兩年前，我生辰那晚，從鳴鳳宮離開後，殿下不是派了人來，特為我送了一碗長壽麵嗎？」

沈芷衣詫異：「怎會？」

她道：「那晚妳同方妙能喝，我喝了沒一會兒便醉了，第二天才醒呢。且宮裡御膳房一過亥時便使喚不動了，做不出什麼長壽麵來的。妳莫不是記錯了？」

「……」

莫不是記錯了？

這一瞬間，姜雪寧心底有一種空曠的茫然，繼而便是抽絲剝繭後漸漸清晰的慌亂。她也沒分辨出自己亂糟糟的腦袋裡究竟在想什麼，下意識往席間某個方向看去。

那位置空了。

不知何時，謝居安已離了席，不見影蹤。

# 第二一六章　輕薄

到底是除夕夜，眾人酒足飯飽，還要相攜去城外看煙火。

姜雪寧卻有些渾渾噩噩。

約略記得燕臨和沈芷衣都來同自己說了什麼話，她也面色如常地答了，可回過頭時卻是什麼都不記得。直到被庭院裡的冷風吹了面，才陡地清醒過來。

宴席散了。眾人去看煙火。

她藉口睏乏不與他們一道，獨自上了走廊。可此刻定睛一看，才發現這竟不是回自己屋的路，而是往謝危院落去的道。

年節的燈籠華彩在外院熱熱鬧鬧掛滿，到得這幽僻處卻見清冷。

掉光了樹葉的枝椏橫斜在走廊邊。昏黃的光映落在她腳邊上，將她身影暈染在地。

姜雪寧實在不願意去想，然而席間沈芷衣那番話卻始終在她耳邊回蕩，揮之不去，攪得她意亂心煩。

彼時彼刻的宮中……

誰人知她生辰，又是誰人有本事使喚御膳房，還能差了小太監神不知鬼不覺送一碗麵進仰止齋？

不是最可能的那個人。那麼，有這本事卻本不該有這可能的人，便成了唯一有可能的人。可那多荒謬？

她靜立在走廊上，垂在身側的手指，竟不住發顫。

前世今生，種種因由經歷悉過腦海。

一時是深夜宮禁中謝居安含著笑，飄飄忽忽的那句「娘娘自重」，一時又是初夏壁讀堂他發了狠似的拉住她，隱忍裡近乎哀求的一句「姜雪寧，不要走」……

忽然間又是大雪蒼茫。是他在黑暗的山洞裡用力掐住她脖頸，繼而一轉，是坤寧宮裡髮間的金步搖墜落在地，漸漸被蜿蜒淌開的血泊所染……

那種痛，那種冷，竟好像從未因重活一世而離開她。

姜雪寧抬手，用力地壓住頸側。彷彿那跳湧著的血脈被鋒利的匕首劃破了似的，若不緊緊捂住，便會有汩汩的鮮血流出來，好痛，好痛。

連燕臨前世帶給的傷痕，她都尚未忘懷，又怎會願意跳進另一座刀山、另一片火海？

從重生而來的那一刻起，有些東西便已經深深烙印。

她註定不可能完全地擺脫過往。沒有那些過往，便沒有現在的姜雪寧。

縱然前世遭逢，也能算成是她咎由自取、作繭自縛，可到底是他逼殺她！

腦海裡閃爍著的東西，還在不斷變幻。

姜雪寧幾乎痛得弓了背，彎下身去，只虛浮著腳步，跌跌撞撞地折轉身來，要尋了路，返回自己房中去。只是走了兩步，偏回想起當日。

謝危問她，沈芷衣怎麼值得她為傾盡所有赴湯蹈火，她回答「殿下對我很好」時，謝危那沉默著、注視了她良久的眼神……

腳步到底不由停住。

那種萬般熬煎的感覺俘獲了她，讓她覺出了一種難以解脫的痛苦，忍耐到極致，反而成了一股忽然湧出來的決心。

有些東西，已不再是她今生所求。

雖稱是活了兩世，可兩世加起來也才虛虛二十七年，比此世的謝居安尚少個一年多。況她本中人之智，又怎能與謝居安天人之才相較？

倘若不說明白，斷乾淨，受苦的終究是自己。

姜雪寧在冷寂中立了半晌，慢慢攥緊手指，竟強行將那爬上來的顫抖驅散，再次折轉身，往長廊那頭去。

屋簷下樹影稀疏。

往日總守在謝危門外的劍書，今夜竟不知何為抱劍立在庭院外頭，見得她身影，已是驚了一驚：「寧二姑娘？」

姜雪寧道：「我有事要找先生。」

劍書頓時一愣，下意識想說什麼，可看她一眼，到底沒說出來。

這眼神有點說不出的感覺。

可姜雪寧心裡裝著事兒，沒去深想，見劍書雖沒回答卻也沒攔，便徑直從他身旁走了進去，到得緊閉的房門前，方才停下。

屋裡沒透出一絲亮光，黑漆漆的，隱約似乎有點水聲。

她深吸一口氣，輕叩門扉。裡頭水聲頓時一停。

姜雪寧聽著倒茫然了一剎，仍舊道：「謝先生，學生有事相詢。」

屋內靜默得沒有半點聲息。

她幾乎以為先前聽見的那點動靜是自己的錯覺，而謝危說不準已經睡下了。

只是片刻後便聽見「嘩」的水聲，比起方才明顯許多。

緊閉的門扉很快打開了。

謝危從冰沁沁的水裡出來，連身上的水跡都未擦乾，只隨意披了件蒼青的道袍在外面，頭髮倒有大半都沾了水，連著面龐、脖頸、喉結，都濕淋淋地淌著水。

他沒穿鞋，赤腳踩在地上。

道袍的前襟散開，渾無往日衣冠整肅模樣，順著喉結往下，甚至露出了一片結實的胸膛。薄唇緊抿，手搭在門邊上，一雙眼看向她，竟叫人生出點驚心動魄之感。

屋裡雖然沒點燈，黑漆漆一片，可外頭廊上卻掛著燈。

那光一照，姜雪寧已將他看得清楚。

這時腦海裡才反應過來：謝居安剛才竟是在房中沐浴！

她頓時知道這時機不好，忙收斂了眼神，半點不敢往別處多看，只將視線低垂下來落到自己腳面上，迅速道：「學生冒昧，改日再來。」

說完要退。

謝危卻一把抓住了她的胳膊，牢牢將她禁錮，只道：「便這樣怕我？」

他渾身分明在冷水裡浸過，身上瞧不見半點熱氣兒，可抓住她胳膊的那隻手掌掌心裡，竟傳遞出驚人的溫度，隔著一層溫軟的綢緞，都令人發顫。

姜雪寧越覺不對。

她勉強保持了鎮定，道：「原只是有些未解的困惑想來詢問先生，是席間酒多喝了兩盞昏了頭，竟深夜前來攪擾，還望先生見諒。」

謝危聽她還是這般生疏口吻，又聽她話中一個「酒」字，眼角便微微抽搐了一下。自宴中半途離席時所積壓到現在的不快，終於累積到了一個頂峰，磅礴地翻湧出來，讓他手上用了力，徑直將人拽進了懷裡，埋頭吻下。

被水浸得冰冷的嘴唇凍得姜雪寧抖了一下。

他濕淋淋的懷抱也沾了她一身水氣，然而緊貼著的胸膛竟是一片緊繃的滾燙。

唇舌侵入。暗藏怒意。

沒有給她留下半點喘息的餘地，疾風驟雨一般使人難以招架，透出了一種前所未有的危險。比之當日遭遇大雪被困山洞時尤甚！

沉怒之外，還潛藏著令人心顫的深重欲求。

他舌尖抵叩她貝齒，又咬中她唇瓣，便使她吃痛地哼了一聲，於是趁虛而入，迫使她不得不仰起頭來承受這一個幾乎令她窒息的深吻。

待得唇分，便只剩喘氣的力氣。

姜雪寧覷他這聽不進半句話的架勢，心知不妙，想推開他，卻偏被他握得更緊。

謝危唇畔浮出一分冷笑：「現在知道怕了，要跑。方才看也不看，便敢端酒給我的膽氣呢？」

姜雪寧驚慌之餘，簡直一頭霧水：「什麼酒？」

謝危聽得越發堵心，也懶得同她解釋，不由分說便將掙扎著想要逃開的她拉進了門。

姜雪寧怒極，抬手便往他臉上一巴掌，黑夜裡「啪」地一聲響，冷聲而斥：「深更半夜，還請先生自重！」

謝危被她這一耳光打得微微側過頭去。

她轉身便要奪門而出。

然而謝危眸光深寒，已先她一步，將她兩手捉了制住，反手一掌把門壓了關上，沾滿水的身軀便如一道牆，將她卡在他及門之間那窄窄的空隙裡，居高臨下地俯視她：「自重？」

屋內一下變得更暗。只有廊上的光透過窗紙模糊地照進來。

他的輪廓也顯得暗昧不明。

姜雪寧張口欲言。

謝居安的手卻已順著她不盈一握的細腰往上攀附，埋頭以唇貼上她的唇，手掌的遊走冰冷，聲音卻似低喃：「姜雪寧，聖人也有脾氣的。」

他雖禁衽席，可七情六欲之擾，人所共之。

只是他忍得耐得，不願叫邪念歪欲侵身。

偏她今晚一盞酒端來，攪得他塵心不淨。一桶冷水浸沒，尚未得壓制紓解，火氣正盛，她還來他眼前晃，招惹他，沒說上三言兩語又叫人氣得心口發疼。

這一時，怎願饒她？

謝危是存了懲罰之心的，然而越近她身，觸得軟玉溫香，卻跟火上澆了油似的，反倒讓自己有些失控。

姜雪寧這副身子，實在敏弱。

只被他碰了兩下，已沒了大半力氣，心中又是慌亂，又是委屈，更升起了幾分幽暗的恐懼，唇縫中便溢出幾聲低低的嗚咽，眼角淌下淚來。

那溫熱的淚珠落到他掐著她下頷的手指上。

謝危壓制著她的動作便停了下來。

這一刻真說不上是憐惜多一些，還是氣憤多一些，幾乎菩薩心腸發作便要放過，讓她走，然而這一身火氣未消，又著實惱她恨她，不願這樣輕輕饒了。

於是一咬牙，掐著她腰，將她轉了個身，面朝外，抵在門扇上，將她壓得緊緊的，唇舌的吻卻落在她微涼的耳廓。

姜雪寧軟得腿顫。

若非被他這樣頂在門上，只怕根本連站都站不穩，更別說動彈。

謝居安嗓音格外低啞，狠聲問她：「妳倒說說，想問我什麼？」

姜雪寧手指無力地摳著菱花窗格，只覺一物烙在她腰眼，半點不敢輕舉妄動，然而腦海中憶及自己今次來意，終於還是道：「想請先生，做一碗麵……」

落在她耳廓的唇，停了一停。

然而下一刻便化作沾了點血氣的啃，落在她白玉似的耳垂上，比之先前更變本加厲一般，留下個清晰的牙印，又往她纖細的頸側去：「糊塗鬼也有放聰明的時候，可惜，該被妳氣死的都已經氣死了。」

姜雪寧看不見他神情，只能聽見他聲音，感覺到一隻手似乎在她身後窸窣動作。初時還頭腦混亂沒察覺，可等那噴吐在她肌膚上的呼吸漸漸重了，亂了，便突然明白了什麼。

腦海裡炸得「嗡」一聲響，頓時變作空白。

她混亂之下幾乎不知時間是怎樣流逝。

直到某一刻他重重的壓上來，額頭抵在她後頸，頗用了幾分力道咬住她往後拉開的衣領裡那一節脊骨，終於釋放了什麼似的息喘，她才恍恍然震醒，顫抖著叫一聲：「謝居安！」

然而謝危從未對人做過此等事，亦知如此行徑並不磊落，稍事清醒，便知難堪，竟搶在她發作之前，開了門，摁住她後頸，將她推了出去，嗓音喑啞：「明日記得換身衣裳。」

接著門便合上了。

被推出了門的姜雪寧，簡直不敢相信謝危對自己做了什麼，更不敢相信這是那人所稱道的「聖賢」，一時衣衫凌亂、腿腳浮軟地立在廊上，伸手向身後裙襬一摸，所觸之感，只叫她面頰陡然燒紅。

萬般難掩的羞恥湧上，已然是出離了憤怒。

人在門外，她早忘記最初是什麼來意，忍無可忍朝著門一腳踹過去，大罵：「你怎麼敢！卑鄙，無恥，下流！」

門後卻無動靜。

謝危屈了一腿，背靠著門縫而坐，由著姜雪寧罵了兩聲。過了會兒，便聽得她跺了腳，彷彿忌諱這是深夜，怕被人瞧見，又咬牙切齒地重複一句「下流」，方才腳步凌亂，逃也似的跑了。

他垂首回想方才胡妄所為。

忍了幾回，到底還是沒能忍住，胸腔裡一陣震動，悶沉沉笑出聲來。

# 第二一七章　破綻

姜雪寧出去時，連外頭立著的劍書都不敢多看一眼，趁著天色昏暗回了屋，徑直將髒汙的衣裙拽了下來，還不好就這般放在屋中留待丫鬟來收拾，索性一把扔進了水盆，浸得沒了痕跡方才消停。

只是躺在床上，大半宿沒睡著。

次日丫鬟進來伺候洗漱，瞧見她昨日的衣衫都浸在水盆裡濕漉漉的，都不由有些驚訝。姜雪寧只說是昨夜回來喝多了，沒留神隨便放了衣服。丫鬟們自然也都沒有多想。

邊關戰事既歇，尤芳吟與任為志打算著擇日離開忻州。只是來都來一趟，邊關也有些邊關的土宜，倒不妨帶些回去，做上一趟順便的生意。是以一大早來問姜雪寧，要不要一道去街市上逛逛，看看關中風物。

姜雪寧正心煩。

本來昨晚好不容易打定了主意，要同謝危說個明白。然而話沒說兩句就，就發生了那樣的事，簡直荒謬絕倫！若非一大早醒來還看見那水盆裡浸著的衣裙，還有自己頸側仍舊留有痕跡的淡淡牙痕，只怕她都要以為是自己膽大包天，連這種夢都敢做了。

只是計畫也被打亂了。她深知謝危的本事，也深知自己的處境，拖得越久，不過越使自己陷入漩渦難以抽身罷了。

尤芳吟來找，她倒正好讓自己離開這座不知為何變得憋悶了幾分的將軍府，去街市上透口氣，散散心，順便想想清楚。

於是兩人相攜出了門。

節後大年初一的早晨，街市上一片喜氣，商鋪上的東西琳琅滿目，到處都是出門遊玩的人。高高的城樓上，謝危與呂顯遠遠看過了城外大營的情況，便往回走去。

雖已進了新年，風卻還冷著。

只不過呂顯說著話，倒覺得謝居安的心情似乎並不受這冷風的影響，眉目清遠，意態蕭疏，比起天上高掛的溶溶月，反倒像是柳絮池塘裡飄著的淡淡風。

他往身後瞅了瞅，沒看見刀琴，不由道：「今兒個一大早起來就聽說刀琴昨晚抓了個姑娘，訓了好一頓，哭得慘兮兮的，聽說要在牢裡關上好幾天，是怎麼了，犯什麼事兒了？」

謝危眉梢輕輕一挑。

他回眸看了呂顯一眼，道：「刀琴性子偏僻些，愛跟人較真，估摸哪裡開罪他了吧。」

呂顯：「……」

還能回答得再敷衍一點？我他媽信你有鬼！

他索性不打聽了，先向周遭看了一眼，見沒人在附近，才開口道：「如今朝廷派了周寅之來，算是將了咱們一軍，你打算怎麼辦？」

沈琅這人，帝王心術著實不差。

雖然沒用到正路，可用在這等歪路上，對付尋常人是足夠的。

只可惜，謝危不是尋常人。

他垂眸看著眼前城牆磚塊，伸手撫觸上頭經年留下的刀劍痕跡，道：「如今他來招安，忻州城的將領多少也領著兵，一朝舉旗要反並不容易。眼下並不是最好的時機。不過……」

呂顯道：「你有後招？」

謝危收回手來，看著掌心細細的掌紋，只道：「天教還沒出手，萬休子籌謀了這些年，豈能瞅不準時機？螳螂捕蟬，黃雀在後，這種事急不得。」

話正說著，下方忽然傳來點動靜。

二人轉頭望去，竟是周寅之從下方走了上來。

兩邊兵士都給他行禮。

他卻是一眼就看見這邊佇立的謝危與呂顯，一怔之後，走上前來：「下官見過謝少師。昨日來得匆忙，又正逢慶功宴席，倒是都沒來得及說正事。不想正要去找燕臨將軍，這就遇上您了。」

謝危道：「您有正事？」

周寅之目光微微一閃，看著他便笑起來：「聽說長公主殿下救回來也有月餘了，先前是身體需要靜養，如今殿下已經大好，聖上的意思是要接殿下回京。且您與燕臨將軍這一番攻打韃靼，救出公主，使得韃靼臣服我朝，削弱其力量，又免去了邊關接下來幾年的戰禍，乃是汗馬功勞，當要昭告天下，加官進爵。禮部連加封的文書都已經在擬制了，只是不知，您與燕將軍何日動身？」

邊關有屯兵十萬，京城是鞭長莫及，可要回去那就是赤手空拳，又入敵腹。

誰敢冒這樣的風險？

謝危覺著周寅之這話試探的意味更多些，只是也不慌不亂，反而先向周遭看了一眼，纔而才看向周寅之，聲音壓低了，輕嘆一聲：「周大人，朝廷當真就輕輕饒過此事了？」

周寅之的神情，忽然有些凝滯：「您這是……」

謝危面上卻凜冽了幾分：「燕氏一族當年被查與平南王逆黨有所勾連，對聖上、對朝廷懷恨在心，此番燕臨在邊關看似舉兵救了公主，乃是百姓所稱道的義舉，可你我難道不知，聖上根本就沒給有過那所謂的調令？到得忻州後，謝某便知時有不妥。只可惜，為時已晚，軍權已然落入賊人手中。一為自保，二為大局，三為百姓，便出了虛與委蛇的下策，先助他成事，再俟朝廷消息。只是周大人來竟是孤身前來，昨日席間還與他談笑風生，倒令人十分不解。不知，朝廷是如何打算？」

呂顯在旁邊聽得想笑。

周寅之卻是萬沒料想謝危會有如此一番說辭。

他到得忻州後也曾四處打聽，幾乎先入為主地以為謝危也參與了此次邊關的矯詔謀逆。畢竟以他往日效命於姜雪寧時的所知，加上這兩年來朝中打過的不多交道，從來不敢小覷謝危，甚至比旁人還要忌憚他一二。

然而謝危竟說與燕臨乃是虛與委蛇。

周寅之心電急轉，一時倒不能辨明真假，可他在錦衣衛也一番沉浮，如今算個人物，見人說人話見鬼說鬼話，卻是會的。

當下便輕輕一聲苦笑。

只一副低沉的口吻，道：「原來少師大人也有苦衷，我便想，聖上視您為座師，當作左膀右臂，該不至於如此。只是一如您所言，事已成定局，實在難有扭轉之機，倒不如將錯就錯，看看情況。或者，您有別的高見？」

謝危斂眸，光華流轉，默然半晌，搖頭：「敵強我弱，苦無良計。」

周寅之續道：「那回京之事……」

謝危向著城樓內側那修建在甕城之上的箭樓看了一眼，道：「燕世子方才召集了城中領兵的諸位將領在箭樓議事，只是謝某一介文官，不便忝列旁聽。周大人來得正好，不如先去探探口風，我等再做計議？」

周寅之也看向那箭樓，卻是不由沉吟。對謝危的話，他連三成都不敢信。

只恐多信一成，就落得萬劫不復的境地；更恐落入人圈套，或是一不小心吐露點不該說的祕密，為自己招來殺身之禍。

呂顯卻是跟明鏡似的，自然知道謝危這番話沒有一句真，不過是在迷惑周寅之罷了，心裡覺得可樂。但看周寅之說話似乎忌憚有旁人在側的感覺，便自己挪了步，要往一旁避去。

不成想，才挪了一步，就瞧見下方人影。那一時竟下意識脫口而出：「尤姑娘？」

尤芳吟正陪著姜雪寧看看忻州城本地的一間茶莊，剛買了二兩茶葉準備回去看看與自家經營的有無差別，哪裡想到會忽然被人喚上一聲？

兩人循著聲音抬頭，這才看見呂顯。順帶著，也就看見了城樓上的謝危和周寅之。

姜雪寧頓時一怔。

謝危也稍有意外，然而當他瞧見姜雪寧時，也就瞧見了她今日新換的一身淺碧百褶裙，還有繫在頸上一條毛茸茸圍脖，將那纖細脖頸擋了個嚴嚴實實，也不知怎的，腦海裡便翻出昨夜那些事來。難得的一種不自在便讓他僵硬了片刻。

畢竟，自瀆這種事……

姜雪寧看向他。

謝危雖沒避開目光，可耳尖上卻不可避免地染上少許可疑的紅。

只是旁人的注意力都在下方，倒沒注意他。

周寅之看見姜雪寧同尤芳吟在一塊兒，目光又是微微閃了一閃，竟主動與她攀談起來：

「二姑娘這是與尤老闆一道忙碌生意了嗎？」

姜雪寧收回了盯著謝危的目光。

反正做下那等丟人事情的也不是她，是以反倒格外坦然，唇邊甚至還掛了笑，道：「倒不是，逛逛街罷了。」

話都說起來了，自然也不方便這就走。何況她對周寅之始終有疑慮。

這一下既然遇到，便同尤芳吟說了一句，要往城樓上去。可尤芳吟卻搖了搖頭，向城樓上立著的人看一眼，說自己就在一旁的茶座裡等她就是，並不與姜雪寧一道上去。

姜雪寧看一眼上頭的呂顯，心下了然，也不說什麼，點了點頭，便拎了裙角，順著城樓下方的臺階走到城樓上面。

謝危似乎不很自在，並沒說話。

呂顯見尤芳吟沒上來，有些不痛快，也沒開口。

倒是周寅之頗為熟稔模樣，同姜雪寧寒暄，見她手裡還拎了二兩茶葉，不由道：「關中市井的茶葉只怕比不上京城，畢竟好的都在江南或者送進宮裡了。」

姜雪寧這些年的生意射獵也頗為廣泛，早年也算執掌後宮，知道各地如何向朝廷進貢的人，哪兒能不清楚這個呢？只是周寅之當年對茶卻沒有這樣的瞭解。

想當初她到周寅之家中去，僅有么娘一人伺候，仔細沏了端上來招待她的自是家中最好的茶，可也不過就是那年次上一等的凍頂烏龍。

姜雪寧想到么娘，倒不免一下想到周寅之與陳淑儀這一樁親事，不由道：「么娘還好嗎？」

周寅之一怔，似乎沒想到她會問起么娘。他哪裡知道姜雪寧對他有多瞭解？

前世周寅之雖然娶的是姚惜，可府內卻有許多姬妾，么娘的容貌雖然算不得最上等，寵愛也算不得最盛，可卻是他後宅中最長久的一個。後來姚惜莫名其妙沒了，姜雪寧雖不管周寅之後宅私事，可也約略聽過些捕風捉影的傳聞，說姚惜是想對付么娘，這才出的事。

是以她對這沒見過幾面的清秀女子，格外關注。

周寅之有些謹慎：「您怎麼問起她來？」

姜雪寧道：「只是提起茶便想起她，舊日替我沏茶的時候，茶雖不太好，可沏茶的手藝卻是不錯。眼下你將迎陳淑儀進門，可別委屈了她吧？」

周寅之忽然有些沉默。

過得片刻才笑：「她早年是茶農家的女兒，家道中落才隨了我，確是愛茶的。我離京來忻州前，宮裡秋茶剛賜下，她倒喜滇紅一味。二姑娘關懷，我回去定轉達於她。」

姜雪寧忽然抬眸，定定看了他一眼。這眸光有一剎太亮。

周寅之陡然生出一分不安：「可有不妥？」

然而這眸光轉瞬便歸於尋常，姜雪寧若無其事「哦」了一聲，笑道：「罷了，周大人的事情我過問個什麼勁兒？也不過就是忽然想起來罷了，還請大人莫要掛懷，是我冒昧了。」

周寅之忙道：「不敢。」

謝危在旁邊已見他們寒暄了半晌，一句一句聽著倒似許久未見的老朋友似的，心裡堵了不快，便不冷不熱插了句話：「周大人，再不走，箭樓那邊議事該要結束了。」

周寅之這才一驚，也聽出謝危這話有點「送客」之意，立時感覺出點端倪來，於是不再與姜雪寧攀談，躬身道：「瞧我，險些忘了正事。這便先行告辭，見燕將軍去。」

說完他一一道禮，順著蜿蜒的城牆往遠處箭樓去。

姜雪寧卻是看著他背影，眉頭緊皺。

謝危要笑不笑地問：「妳同他倒很熟稔？」

姜雪寧心底發寒，竟道：「周寅之不對。」

謝危一怔。

姜雪寧卻是心電急轉，折過身來，壓低了聲音，看向謝危，語速飛快：「滇紅茶產自雲南，自來西南的秋茶採摘便晚，路途更遙，進貢到宮中向來是每年十一月中旬，便有風雪前後相差也不超過十日。皇帝再賜予寵臣，左不過就是十一月底十二月初的事。他自稱動身來邊關時，宮內秋茶方賜，京城到忻州快馬不過九日十日的路程，緣何竟然拖延到了昨日除夕，才入忻州？」

謝危瞳孔微微一縮。

姜雪寧截然道：「要麼他對動身的時間撒了謊，可沒這必要；要麼，中間缺的這段時間，他去了別的地方，另有圖謀！」

## 第二一八章　舊日刀

謝危剛才聽他二人說話，以為是敘舊，並未太留神，聞得此言，卻是瞬間蹙起了眉頭，幾乎立時意識到周寅之話中的確有小小的破綻。

他看向呂顯。

呂顯也將姜雪寧剛才的話聽了個清楚，心底暗驚，神情凝重幾分，觸及謝危目光，便道：「我即刻使人查聽清楚。」

謝危補道：「使人暗跟他行蹤，事未查清，勿讓此人離開忻州。」

呂顯道：「是。」

如今周寅之在錦衣衛裡的地位可是首屈一指，平白有大半月的時間不知蹤跡，又是這樣特殊的時候，箇中牽扯不會小。他不敢耽擱，徑直轉身向城樓下面去，找人安排諸般事宜。

姜雪寧也覺心驚肉跳，越想越覺此事不妥，也又不知周寅之目的何在。

但總歸早些離開這是非之地比較好。

她顧不上再說什麼話，轉身也要走。豈料謝危眼明手快，竟然一把將她拉住，目光落在她面上，竟道：「妳對宮內的瑣碎，知道得倒很清楚。」

姜雪寧身形頓時一滯。

宮中一年四季、大小節令都有各州府進貢，流水似的從無斷絕，別說是謝危這等主要在前朝為官的，便是內務府裡執掌庫房的太監都未必能知悉巨細，得翻一翻冊錄方能確定。可她不過聽得周寅之那一句閒言，便立刻意識到了其中的破綻，未免也太敏銳了一些。倘若不是熟記於心，又怎會如此細緻？

她聽出了周寅之的破綻。

而謝危聽出了她的破綻。

姜雪寧被他攥了手腕，立著沒動，回眸注視他，卻不慌亂，只道：「謝先生忘了，這兩年來學生暗中經營鹽場，可於茶米絲布亦有所涉。各地春秋新茶何時採摘，又有多少例當進貢，民間所餘是何品次，自然有所知悉。雲南在四川西南，並不遙遠，怪周寅之運氣不好，他所提及的我正好知曉罷了。」

謝危不置可否，也不知信沒信，卻道：「在京城時，周寅之原是妳父親門下，後為妳效命，算得妳『舊部』。可我觀妳方才與他敘舊，看似熟絡，實則不信任，甚至十分戒備。」

不過「一朝被蛇咬十年怕草繩」罷了。

姜雪寧無法忘懷上一世的慘怛。

若非當時無人可用，她決計不會與此人有任何交集，必遠而避趨，便像是對謝危敬而遠之一般。

她道：「正因與周寅之識逢舊日微末，是以深知此人秉性。人之秉性若輕易能移，便不足稱『秉性』。心腸狠辣、身負凶性之輩，縱一時和善，他日也未免露出獠牙。此等人，可與之交一時，處須臾，卻不應時時刻刻，長長久久，是以防備。」

話分明說的是周寅之，可謝危竟覺她此言隱有所指。

面上神情漸漸冷下來。

他目光鎖著她，質問她：「所以我在妳眼中，竟與周寅之一般，使妳畏如蛇蠍？」

畏如蛇蠍？

周寅之再厲害，也不過曲意逢迎，欺上媚下，是個兩面三刀的小人。可謝危卻是心志彌堅，身負大仇大恨，禁得大起大落，忍辱負重，一朝血洗宮廷，便在萬萬人之上！

如此梟雄人物，周寅之豈配與他並論？

倘若周寅之只是蛇蠍，謝危便是天上的熾日。

遠觀尚可，近了卻要灼人心肺。

烈烈燃燒的太陽一旦從半空中掉下來，便不再是普照塵世的光明，而是毀天滅地的恐怖！

前世被軟禁宮中，遭受欺凌時，她也曾對此人抱有一絲柔軟的希冀。

她想，她是救過他的。

即便數年無甚交集，她也曾戲言刁難，可畢竟都是無傷大雅的瑣碎。倘若求一求他，或許能看在那喂血給藥的舊恩情面上，解她於水火。

然而什麼也沒有。

直到後來，她才聽聞前世尤芳吟的猜測：原來前朝那蕭燕兩氏之子，還活在世間。或恐不是旁人，正是那權柄在握的帝師謝危。

謝居安竟是燕臨兄長。

那他對她所遭受的一切凌辱視如不見、袖手旁觀，又有何不可？

身處逆境，未必使人絕望；可若連那最後一點渺茫的希望都破滅，絕境之中，當以何為繼？姜雪寧雖知如今是新的一世，固然不該將兩世之人等同而論，可同一個人性情又怎會二致？

謝危就是那個謝危。

她絕不敢對此人抱有多一絲的希冀，既然他偏要問，她也就將昨日不曾說出的那些話都宣之於口：「先生志存高遠，是天上雲；學生淺薄短視，乃地下泥。燕雀未知鴻鵠，夏蟲不可語冰。先生與我一個天上一個地下，本不般配。凡俗之輩盡其一生也不過只求『安生』二字，還請先生高抬貴手。」

高抬貴手。

謝危聽她這一番話，直如被冷水兜頭澆下，連脈絡中原本滾沸流淌的血，都為之一冷。

原來甜不多一刻，痛卻椎心刺骨。

姜雪寧不聞他應答，還扯了唇角諷刺地一笑：「若先生放不得，要不我陪您睡上兩年，等您膩了、厭了，再放我走？」

倘若方才的話只是拿刀扎他，此刻之言卻近乎在剜他心。

她竟這樣故意拿話激他。

他的欲與情皆出自心，便任她如此輕賤麼？

眼底深埋的戾氣終究浮出，然而偏生將手握得更緊，謝危一字一句道：「所以是我之所圖，其情其性，叫妳害怕，生厭，想逃？妳便這樣怯懦，這樣膽小，試都不敢試上一次，便當臨陣逃兵，像妳同張遮那樣？」

他又提到張遮。

這已經不是第一次。

姜雪寧上次便甚為不喜，這一次終於深深地被他激怒，也許是因為他越界冒犯了她，也許是因為他話中的含義刺痛了她。

她瞬間豎起了渾身利刺，厲聲駁斥：「前面是無底深淵，明知跳下去會粉身碎骨，難道還要縱身往下一躍？」

謝危道：「不跳怎會知道？」

姜雪寧喊：「你是個瘋子才會跳！」

謝危冷笑：「妳還沒明白，是嗎？」

姜雪寧只覺理智的那條線越繃越緊，幾乎就要將她拉拽到與他一般的瘋魔境地，恐懼使她竭力地掙扎後退：「放開！我要明白什麼，我有什麼不明白！」

謝危眼角微微抽搐起來。

這一時，想起她曾說的什麼「瓶瓷有隙」，但覺心內一片翻倒如江海，無論如何也不下去。怒意席捲，手上竟不鬆半分力，非但不放人走，反而一路擒拽她向著城樓另一端走去。

姜雪寧不願走也由不得自己，只當他是理智全無：「你幹什麼？」

謝危卻全不搭理，照舊往前。

城牆外是荒野連營，城牆內卻是市井煙火，販夫走卒。

她被謝危拽著往前，兩人爭執不休，途經兵士卻個個充耳不聞，全都低下頭來，更無人敢跟上來查看半分。

終於到得那城樓東端。下方卻是一家鍛造鐵器的鋪子。

搭起來的瓦棚裡立著好幾只爐子，有大有小，裡頭燒著焦炭。大冷的冬天，身處其間的鐵匠只著短褐，甚至有些打著赤膊，正掄了錘用力地敲打著燒紅的鐵器胚，那飛濺的火星，赤紅的鐵塊，甚至最頂上熔融的鐵漿，無不散發著驚人的熱意。

謝危向著下方一指：「自以為是片瓷，碎過便不可彌合。姜雪寧，妳以為妳是誰，妳也有資格當那一片瓷嗎？妳同我，都不過是在這烘爐裡翻滾的鐵漿！」

姜雪寧被他掐著下頷看去。

謝危那寒厲的聲音鋒利而冷酷，如同雷霆一般灌入她耳中：「妳的身世，我知；我的遭逢，妳曉。生來老天便沒給妳我當孱弱廢物的機會，妳要受千般煎熬、萬般捶磨，才能成個模樣！梅瓶有隙不可彌合，可妳生來若只配當塊鐵，便該知曉，妳沒有那樣脆弱，便是被人打斷了骨頭，也要重入爐中淌血忍辱，鑄成新的模樣！」

姜雪寧眼底忽然綴滿淚。

而謝危卻緊緊攥著她，仍舊一字一句地催逼：「誰愛妳，誰重妳，又有誰需要妳？人活於世，妳不如我明白。既要痛快，不痛怎能快？處處只想得其快，避其痛，妳活著與陰溝爛渠裡那些蛇蟲鼠蟻有何分別！」

姜雪寧只如受凌遲之刑，被他言語剖開了皮囊，露出血淋淋的筋骨，渾身都在發抖：「天底下如你謝危之人能有幾何？我不是你！」

他冷酷依舊：「所以妳這般的懦夫才不能同張遮在一起。要麼是他看穿了妳，要麼他也與妳一般愚不可及！」

她紅了眼：「你閉嘴！」

謝危道：「痛了？」

姜雪寧往後退去：「你就是不肯放過我！」

謝危只被她的抗拒與恐懼扎得千瘡百孔，然而越如此越不示弱，越激起那深埋的戾氣：「妳盡可逃，往天涯海角去。」

她幾乎聲嘶：「難道你瘋也要拉著旁人陪葬！」

謝危卻怒極：「陪葬又如何？」

姜雪寧一下覺得他已經無藥可救：「謝居安，世間事不是強求就能有結果，只不過互相折磨。」

可謝危偏不肯悟：「苦果亦是果！」

苦果亦是果。

好一句「苦果亦是果」！

自從上回為雪困於山中時起，她便對謝危這一身聖人皮囊下的黑暗與戾氣有所知覺，然而到底未想，他的偏執，瘋狂，恐怖，已經到了這般地步。

腦海裡那根理智的弦，終於崩垮了。

姜雪寧堆砌在心口的萬千情緒，連著今生的敬與畏，前世的怨與恨，盡數奔湧而出，無法自抑！

甚至都沒從頭腦裡經過。這一刻，她紅了眼，厲聲向他質問：「倘若你殺過我呢！」

城樓上凜冽的寒風吹拂，高高插著的旌旗迎風鼓動。

謝危與她相對而立。

姜雪寧本以為自己可以深埋很多東西，然而話出口的剎那，她竟然覺出了一種卑劣的、近乎於報復的痛快，甚至連一絲後悔都沒有，彷彿她早該這樣。

謝危目視著她，有那麼一剎的茫然，不曾言語。他想，該先問為什麼。

然而望著她發紅的眼眶，還有那濃烈的怨憎，他沒有問。

那種瘋狂非但沒從他眸底深處消解，反而更為熾盛。

謝危緊抿著唇，埋頭往腕間解下那柄隨身帶著的短刀，竟然遞到她手裡！

只向她道：「來，殺我。」

姜雪寧的手指觸到了刀柄，其上留存的一寸餘溫，並不能驅趕她身上的冷寒。

眼底所有的情緒忽然褪去了。

那一刻，她攥緊了他遞來的刀，竟真的向他捅了過去。

鋒利的刀刃，沒入近在咫尺的血肉之軀。

鮮血立時從腹部湧流而出。

謝危雪白的道袍上暈染開了一片。

姜雪寧鬆了手。

他疼得幾乎蜷縮，然而捂住刀刺的傷處，卻仍看著她，伸手如溺水的人想要抓住一根稻草般去留她：「寧二……」

姜雪寧一眨眼，便有滾淚往下淌：「謝居安，你真的好可憐。」

謝危到底沒能夠著她。

她如做了一場大夢般，連眼淚都忘了擦，只是轉身，往城樓下走去。

# 第二一九章　回甘

刀琴剛拾掇完那不知天高地厚竟敢在酒裡下藥的姑娘，回到院門口，正撞上擰眉回來吩咐事兒的呂顯，話都還沒說上兩句，便忽然聽得外頭一陣喧嚷。

「周岐黃呢？叫周岐黃來！」

這分明是劍書的聲音，只是失了素日的沉穩，疾厲之外更添了幾分驚慌。

刀琴與呂顯俱是一怔。兩人心底都劃過一絲不妙的預感。

待得走上前去看時，竟然看見謝危腹部一大團暈開的血跡，面上早已沒了血色。劍書與一名兵士扶著他，周遭更是烏泱泱一群人左右圍著，七嘴八舌，慌亂不知所措。

呂顯驚呆了。

刀琴差點連懷裡的刀都沒抱穩，一怔之後立刻上前去，厲聲呵責開周遭閒雜人等，幫著將人扶至屋內躺下，只道：「怎麼回事？」

劍書沒說話，匆忙去翻藥箱。

呂顯道：「我走時不還好好的嗎？出什麼事了？誰幹的？人抓著了嗎？」

謝危人還沒昏迷，只是痛得鑽心，額頭上密布都是冷汗，說不出話。

刀琴用力將人摁住躺下，使傷口儘量少出血。

只是不聞劍書回答，少見地急了：「你不是跟著嗎？說話呀！」

劍書敢說什麼？

他聽見動靜轉過頭去看時，只瞧見姜雪寧手上沾了血，面無表情地從前面走過，再趕去城門樓那頭時，先生人已經倒了下去。

便給他一百個膽子，也不敢多嘴。

刀琴還待要問。

呂顯卻是眼皮一跳，看出了點端倪，按了他一把，輕輕搖頭。

刀琴一怔，突地也想到了什麼，把嘴閉上。

早在人還沒進府門的時候，就已經有人飛奔前去通傳，周岐黃是前些天才來到邊關的，也就幫著軍中處理了一些傷兵的傷勢，正苦無用武之地呢。倒沒想這戰事都結束了，反倒火急火燎地傳他。他來時還在想這回要治誰。

可待進得房中，一看見身上都是血的謝危，差點沒嚇得把醫箱給扔了，連忙上來檢查傷口：「這是怎麼搞的，來刺客了？」

呂顯皺眉：「看傷口！」

周岐黃一番查看，心倒定了一定，鬆口氣：「別慌別慌，問題不大。窄刃利刀，進得快，卻不深，這刀刃都沒全沒，倒跟手下留情了似的。刀口也不大，沒傷著要害，也就是淌血多點，要不了命。」

謝危唇色都發青了。

周岐黃卻下狠手用力地將傷口邊緣摁住，支使起旁邊的劍書：「我醫箱裡第二層，麻沸散拿出來，給先生和酒服了！」

劍書二話不說，照著做了。

麻沸散一帖從醫箱裡找出來，和酒端給謝危服了。

那藥力要一會兒才散開。

周岐黃感覺著謝危不發抖了，才蘸了一旁的燒酒來，擦拭清理創口。

這時候，痛覺變得遲鈍。

謝危終於有了點說話的力氣。

然而咬緊牙關開口，卻是對刀琴劍書道：「寧二，去，找寧二……」

刀琴劍書都愣住了。

謝危劈手將方才的酒碗擲在地上，戾氣滋生：「去！」

呂顯只覺心驚肉跳。

劍書與刀琴對望了一眼。

最終是刀琴豁然起身，道：「我去找。」

他出得院去，抓了方才跟回來的那些人問：「瞧見寧二姑娘了嗎？」

大部分人搖頭。

有人道：「原是看見寧二姑娘和少師大人一塊兒在城樓上說話的。」

刀琴便一路出府去。他原本想既是先生叫自己找寧二姑娘蹤跡，那寧二姑娘說不準是走了，所以想從城樓那邊查起，多派幾個人出去打探。

沒想到，還沒出府，撞見了老管家。

對方見他行色匆匆，不由問：「刀琴公子這是哪裡去？」

刀琴也就順口道：「去找寧二姑娘。」

老管家頓時驚訝不已，道：「寧二姑娘不早回府了嗎？我剛才還遠遠瞧見人往東邊院兒裡走呢。」

刀琴一怔：「什麼？」

老管家不明所以。

刀琴卻顧不得解釋更多，二話不說掉轉頭便向東院那邊去。

姜雪寧住哪兒他知道。

一路走過去，還有丫鬟端著茶水果盤，說說笑笑，朝院子裡面走。

刀琴跟著走進去，才瞧見姜雪寧。

她跟沒事兒人似的，回了將軍府，把手上沾著的血一洗，竟然叫上尤芳吟，來了沈芷衣屋裡，陪她解悶兒。三個人支了張方桌，點上暖爐，在窗戶底下湊了桌葉子牌。

這會兒早已經打了好幾圈。

尤芳吟剛才在茶座裡等她，瞧見她手上沾血下城樓，差點沒駭得叫出聲來。一路跟她回來，卻是不敢問半句。

這會兒陪著打牌，她也只當什麼都沒看見，捉著自己手裡的牌，擰著眉思考著打哪張。

沈芷衣還不知外頭出了什麼事，沒留神拿了一手好牌，笑著問道：「妳倆去街上逛過了嗎？寧寧前兩天不是說準備要走了，也不趕緊備著點行程，還來陪我打牌。」

姜雪寧道：「這不看殿下悶得慌嗎？」

說著她扔了一張牌出去。

尤芳吟看了看，沒吃。

沈芷衣一瞅自己的牌，立時眉開眼笑，放下去一張剛好壓住，道：「那什麼時候走？」

姜雪寧打牌向來是打好自己手裡這些便夠，也不愛算旁人的牌，點點手讓她過了，只回道：「不走了。」

尤芳吟頓時看她。

沈芷衣也怔了一怔：「怎麼了？」

姜雪寧一副倦怠神情，倒似懶得多提：「人不要臉樹不要皮，怎麼著都是活。胳膊擰不過大腿，算來算去也不是我跪著。安慰安慰自己，便當積德行善。日子隨便過過吧，我人慫，沒那膽氣尋死覓活。」

沈芷衣何等敏銳？幾乎立刻覺察出有點自己不知道的事兒。只是她看姜雪寧似乎不大想提的樣子，想了想，到底沒有往下問，只道：「別委屈了自己就好。」

一圈牌打到這裡也見了分曉，尤芳吟輸得不少。

姜雪寧是不輸不贏，可一看她手裡放下來的牌，沒忍住道：「手裡有牌也不打，偏不肯吃我的。妳這樣心善好欺負，也不知這兩年怎麼做的生意？」

尤芳吟只抿唇靦腆衝她笑笑。

姜雪寧氣樂了。

沈芷衣卻是拿著牌掩唇笑起來，大大方方把桌上的銀子收了，開玩笑道：「那算是我運氣好，陰差陽錯成了最後的大贏家。我可不客氣啦！」

本來也就是陪她解悶，讓她開心，這點銀兩誰也沒放在眼底。

姜雪寧只跟著笑。

不過一抬眼倒看見外頭進來的刀琴，於是眉梢輕輕一挑，尋尋常常地問：「你們先生救活了，還沒死麼？」

刀琴真覺得困惑萬分，下意識答道：「大夫說沒大礙，正在治。」

姜雪寧把牌一撂：「命真大。」

刀琴雲裡霧裡：「先生讓我來找您。」

姜雪寧懶洋洋地：「這不是找見了嗎？回去吧，可留心著叫你們先生別那麼討人嫌，回頭再給誰捅上一刀，興許就沒這麼輕鬆了。」

刀琴覺得這話自己聽懂了。

可仔細想想，又好像什麼都沒聽懂。

他觀姜雪寧這般神態語氣，又想想自家先生方才那樣，反倒不敢多問什麼，眼見人在，便道一聲「是」，躬身行了一禮，真退了出去。

謝危房中，傷口已經料理了大半。

大半盆被血染紅的水端了出去。

周岐黃額頭都見了汗。

呂顯看了半天，眼瞧謝危情況好轉不少，才問道：「好端端的，怎麼動起刀來？」

謝危薄唇緊抿，搭著眼簾，沒說話。

呂顯道：「你逼的？」

他想不出姜雪寧那樣外硬內軟的性子，竟能狠下心來給他一刀，這人嘴得有多欠，事又得做到多絕？

謝危仍舊不言語。

姜雪寧巴望著要那點自由，想走，可他死活不肯放過她。

咎由自取便咎由自取。便再問他一千遍，一萬遍，他也還是那個答案。

刀琴這時候回來。

呂顯看了過去。

謝危悄然攥緊了手，問：「人呢？」

刀琴張張嘴，真不知該怎麼說，停得片刻才道：「在長公主殿下那裡。」

謝危陡然怔住了：「她沒走？」

刀琴搖搖頭：「沒走。」

忍了一忍，沒忍住，他到底還是補了一句：「跟沒事兒人似的，拉著尤老闆和公主殿下，一道坐屋裡打葉子牌呢！」

呂顯差點沒把一口茶噴出來。

謝危卻什麼都聽不見了。

她沒走。

攥著那隻手，面上有幾分恍惚，他終於慢慢靠回了後面墊的引枕，一直緊繃著的身體也一點一點放鬆下來。末了沒忍住，唇角的弧度越拉越開。

天光映著他面容蒼白，幾無血色。可謝危竟然笑了起來。

那一刻，彷彿所有的苦難都離他而去，撥開了陰雲，驅散了沉霧，倒見得了光和亮。

呂顯甚至從這笑裡品出了一點點苦後的回甘，深覺迷惘。可瞧見他這般，又頭一回覺得：謝居安到底像是個真真兒活著的人了。

# 第二二〇章　杏花早

謝危受傷的事情，著實引起了忻州城內一番震動。

所幸事發時在城門樓上，親眼目睹的人不多。少數幾個看見了始末的，都被暗下了封口令，倒不敢往外傳。是以與那位「寧二姑娘」有關的風言風語，也就是極小一撮人知道。

大部分都當是來了刺客。

而且沒過上兩天，就傳得有鼻子有眼。除了光天化日行凶之外，飛簷走壁，摘葉傷人這種話都說出來了，而且還有人信誓旦旦地講，這一定是韃靼那邊戰敗，一口惡氣難出，是以專門派了個人來刺殺謝少師，以泄心頭之狠。

「要不說怎麼是韃靼呢？雖然跪著求了咱們議和，可心裡還是不甘心嘛。燕將軍武藝高強，常在軍中，是個硬茬兒。他們左右算算惹不起，可不就少師大人好下手了嗎？科舉出身探花郎，可是個文弱書生，怎能抵擋得了刺客？不過老天庇佑，長了眼睛，偏不讓他出事，往後再想得手可就難了！」

……

城門樓下的茶棚裡，幾名閒聊的茶客說起話來，簡直是唾沫橫飛，說的人手舞足蹈，聽的人聚精會神。

文弱書生？

在茶棚邊角坐著的姜雪寧聽了，只無聲哂笑。

當年通州圍剿天教時，謝居安遠遠一箭射穿蕭定非肩膀的場面還歷歷在目。若要說他是什麼「文弱書生」，只怕吃過苦頭的蕭定非，第一個跳起來把這人狗頭打破。

但到底這所謂的「刺殺」謝危一事是自己做下的，她也不會出去解釋什麼，只是隨手拎起旁邊的茶壺，給自己添了半盞茶，然後往斜對面看。

這些天她都在街市上。

原本只是閒逛，可忻州城就這麼大點地方，總是走著走著便到了城門樓下。當日謝危硬拽著她從城門樓上方看下去的那家鐵匠鋪，就在旁邊。

大約是臨近立春，過不久田間地頭的事情便要忙碌起來，是以打造農具的生意似乎不少，鋪子裡頗為忙碌。

長著把花白鬍子的大師傅正皺眉對底下的小徒弟說著什麼。

一會兒指著爐子，一會兒指著灶膛。

鐵匠周是忻州城裡不多的幾個老鐵匠之一，畢竟城鎮不大，百姓們有點什麼需要都來找他，倒是遠近的人都認識。

只是具體叫什麼名字，大夥兒都叫不上來。

唯一好記的是這人一把年紀，姓周，所以圖省事兒，都叫「鐵匠周」，或者尊稱一聲「周師傅」。

鐵匠鋪做的是打鐵，也是一門生意，但憑「信義」二字。

凡在他這裡打好的犁頭，拿回去之後翻不動土，或偷工減料，稱出不足，都可拿了來找他。這麼多年來，幾乎就沒出過紕漏，算得上是忻州城這行當裡首屈一指的。

所以鐵匠周在附近人緣很不錯。

像隔壁茶鋪的夥計，時不時給他們端點茶水過去。

畢竟鐵匠鋪裡熱，大冬天也出汗，不多喝點進去可實在扛不住。

只不過今天的夥計又給跑了一趟給他們沏了幾壺茶拎過去時，鐵匠周的目光卻忍不住地落到了茶鋪邊角裡坐著的那名姑娘身上。

雪白的留仙裙領邊袖口滾著一圈深青雲紋的邊，外頭罩著薄薄一層櫻草色縐紗，也不怎麼描眉畫眼，便覺姿容若芙蕖出清波，比廟裡面那鍍了金身的菩薩看著還要好看許多。

若他沒記錯，這姑娘坐那邊可有兩日了吧？

要說是有什麼事吧，坐那邊也不見往鐵匠鋪裡進；要說是沒有什麼事吧，這些天的下午，他一出來，總能看見她朝著那燒紅的爐火望。

只不過一般天暮，她就走了。

第二天的下午照舊來，有時早些，有時晚些。

不止是鐵匠周，鋪子裡好些年輕力壯的夥計和徒弟也都看見了，只是人姑娘長得太好看，他們也只敢偶爾偷偷地看上一眼，私底下議論，倒沒一個人敢湊上去搭句訕。

今天的日頭，眼看著也漸漸斜了。

鐵匠鋪旁邊栽的幾株杏樹已經結了花苞，甚至有零星的幾朵，開在了枝頭。粉白的花瓣上，沾染一層天際投下來的暮色，煞是好看。

街市上行人少了。

茶鋪裡說笑的茶客很快也走得差不多了。

那姑娘應該也要走了。

鐵匠周不著邊際地想了一下，喝過茶便把袖子挽起來到胳膊上紮緊，將那一柄插在火炭裡燒紅的劍胚提了出來，掄起錘便一下一下用力地敲打。

一直到每個地方都捶打勻稱了，拿起來掂了掂，他才停下來擦了把汗，稍作休息。

結果沒想，一抬頭，竟然看見那姑娘不知何時走到了那早早開花的杏樹邊上。

鐵匠周不由詫異，分明不認得她，可這一刻竟下意識道：「北地春遲，不過鐵匠鋪裡常年往外頭冒熱氣，這花啊樹啊也就經常開得比別地兒早，年年如此了。」

姜雪寧微微怔了一怔：「是嗎？」

鐵匠周道：「我看姑娘好像在外頭坐了有幾日了，只看著鋪子裡打鐵，也不進來，可是遇著了什麼難處？」

難處？

也不算。

她只是靜下來也想理理自己的思緒，每每走到此處，不知覺一坐便是一下午罷了。

姜雪寧輕輕搖頭：「勞您掛心了，倒沒什麼難處。只是出來走走，瞧見這鐵匠鋪裡總是熱火朝天，敲打起來叮叮噹噹，看您這一柄劍似乎也捶打了有好幾日，也不見成，沒留神看得太久。」

鐵匠周朝那劍胚看一眼，便笑起來。

他摸了一把下巴上的鬍鬚，說到自己老本行，便有了幾分矍鑠的神氣，道：「百煉鋼嘛，本來礦從山裡出來燒一遍，也就是生鐵。正要這般燒紅了千錘百煉，去其雜質，方能得其純粹，且堅且韌，吹毛斷髮斬金玉。何況百煉鋼那都是早年的事兒了，現在都冶煉鐵漿，凡鑄上等之器，須得『萬鍛』。十天半月能成，那都是少的。」

百煉鋼，萬鍛劍。

姜雪寧視線投向鐵匠周身後那高高的冶煉鐵漿的熔爐，眸光流轉，只道：「可真不容易。」

鐵匠周笑：「這哪兒能容易呢？」

話說著他還彎下腰去，用力拉了拉下頭的風箱，爐子裡的火頓時旺了不少。

他頭也不抬地道：「就人活著還有三災五難呢，劍怎麼能免？」

姜雪寧聽著，輕輕搭著的眼簾抬起，只向那綻放了粉瓣的枝頭望去。

鐵匠周忙碌完，起來看見，不由道：「姑娘倘若喜歡就摘一枝吧。」

姜雪寧立著沒動。

鐵匠周眉眼裡便摻上了幾分上了年紀的人才有的祥和，只道：「我家的小孫女兒年年看見這杏開得早，都要折上兩枝回去玩的，不打緊。」

姜雪寧確有些愛這開得甚早的杏花，聽得鐵匠周這般說，便也一笑，微微踮起腳尖來，只摘了邊上僅比把巴掌長一點的小小一枝，然後垂首彎身：「謝過師傅了。」

十來朵杏花在枝頭堆作三簇。

有不少已經開了，還有一些仍舊靦腆地含著花苞，由她纖細白皙的手指執了，煞是好看。

鐵匠周眉開眼笑，連連擺手：「當不得當不得，一枝花罷了。」

說著一看外頭日頭將落，便指了指天：「這天也晚了，姑娘還不回家嗎？再大的事兒又能大到哪裡去呀，回家睡一覺第二天也就好了。」

姜雪寧斂眸笑笑，也並不多言。

時辰的確不早，她忖度也該回去了，便向鐵匠周告了辭。

斜陽西墜，街市空寂。

姜雪寧去得遠了。

鐵匠周在瓦棚下瞧了有一會兒，只見這姑娘不知何時背了手信步而去，杏花鬆鬆垂在指間，竟好像有點隨遇而安的平和通透。

姜雪寧回到將軍府的時候，倒正巧遇到幾匹駿馬從側門那邊奔來，濺起些煙塵，只不過當先一騎似乎是瞧見了她，竟在府門口勒馬。

燕臨高坐在馬上。

他一身玄色勁裝，倒甚是疏朗俐落，只是注視著姜雪寧時，眉頭卻是微微蹙著的，似乎有許多話要講，可他已不是舊日信口胡來的少年，便一時沉默。

這些日來她成日在外頭閒逛，跟府裡住著的人倒是不怎麼碰面，更不用說燕臨早出晚歸常在大營裡，自然更是連打個照面的機會都沒有。

只怕燕臨也琢磨謝危那傷呢。

姜雪寧似乎看出他的沉默來，先笑著開了口：「又要去大營了嗎？」

燕臨不是旁人。

那日城門樓上發生了什麼，他雖未親眼目睹，卻也知道個大概。眼見此刻她跟個沒事兒人似的，有什麼話，反倒不好開口了。

欲言又止半晌。

他覺得別的話都沒用，只向她道：「寧寧，我站在妳這邊。」

姜雪寧微微怔然，片刻後才笑出來，但並不將他的話當做玩笑，而是認認真真回了一句：「好。」

燕臨這才重新打馬而去。

其餘人等迅速跟上。

那幾匹馬很快便消失在了街道盡頭。

姜雪寧這才入了府，只是行至半道，瞧見一條冷清的走廊，停了半晌，到底還是順著這條走廊往前去。

僻靜處的院落，也沒幾個人伺候。

她進得院中，在屋簷下駐足，剛從屋內端著空藥碗出來的劍書一眼看見她，頓時愣住。

這時房門尚未來得及關上。

從門裡看得到門外。

興許是從劍書停滯的身形和神態上看出了什麼端倪，屋裡的人頓了一頓，竟然向著窗外道：「不進來麼？」

姜雪寧聽見他聲音，心知這話是對自己說的，卻道：「不了，今日只是來問問周寅之的事情，查得如何。」

謝危隔著窗道：「暫無消息。」

姜雪寧便輕輕搭了眼簾，壓下心底冒出的那一點煩悶，道：「此人我總不放心，想了想，留他在忻州走動就是個禍患，倒不如一不做二不休，先把人抓了關起來，免得他使壞。等將來查清楚了，倘若他清清白白，再放人也就是了。」

謝危輕輕咳嗽了一聲：「妳不恐他生怨氣？」

姜雪寧道：「牆頭草能有什麼怨氣？他識時務得很，不至於。」

謝危於是道：「那交刀琴去辦。」

姜雪寧點了點頭，又立片刻，想也沒別的事，轉身欲去。

謝危卻忽然問：「明日也來麼？」

姜雪寧再次駐足，垂眸看了一眼指間那小枝杏花，道：「明日要送芳吟和任為志離開忻州，有得忙，改日吧。」

謝危便道：「那便改日。」

姜雪寧聽他聲音與尋常無異，只是這院子裡不免浮動著幾分藥草的清苦味道，倒使人鼻間舌頭都微微發澀。

於是心思流轉，又想起那一日來。

她把那杏花慢慢轉了一圈，道：「或恐你說得不錯，我與世間庸碌凡俗輩本無差別。只是世間一樣米百樣人。有的人喜歡一個人，必要千方百計與人在一起。可也有的人喜歡一個人，或恐只想對方安平順心，未必一定要求個結果。這兩樣人，並無高下的分別。張遮之於我，是雪中炭，暗室燈，絕渡舟。縱然將變作『曾經屬意』，我也不願聽人損毀他片語隻言。謝居安，往後不再提他，好不好？」

劍書靜立在門口，不敢擅動。

屋子裡靜悄悄的。

姜雪寧看不見裡面人會是什麼神情，過得許久的沉默，才聽見裡面低沉平靜的一聲：

「好。」

她也無法分辨這一刻自己究竟是何等心緒。

穿堂風吹來，粉瓣輕顫。

姜雪寧輕輕一抬手，在抬步離去之前，無聲地將這這一小枝杏花，擱在窗沿上。

劍書不由怔忡。

在姜雪寧離去後，他先把端著藥碗的漆盤在旁邊擱下了，將窗沿上這一枝杏花取了，回到屋內，呈給謝危。

他靠在窗下的軟榻上。

周岐黃的醫術無疑精湛，連日來的修養，傷口已經漸有癒合之態，除卻臉色蒼白，清減一些，看著倒和往日沒有太大差別。

劍書小聲道：「方才寧二姑娘擱在窗沿的。」

謝危伸手接過。

小枝杏花的斷莖處尚還留著新鮮的折痕，初綻的粉白花瓣，在這殘冬將近早春未至的北地，有一種格外的嬌弱柔嫩，甚至不可思議。

哪裡的杏花開得這樣早？

那一刻，他注視著這枝頭的粉朵，只覺一顆心都彷彿跟著化開，有一種得償所願後如在夢幻的恍惚，然而唇邊的一笑，到底添了幾分深靜平和的融融暖意。

目光流轉，謝居安向門外看去。

落日西沉，周遭靜穆。

劍書不敢驚擾，好半晌，等他收回目光後，才輕聲問：「方才姑娘說的事，屬下讓刀琴去辦？」

謝危點了點頭。

劍書躬身便欲退走，只是退到一半，方想起點什麼，停了下來，似有遲疑。

謝危便看向他。

劍書猶豫片刻，問：「寧二姑娘的意思是，抓個活的，關起來防他生事。可倘若……」

謝危眉梢微微一挑，落在那一小枝杏花上的眸光不曾抬起半分，對什麼周寅之渾不關心，只淡淡道：「那就抓個死的。」

## 第二二一章　一念善

「殿下，燕將軍與少師大人有過交代，戰事雖歇，可忻州城裡也未必那麼安生。倘若您要出府走動，屬下等必要知會護衛隨行。請公主容諒！」

院門口守的兵士在沈芷衣面前躬身半跪，略有惶恐。

沈芷衣雙手交疊在身前，目光落在他的身上，又緩緩移向院門外，終究還是慢慢收回了步，忽然就沒了什麼出門的興致，倒不想為難兵士，只衝他淡淡一笑，道：「也對，天色將晚外頭沒什麼可看的。我不出去了，你起來吧。」

那兵士將信將疑，倒不太敢起身。

沈芷衣心底微微嘆了口氣，心知自己若不回房，只怕他還要繼續跪著，便不再說上什麼，轉身往回走。

只是沒料，方至廡廊下，一道聲音竟從門外傳來。

「微臣周寅之，前來拜謁，請見公主。」

沈芷衣腳步頓時一停，眉頭都因為意外而蹙了一蹙，轉頭看去，果真是周寅之。

對方從門外走了進來。

兵士倒不好攔他。

沈芷衣與周寅之幾乎毫無交集，唯一的聯繫或恐是此人乃奉她那位皇兄沈琅之命前來邊關。但當年和親時候，她就已經看得清清楚楚了，身分再尊貴，在那九五之尊的人眼底也不過是隨時可以推出去犧牲的棋子。朝廷原本就不顧她死活，周寅之對她也只是在除夕夜慶功宴上行過禮罷了。

這時候，他來幹什麼？

她注視著對方，道：「本宮與周大人所交不厚，倒不值得大人親來一趟請安。可是有事？」

周寅之雖知這位長公主殿下本是朝廷昔日的棄子，可棄子既然還朝，又在這般特殊的時候，反倒有了非同一般的價值。

他來時得了沈琅的令。

此刻雖然察覺出沈芷衣的戒備與冷淡，卻並不介意，反是走近了，垂首躬身道：「微臣雖與殿下無甚交集，不過奉命來忻州，一為傳上諭，二便是為了接殿下回京。早些日是聽聞殿下身體虛弱，小王子尚需修養，不好動身。不知近日可有動身回京的打算？」

沈芷衣靜默。

周寅之卻是微微一笑，道：「您本是至高無上的帝國公主，自然是想去哪裡去哪裡，便如今沒有回京城的打算，也是無妨。臣下回頭傳告聖上便是。只是京城路途遙遠，聖上，太后娘娘，還有臨淄王殿下，對您都甚是掛念。臣從京城來時，道遇臨淄王殿下，特寫了一封信來著微臣親手呈交殿下。」

本事至高無上的帝國公主，想去哪裡，就去哪裡。

沈芷衣隱隱覺得這話是意有所指。

她看向周寅之從袖中取出的那封信，一時竟沒有伸手去接。

以沈玠善良的性情，的確有可能給她寫信。

然而沈琅卻絕非仁厚的君主。

倘若這真是沈玠半道攔住請人送來的信，周寅之這般趨利避害的精明人，絕不會如此輕易便將這封信呈遞於她。要麼這封信已經被人看過，要麼……

這信根本不是沈玠寫來！

周寅之見她未接，也不收回手來，只保持著呈遞的姿態。

過了許久，沈芷衣才伸手。

薄薄的一封信交至她手中。

周寅之便望著她笑起來，道：「聖上對殿下也頗是想念，能知殿下安然無虞，聖上也頗為高興。他日回得京城，定為殿下一掃邊關塵埃。」

沈芷衣看著信封，沒接他話。

周寅之自知自己在如今的忻州並不討人喜歡，也不多言，躬身後再退。

他從院中出去了。

門口幾名兵士依舊肅立兩側。

沈芷衣在廊下佇立良久，望向頭頂漸漸發暗的天際，竟覺舊日那股悲哀並未因這兩年的疾苦而消散，只是換了個模樣，仍然盤桓在她心頭，縈繞不去。

人為刀俎，我為魚肉。

在宮中也好，在韃靼也罷，甚至是在這忻州城、將軍府……

弱者終究還是棋。

忻州城裡是什麼局勢，周寅之已經探得頗為清楚了，這時候不免慨嘆於沈琅的高瞻遠矚、帝王心術。倘若朝廷對忻州不管不顧，他日燕臨必定起兵造反。可派他前來不僅能將這幫逆黨一軍，還能將對方陷入兩難之地——無論回不回京城，都落入被動。

要回京城，必定單槍匹馬；不回京城，沈芷衣無論如何都是公主，又豈能真讓她行動自由不受約束？

只是一路來，到底沒敢拆開信看。

他暗地裡摸了好幾回，明顯能感覺到有個不大的硬物，恐怕絕不僅僅是一頁紙那樣簡單。

周寅之思忖著，想自己來忻州的目的差不多已經達成，只除了一件……

不知為何，想起來竟有些不安。

他負手往前走去，才剛過拐角，便看見前方一道身影走了過來。眉目清秀，頗為沉靜，手裡拿著幾本帳冊，一面走還一面翕動著嘴唇，掐著手指，似乎在算什麼東西。

周寅之腳步便停了下來，拱手道：「尤姑娘，倒是趕巧，又遇到了。」

尤芳吟一怔，這才看見他。

她腳步便也停了下來，只是並未離得太近，畢竟二姑娘先前提過，此人須得防備幾分，到底有幾分疑慮，她當敬而遠之，所以只道一聲：「見過周大人。」

周寅之看了她手中帳冊一眼，道：「這幾天看著府門口忙忙碌碌，妳同任老闆好像也採買不少東西，這是很快就要啟程回蜀中了嗎？可真是想不到，兩年過去大家都變了模樣。當年周某在獄中為尤姑娘尋帳冊時，倒沒料著姑娘他日有這般厲害，實在是人不可貌相了。」

當年的確多勞周寅之照應。

尤芳吟到底一副純善心思，也不好對此人冷臉，面上也稍稍緩和，笑笑道：「也不過就是些茶葉布匹之類的小生意，忻州物產不太豐饒，做不大。」

周寅之本只是借機寒暄，可聽得「茶葉」二字時，也不知怎的，突然想起那天城門樓上，姜雪寧與他談及么娘沏茶的事。

那日對方的神情，始終讓他隱覺不妥。

這時他眸光微微一閃，卻貌若尋常地向尤芳吟道：「我在京城喝的許多茶，都是從尤姑娘做會長的商會裡運出來的，豈能算是小生意？聽說有些茶比宮裡的還要好。」

一提到宮裡，尤芳吟倒不敢隨意應承，生恐沾上禍事，忙道：「您說笑了，四方茶事，最好的茶一律是先留進貢。便是我等行商，也得等各州府進貢的時間過了才與茶農相談。便有時遇著州府的人來得晚了，也是候著等他們先將頂尖的那批茶挑走，萬不敢有所僭越。」

這一瞬間，周寅之眼角微微抽搐了一下。

等各州府進貢的時間過了……

他終於想起那日城門樓上，究竟是什麼地方使他耿耿於懷，終日不安——

是他露了破綻！

周寅之的心沉了下去。

尤芳吟還未有所察覺，輕聲道：「此次忻州實在是人多事忙，騰不開時間，他日若到京城，必登門拜訪，再謝周大人當年之恩。」

說完她斂衽一禮，便要往前走去。

周寅之初時也沒說話，直到拱手與她道別，兩人都已經擦肩而過時，他才跟忽然想起來似的，轉身道：「尤姑娘今次也採買了許多忻州本地的茶嗎？」

尤芳吟一頓，轉身道：「不錯。」

周寅之便笑起來，彷彿多了幾分不好意思，竟道：「我是個大老粗，不懂茶。不過家中倒有一位內妾頗好飲茶，早年也是茶農出身，身世孤苦。我這幾日也將離開邊城回京，眼下倒有個不情之請。尤姑娘採買的茶想必是極好的，不知能否指點一二，勻我少許，我好順路帶些回去，讓她品上一品。」

尤芳吟微微怔住。

周寅之忙道：「價當幾何，周某照付。不過尤姑娘若沒空便算了，我再找別人問問也是。」

到底是他態度謙和，又提及那位內妾。

尤芳吟雖不知其人是誰，可想周寅之昔日救過自己，千里迢迢來忻州還記掛家中之人，心裡便軟幾分，想這也並非大事，便點了點頭道：「不妨事的，只是邊關的茶粗一些，怕不合她口味。等我將這帳冊放下，周大人隨我來一道去取便是。」

周寅之於是道了一聲謝。

尤芳吟走在前面，他隨後跟上。

只是在對方轉過身去時，周寅之面上便籠罩了一層陰翳，猶豫過後，終究化作一抹狠色：破綻已露，眼下的局面實已沒有他選擇的餘地了。

一不做，二不休，或恐還能富貴險中求！

姜雪寧用過晚飯，洗漱已畢，正準備散了頭髮睡下。

卻沒想入夜時來了人。

竟是劍書在外頭，聽得出聲音不夠和緩，帶了幾分凝重：「寧二姑娘，前些日派出去打探消息的人，已初步傳回了加急的訊息。周寅之十二月下旬才入的關中，卻不是從京城那條官道來，途中有人見著是從西南蜀中折道，或許是從京城先去了蜀中一帶，才至忻州！」

姜雪寧執著烏木梳的手指一僵，幾乎瞬間感覺到一股寒意從背脊竄了上來。

心電急轉間，只覺不妙。

周寅之去蜀中幹什麼？

梳子徑直拍回了妝奩，她腦海裡靈光一閃，一種不祥的預感竟然升騰而上，使得她豁然起身，拉開門，竟然直接越過了劍書，迅速朝著尤芳吟所居的院落走去，只道：「快找人知會任為志，在刀琴抓住周寅之之前，叫他們一干人等萬莫亂走！」

劍書不敢有違，隨她一道出了院門時，便立刻吩咐下去。

姜雪寧卻是半點也不敢停步。

越接近尤芳吟的居所，她心跳也就越發劇烈，遠遠瞧見廊上懸掛的燈籠都覺晃著眼。然而在一步跨進院門時，她的腳步卻驟然停住了。

昏暗的院落裡，竟隱隱浮出血腥味。

刀琴剛從門內出來，似乎要衝去外面找誰，此刻卻驟然停住，立在了門邊。他面頰上劃了一道血痕未乾，手中還緊緊扣著沒有放下的刀刃，幾乎帶著一種惶然的無措。

他看見了姜雪寧。

張了張口，有些不敢直視她，過了片刻，才澀聲道：「寧二姑娘……」

這一瞬間，姜雪寧腦袋裡「嗡」地一聲，只覺頭重腳輕，站都站不穩。

不亮的燈火照著。

大開的房門裡，鮮紅的血跡堆積，慢慢沿著地面的縫隙流淌出來，匯聚在門檻處，浸出一片深暗顏色。

「芳吟！芳吟……」

（待續）

國家圖書館出版品預行編目資料

坤寧 / 時鏡作 . -- 初版 . -- 臺北市 : 臺灣角川股份有限公司 , 2023.08-
冊 ; 公分

ISBN 978-626-352-823-9 ( 第 7 冊 : 平裝 )

857.7 112009611

# 坤寧 七

2023年8月30日 初版第1刷發行

作者　時鏡

發行人　岩崎剛人
總監　呂慧君
編輯　陳育婷
設計主編　許景舜
印務　李明修（主任）、張加恩（主任）、張凱棋

台灣角川

發行所　台灣角川股份有限公司
地址　104台北市中山區松江路223號3樓
電話　(02) 2515-3000
傳 真　(02) 2515-0033
網址　http://www.kadokawa.com.tw
劃撥帳戶　台灣角川股份有限公司
劃撥帳號　19487412
法律顧問　有澤法律事務所
製版　尚騰印刷事業有限公司
ISBN　978-626-352-823-9



原著書名：《坤寧》由北京晉江原創網絡科技有限公司授權出版。